ABAQUS 有限元软件
在路面结构分析中的应用

严明星　王金昌　编著

ZHEJIANG UNIVERSITY PRESS
浙江大学出版社

前　言

　　道路在使用过程中受到环境因素、行车荷载、结构组合、路面材料等多种因素的影响，容易出现车辙、开裂等病害，进而影响道路通行和服务水平。而延缓或消除这些病害的产生，一方面要提高施工工艺水平，另一方面强化路面结构材料和结构一体化设计。ABAQUS有限元软件为路面结构材料和结构一体化设计提供了良好的平台，其内置多种道路材料本构模型，可分析不同环境、荷载、结构、材料下路面结构受力行为。采用数值计算方法可以大大简化试验流程，减少人力、物力的消耗。

　　本书主要讲述ABAQUS有限元软件在路面结构分析中的应用，包括：路面结构分析常用本构模型、各项道路工程技术基础理论（内聚力模型、扩展有限元法）、沥青混凝土路面接触分析问题、运用扩展有限元法分析沥青混合料开裂问题、设置传力杆水泥混凝土路面结构整体与局部分析、玄武岩纤维沥青路面动态分析问题。

　　本书正文中提到的附件内容以作为资源提供下载，点击进入 http://pan. baidu.com/s/1slLBUaD 即可下载。

　　本书由武汉市政工程设计研究院有限责任公司严明星、浙江大学王金昌和温州市公路管理局陈亮编著。在本书编著过程中得到了大连海事大学周纯秀、郑州铁路职业技术学院孙丽娟等专家学者的支持。

　　本书的出版得到了国家重点研发计划（2016YFC0800204）、浙江省公路局科技项目（2016－2－8）、浙江省建设厅科技项目（2016K106和2016K123）和浙江省交通运输厅科技项目（2013H11和2014H27）的资助，在此表示感谢。

　　由于新技术不断涌现，加之编者学术水平和能力有限，书中错误在所难免，恳请读者提出宝贵意见，邮箱地址：mxl1111111111@126.com，以供修改完善。

编　者

2016年9月26日

目　录

1 绪 论

1.1 ABAQUS 发展介绍

ABAQUS 软件公司创建于 1978 年,由 Hibbitt、Karlsson 和 Sorensen 博士组建成立,逐渐发展成为全球知名的有限元软件公司,在北美、欧洲和亚太地区有 40 多个分公司或代表处。2005 年 5 月,与世界知名的在产品生命周期管理软件方面拥有先进技术的法国索达计算合并,共同开发了新一代模拟真实世界的仿真技术平台 SIMULIA。目前,ABAQUS是索达 SIMULIA 公司的产品。

SIMULIA 包括 ABAQUS 和 CATIA 分析模块等,它把人们从以往互不相关的仿真应用带入到协同的、开放的、集成的多物理仿真平台。通过卓越的技术、出众的服务,工程师和科学家可以方便地利用仿真结果去检验产品质量,加快产品的创新,并减少资源的消耗。索达公司不断吸取最新的分析理论和计算机技术,领导着全世界非线性有限元技术和仿真数据管理系统的发展。

1.2 ABAQUS 与路面结构分析

行驶在路面上的车辆,通过车轮把荷载传递给路面,由路面传递给路基,并在路基路面结构内部产生应力、应变及位移。早期的道路工程分析建立在观察和经验的基础上,经过长期的努力,逐渐由以经验为主的方法演变为以结构分析理论为主的方法。

随着沥青路面和水泥路面的大量使用,研究学者对沥青材料和水泥混凝土材料进行了较为系统的研究,形成了适用于沥青路面分析研究的柔性路面设计理论和方法、刚性路面设计理论和方法、半刚性路面设计技术等。

随着大型土木工程和现代工业的发展,很多先进的材料、路面结构在道路工程中得到应用,为了更加周全地考虑这些因素的影响,这就需要更加合理的分析,以便控制整个道路工程的设计、施工过程,对于新技术的推广应用也可以提出指导性意见。近年来道路工程得到快速发展,其工作环境也相对复杂,因此需要在路面结构分析内部考虑温度场、荷载场、水耦合等影响以及在各种因素耦合作用下分析路面结构变形和渐进破坏的过程,这就对道路工程分析提出了更为严峻的挑战。

早期路面结构分析往往通过半经验半理论分析方法,分析中对许多条件进行简化,计算结果也与实际情况存在一定差别,并且在对实际工程进行分析时不大可能采用解析解完成分析,这就需要借助试验和数值模拟。试验研究可以提供大量宝贵的研究资料,虽然试验研究需要花费大量的人力、物力和财力,试验周期也往往相当长,而且得到的试验成果也具有一定局限性,需要进行大量的试验总结得到的数据才能用于宏观力学计算的参数,这也是数值计算的前提。采用数值计算方法可以大大简化试验流程,减少人力、物力的消耗。

ABAQUS 作为一款功能强大的有限元分析软件,它有丰富的适合道路材料分析的本构模型,可以处理简单到复杂的几何非线性、材料非线性分析,是道路工程分析强有力的手段。

1.3　本书主要内容

本书内容基于 ABAQUS 6.10 版本,从实际工程出发,对道路工程常用本构模型进行总结,提出一种适用于沥青混合料开裂研究的本构模型——改进的内聚力本构模型,并对目前国内外沥青混合料最新研究技术——扩展有限元法(Extended Finite Element Method, XFEM)进行介绍,通过实例详解让更多的人了解这项研究技术;路面结构分析中引入子模型建模方法,对路面结构中的局部作精确分析,解决路面结构分析精度问题。学习本书有助于深入了解路面结构分析常用的工具和方法,从而提高利用 ABAQUS 有限元软件分析解决路面结构受力分析问题的能力。

2　ABAQUS 快速入门

2.1　ABAQUS 产品组成

ABAQUS 包含一个全面支持求解器的前后处理模块——ABAQUS/CAE,同时还包括 ABAQUS/Standard 和 ABAQUS/Explicit 两个核心求解器模块,这两个模块是相互补充、集成的分析模块。此外,ABAQUS 还提供了其他专业模块用于解决其他特殊问题,如 ABAQUS/Design、ABAQUS/Aqua、ABAQUS/Foundation、MOLDFLOW 接口、ADAMS 接口等。

ABAQUS/CAE 将分析模块集成于 Complete ABAQUS Environment,用于建模、管理、监控 ABAQUS 的分析过程和结果的可视化处理。ABAQUS/Viewer 作为 ABAQUS/CAE 的子模块,用于 Visualization 模块的后处理,其中 ABAQUS 组成的分析模块关系可以用图 2.1 表示。

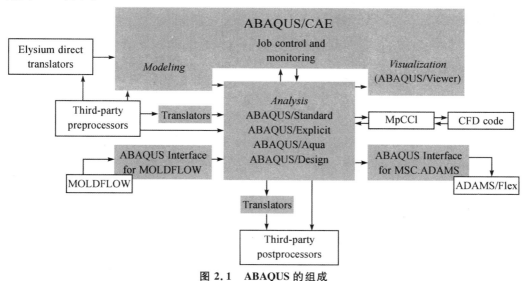

图 2.1　ABAQUS 的组成

2.1.1　ABAQUS/CAE

ABAQUS/CAE(Complete ABAQUS Environment)广泛支持 ABAQUS 分析功能,并且为用户提供了一个人机交互式的使用环境,可以将建模、分析、作业管理和结果评估无缝集成,为可用的 ABAQUS 求解器提供最完整的界面。用户可以通过简单操作完成模型构建、材料特性、分析步、荷载、接触等定义,并且可以通过后处理即可视化功能完成结果分析。

2.1.2　ABAQUS/Viewer

ABAQUS/Viewer 作为 ABAQUS/CAE 的子模块,主要用于 Visualization 模块的后

处理。

2.1.3　ABAQUS/Standard

ABAQUS/Standard 是一个通用分析模块,它能够求解广泛领域的线性和非线性问题,包括静态分析、动态分析,以及复杂的非线性耦合物理场分析,在每一个求解增量步中,ABAQUS/Standard 隐式地求解方程组。

2.1.4　ABAQUS/Explicit

ABAQUS/Explicit 可以进行显式动态分析,它适用于求解复杂非线性动力学问题和准静态问题,特别是模拟短暂、瞬时的动态事件,如冲击、爆炸问题。此外,它对处理接触条件变化的高度非线性问题也非常有效,如模拟成型问题。

2.2　ABAQUS/CAE 简介

2.2.1　ABAQUS 分析步骤

ABAQUS 有限元分析包括三个分析步骤:前处理(ABAQUS/CAE)、模拟计算(ABAQUS/Standard 或 ABAQUS/Explicit)和后处理(ABAQUS/Viewer 或 ABAQUS/CAE)。三个分析步骤通过以下方法实现:

(1)前处理(ABAQUS/CAE)

在前处理阶段需要定义物理问题的模型,并生成一个 ABAQUS 输入文件。ABAQUS/CAE 是 ABAQUS 的交互式绘图环境,可以生成 ABAQUS 模型、交互式地提交和监控分析作业,并显示分析结果。ABAQUS 分为若干个分析模块,每一个模块定义了模拟过程的一个方面,例如定义几何形状、材料性质及划分网格等。建模完成后,ABAQUS/CAE 可以生成 ABAQUS 输入文件,提交给 ABAQUS/Standard 或 ABAQUS/Explicit。

有一定基础的用户也可利用其他前处理器(如 MSC Patran、HyperMesh、FEMAP 等)来建模,但 ABAQUS 的很多特有功能(如定义面、接触对和连接件等)只有 ABAQUS/CAE 才能支持,这也是 ABAQUS 优势之一。

(2)模拟计算(ABAQUS/Standard 或 ABAQUS/Explicit)

在模拟计算阶段,利用 ABAQUS/Standard 或 ABAQUS/Explicit 求解输入文件中所定义的数值模型,通常以后台方式运行,分析结果保存在二进制文件中,以便于后处理。完成一个求解过程所需的时间取决于问题的复杂程度和计算机的运算能力,可以从几秒到几天不等。

(3)后处理(ABAQUS/Viewer 或 ABAQUS/CAE)

ABAQUS/CAE 的后处理部分又称为 ABAQUS/Viewer,用于读入分析结果数据,并可以多种方式显示分析结果,包括彩色云图、动画、变形图和 XY 曲线等。

2.2.2　ABAQUS/CAE 简介

ABAUQS/CAE 主窗口如图 2.2 所示。由以下几部分组成。

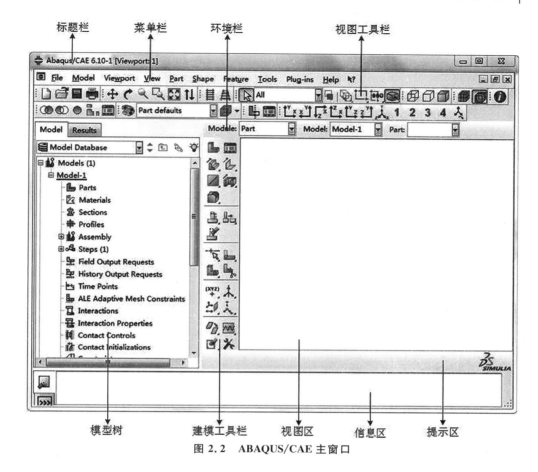

图 2.2 ABAQUS/CAE 主窗口

（1）标题栏

标题栏显示了正在运行的 ABAQUS/CAE 版本，当前模型所保存路径及模型数据库名称。

（2）菜单栏

ABAQUS/CAE 中每种功能模块所对应的建模内容不同，菜单栏内容也有所区别，通过对菜单栏的操作可实现所有功能，具体内容详见 ABAQUS/CAE 用户手册。

（3）环境栏

ABAQUS/CAE 环境栏包含了所有的功能模块，每一模块完成建模的一种特定功能，通过环境栏中的 Module 列表，可在各功能模块之间切换。一个 ABAQUS/CAE 模型中可包含多个模型，环境栏中 Model 选项即显示当前模型，Part 选项则是当前模型下的部件（一个模型可有一个或多个）。

（4）视图工具栏

视图工具栏提供了菜单栏访问的快捷方式，这些功能也可通过菜单栏直接访问，视图工具栏为用户提供视图区模型多个角度、多种方式的可视化操作。

如 允许用户从不同角度、不同位置显示模型的全部或局部区域，方便用户进行模型定义和视图； 允许用户有选择地显示模型的区域,方便复杂模型的边界条件及荷载定义。

视图工具栏中快捷方式可通过菜单栏 View→Toolbars 调用和隐藏。

(5)建模工具栏

建模工具栏显示在当前功能模块(Module)下模型的建立、编辑、定义等操作,熟练掌握建模工具栏的应用可提高建模效率。

(6)模型树

模型树(Model Tree)是 ABAQUS 6.5 以上版本新增内容,以结构化方式显示了整个 Module 的所有内容,通过模型树的展开和隐藏可以查阅整个模型的图形化描述,如部件、材料、分析步、荷载和输出定义等。

在一些特别的情况下,模型树将非常有用,如对部分部件进行删除操作后,可能会影响到装配体的状态,导致运算结果无法收敛,这时在模型树中依次点击[Model Database]→[Models]→[Model-1]→[Assembly]→[Instances],在子目录中将出现一个或多个红"×",选中红"×"对应内容,右键删除,即可解决删除操作后计算无法收敛问题,由此可见利用模型树可以找出删除操作无法收敛的原因。

(7)视图区

视图区是一个可无限放大和缩小的屏幕,ABAQUS/CAE 为用户提供了一种交互式绘图环境,模型建立、定义均可在图形中显示,提高了建模的效率。

当进入后处理模块(ABAQUS/Viewer),视图区可显示 ABAQUS/CAE 模型分析结果部分,包括彩色云图、动画、变形图和 XY 曲线等,如图 2.3 所示,其中视图区图例、状态栏、标题栏、视图方向(坐标)为后处理模块视图区主要内容。

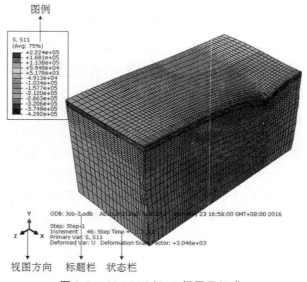

图 2.3　ABAQUS/CAE 视图区组成

(8)提示区

提示区为用户下一步操作提供提示,提高建模的准确性。例如在创建一个集合(Set)时,提示区将提醒用户选择对应的对象;在分割一个部件时,提示区将提示用户选择切割方式,以便决定下一步操作。

（9）信息区

信息区将显示状态信息和警告，这也是命令行接口（Command line interface）的位置，两者可通过主窗口左下角 ![icon](Message area) 和 ![icon](Command line interface) 图标相互切换。

ABAQUS/CAE 在信息区显示状态和警告信息，可采用鼠标拖拽操作改变其大小，也可采用滚动条查阅信息区信息。

2.3 ABAQUS/CAE 分析模块（Module）

一个 ABAQUS/CAE 模型中可以包含多个模型，一个模型 Module（模块）列表中包含 10 个功能模块，点击窗口顶部环境栏可查看相关模块，如图 2.4 所示，这些模块的次序也是 ABAQUS/CAE 推荐建模顺序，当然用户也可根据需要选择适当的建模次序。

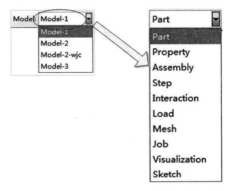

图 2.4 ABAQUS/CAE 分析模块

一般情况下，材料、边界条件及荷载等直接定义在几何模型上，而不是定义在单元和节点上，这样在修改网格时，不必重新定义材料和边界条件等模型参数。当然用户可根据需要首先划分网格，用于优化几何模型，这种情况下如修改几何模型，之前定义好的边界条件、荷载及接触等均失效，需重新定义。

2.3.1 Sketch 模块

使用 Sketch 模块可以绘制部件二维平面，包括实体部件、梁、区域等，利用草图模块绘制的二维平面利用拉伸、旋转等功能可生成三维部件。

（1）Sketch 模块进入方式

1）进入环境栏 Module 列表，选择 Sketch 模块，点击左侧工具栏![icon](Create Sketch)，输入创建草图名称，即可进入绘图环境。

2）进入环境栏 Module 列表，选择 Part 模块，点击左侧工具栏![icon](Create Part)，设定 Part 创建参数，即可进入绘图环境。

3）在 Part、Assembly 和 Mesh 模块中点击![icon](Partition Face：Sketch)，也可进入 Sketch 模块进行某个面的切分。

（2）草图绘制工具

进入草图绘制环境后，左侧绘图工具栏提供了以下绘图功能，用户可根据需要在右侧绘图区完成草图二维平面的绘制。

1）绘制点、线、圆、矩形、倒角和样条曲线等基本图形单元。

2）绘制水平线、垂直线、斜线和圆等用户绘图定位的辅助线。

3）尺寸标注。

4）通过移动顶点或改变尺寸修改平面。

5）复制图形。

利用![icon](Partition Face：Sketch)功能分割模型某个面，进入草图方式有两种：自动计算（Auto-Calculate）和指定（Specify）。采用 Auto-Calculate 方式，选择模型从某个面进入草图环境坐标是通过软件自动计算而得的；采用 Specify 方式，用户可以指定进入草图环境的坐标位置和方向。推荐采用 Specify 方式进行草图绘制。

同许多 CAD 系统类似，ABAQUS/CAE 中也是基于部件和部件实体装配体的概念，在 Sketch 模块下点击主菜单[File]→[Import]→[Sketch]，可以导入以下格式的二维 CAD 文件：AutoCAD(.dxf)、IGES(.igs)、ACIS(.sat)和 STEP(.stp)。

2.3.2　Part 模块

ABAQUS/CAE 模型由一个或多个部件构成，用户可在 Part 模块中创建和修改部件，进入 Assembly 模块进行组装。ABAQUS/CAE 中的部件有两种：几何部件（native part）和网格部件（orphan mesh part）。几何部件是基于"特征"的（feature-based），特征（feature）包含了部件的几何信息、设计意图和生成规则；网格部件不包含特征，只包含关于节点、单元、面、集合（Set）的信息。

两种部件各有优点，几何部件提高了几何模型的修改效率，修改网格时无须重新定义材料、荷载及边界条件；网格部件直接使用划分好的网格，便于用户对节点和单元进行编辑。在实际分析过程中，几何部件和网格部件往往均共存于模型中，用户可以对几何部件进行操作，也可以处理单纯的节点和单元数据，接触、荷载以及边界条件既可以施加在几何部件上，也可以直接施加在单元的节点、边或面上。这种允许几何部件与网格部件混合使用的建模环境，为用户分析特定问题提供了极大的方便。

（1）Part 模块的功能

在 Part 模块中可以创建、编辑和管理模型中的各个部件，具体包括以下功能。

1）主菜单 Part：可创建柔体部件（deformable part）、离散刚体部件（discrete rigid part）或解析刚体部件（analytical rigid part），对它们进行复制、重命名、删除、锁定和解除锁定等操作。

2）主菜单 Shape：通过创建拉伸（extrude）、旋转（revolve）、扫掠（sweep）、倒角（round/fillet）和放样（loft）等特征来定义部件的几何形状。

3）主菜单 Tools：定义集合、基准和刚体部件的参考点，用于分割部件。

（2）部件创建

在 Part 模块下点击菜单栏[Part]→[Create]可创建 3D、2D、轴对称（Axisymmetric）三种几何模型，类型可以为柔性部件（Deformable）、离散刚体（Discrete rigid）、解析刚体（Analytical rigid）和欧拉型（Eulerian），几何属性（Shape）可以为：实体（Solid）、壳体（Shell）、线（Wire）和点（Point），如图 2.5 所示。

（3）道路工程建模

对于道路工程常用的几何模型有 3D、2D 平面，对于某些具有对称性质的材料或路面结构，也可以采用轴对称模型进行建模；根据研究对象，路面结构材料中水泥混凝土、沥青混凝土、水泥稳定碎石、大粒径沥青碎石、土基一般采用 Solid 建模；对于传力杆、钢筋等单元根据模型分析部位不同可以采用 Solid 单元或 Wire 单元；对于路面结构中的初始裂纹可以通过 Wire 进行定义。

图 2.5　Create Part 对话框

在 Part 模块下可利用拉伸、旋转、倒角等功能对部件调整,这些工具运用见本书实例讲解。

2.3.3 Property 模块

该模块主要用于定义模型所使用的本构关系。ABAQUS/CAE 与其他软件不同,不能直接指定单元或几何部件的材料特性,而是要首先定义相应的截面属性(Section),然后指定截面属性的材料,再把此截面属性赋予相应的部件。注意这里的"截面属性"包含的是广义的部件特性,而不是通常意义上的梁或板的截面形状。下面简单介绍 Property 模块的主要内容。

1)主菜单 Material:创建和管理材料。

2)主菜单 Section:创建和管理截面属性。

3)主菜单 Profile:创建和管理梁截面。

4)主菜单 Special→Skin:在三维物体的某一个面或轴对称物体上的一条边上附上一层皮肤,这种皮肤的材料可以与物体原来的材料不同。

5)主菜单 Assign:指定部件的截面、取向(Orientation)、法线方向和切线方向。

ABAQUS 定义了多种材料本构关系及失效准则模型,主要包括以下内容。

(1)弹性材料模型

1)线弹性:可以定义弹性模型、泊松比等弹性特性。

2)正交各向异性:具有多种典型失效理论,用于复合材料结构分析。

3)多孔结构弹性:用于模拟土壤和可压缩泡沫的弹性行为。

4)亚弹性:可以考虑应变对模量的影响。

5)超弹性:可以模拟橡胶类材料的大应变影响。

6)粘弹性:时域和频域的粘弹性材料模型。

(2)塑性材料模型

1)金属塑性:符合 Mises 屈服准则的各向同性塑性模型,以及遵循 Hill 准则的各向异性塑性模型。

2)铸铁塑性:拉伸为 Rankine 屈服准则,压缩为 Mises 屈服准则。

3)蠕变:考虑时间硬化和应变硬化定律的各向同性和各向异性蠕变模型。

4)扩展的 Drucker-Prager 模型:适于模拟沙土等粒状材料的不相关流动。

5)Capped Drucker-Prager 模型:适于地质、隧道挖掘等领域。

6)Cam-Clay 模型:适于粘土类材料的模拟。

7)Mohr-Coulomb 模型:与 Capped Drucker-Prager 模型类似,但可考虑不光滑小表面情况。

8)泡沫类材料模型:可模拟高度压缩材料,可应用于消费品包装及车辆安全装置等领域。

9)混凝土材料模型:使用混凝土弹塑性破坏理论。

10)渗透性材料模型:提供了各向同性和各向异性材料的渗透性模型,其特性与孔隙比率、饱和度和流速有关。

(3)其他材料模型

包括密度、热膨胀特性、热导率、电导率、比热容、压电特性、阻尼以及用户自定义材料特性等。

对于道路工程材料,使用最多的为弹性模型、塑性材料模型、其他材料模型,如表 2.1 所示,在本书第 4 章节中对道路工程常用本构模型进行详细介绍。

表 2.1　道路工程常用本构模型

本构模型		内　容	定义路径
弹性模型	线弹性	定义弹性模量、泊松比	Mechanical→Elasticity→Elastic
	粘弹性	定义 Prony 级数或蠕变试验 数据松弛试验数据等	Mechanical→Elasticity→Viscoelastic
塑性材料模型	蠕变	考虑时间硬化的各向同性蠕变模型	Mechanical→Plasticity→Creep
其他材料模型	热膨胀特性	用于温度荷载分析	General→Density
	热导率		Thermal→Conductivity
	比热容		Thermal→Specific

2.3.4　Assembly 模块

每个部件都被创建在自己的局部坐标系中,在模型中相互独立。使用 Assembly 模块可以为各个部件创建实体(Instance),并在整个坐标系中为这些实体定位,形成一个完整的装配体。

实体是部件在装配体中的一种映射,用户重复创建多个实体,并通过布尔运算为同一 Part 不同实体分别赋予材料参数,具体操作:Assembly→Instance→Merge/Cut。用户可以为一个部件重复地创建多个实体,每个实体总是保持着和相应部件的联系。如果在 Part 模块中修改了部件的形状尺寸,或在 Property 模块中修改了部件的材料特性,这个映射相应的实体也会自动修改,不能直接对实体进行上述修改。

整个模型只包含一个装配体,一个装配体可由一个或多个实体构成。如果模型中只有一个部件,可以只为这一个部件创建一个实体,而这个实体本身就构成了整个装配体。

在 Assembly 模块中主要包括以下内容:

1)主菜单 Instance:创建实体,通过平移和旋转来为实体定位,把多个实体合并(Merge)为一个新的部件,或者把一个实体切割(Cut)为多个新的部件。

2)主菜单 Constraint:通过建立各个实体间的位置关系来为实体定位,包括面与面平行(Parallel Face)、面与面相对(Face to Face)、边与边平行(Parallel Edge)、边与边相对(Edge to Edge)、轴重合(Coaxial)、点重合(Coincident Point)、坐标系平行(Parallel CSYS)等。

2.3.5　Step 模块

Step 模块主要完成以下操作:创建分析步、设定输出数据、设定自适应网格和控制求解过程。

(1)创建分析步

利用主菜单 Step 下各个子菜单可完成分析步的创建和管理。ABAQUS/CAE 的分析过程是由一系列分析步组成的,其中包括两种分析步。

1)初始分析步(Initial Step)

ABAQUS/CAE 中初始分析步只有一个,它不能被编辑、替换、复制和删除,但用户可对初始分析步中的边界条件和相互作用进行编辑和处理。

2)后续分析步(Analysis Step)

此分析步是由用户创建,位于初始分析步之后,用于持续分析某一特定的过程。后续分析步创建类型有以下两大类。

①通用分析步(General Analysis Step):用于线性及非线性分析,常用的通用分析步包括:Static,General:利用 ABAQUS/Standard 进行静力分析。

Dynamics，Implicit：利用 ABAQUS/Standard 进行隐式动力分析

Dynamics，Explicit：利用 ABAQUS/Explicit 进行显式动态分析。

②线性摄动分析步（Linear Perturbation Step）：只能用于分析线性问题。在 ABAQUS/Explicit 中不能使用线性摄动分析步。包括：

Buckle：线性特征值屈服。

Frequency：频率提取分析。

Modal dynamics：瞬时模态动态分析。

Random response：随机响应分析。

Response spectrum：反应谱分析。

Steady-state dynamics：稳态动态分析。

后续分析步创建：

点击 （Create Step），如图 2.6 所示。用户可根据建模需要选择分析步类型，点击

Continue... 按钮，进行分析步参数设定，弹出 Edit Step 对话框，进入 Basic 选项卡，设定默认分析步时间（Time period），几何非线性开关（Nlgeom）将决定分析过程中是否考虑几何非线性对结果的影响，若在某个分析步中出现大位移、大转动、初始应力、几何刚化或突然翻转等问题，则需要在这个分析步中将几何非线性开关设置为 On。

提示：在静力分析中，如果模型中不包含阻尼或与速率相关的材料性质，"时间"就没有实际的物理意义，一般都把分析步时间设定为默认的 1。

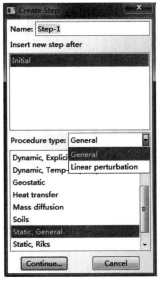

图 2.6　分析步类型选择

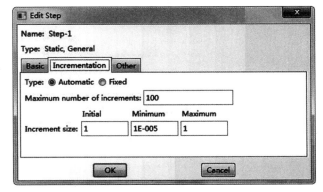

图 2.7　时间增量步设定

进入 Increment tation 选项卡，如图 2.7 所示，进行时间增量步设定。

a. Automatic（增量步类型）：增量步大小由软件控制，根据分析结果收敛情况自动增大或减小增量步。

b. Maximum number of increments（允许增量步最大数目）：当分析达到最大增量步，迭代结果不收敛，则分析步中止。

c. Initial(初始增量步大小)：对于简单的问题，可以直接令初始增量步等于分析步时间，对于复杂的非线性问题可尝试减小初始增量步。

d. Minimum(允许最小增量步)：一般使用软件默认值，若不收敛可尝试减小最小增量步，当减小最小增量步不能真正解决问题时，应该查找 MSG 文件，了解模型是否存在刚体位移、过约束、接触、网格过于粗糙或过于细化等问题。

e. Maximum(允许最大增量步)：一般采用默认值，但若模型收敛性较好，可适当减小允许最大增量步，以获取更多数据点，便于模型过程分析。

（2）设定输出数据

ABAQUS/CAE 将分析结果写入 ODB 文件中，每创建一个分析步，ABAQUS/CAE 就自动生成一个该分析步的输出要求，用户可不改变任何输出设置，获取系统默认的输出结果，当然用户可根据分析结果需要，设定输出数据类型和数量。

ODB 输出结果包含以下两种：

1）场变量输出结果（Field Output）：用于输出结果来自整个模型或模型大部分区域，被写入数据库的频率相对较低。当模型通过主求解器模块计算完成后，进入 Visualization 模块，可以生成彩色云图、变形位移图、矢量图和 XY 图。如果希望一个分析步结束时刻输出整个模型所有节点的位移则需要定义场变量输出。

进入 Step 模块，点击左侧工具栏 （Create Field Output），设置场变量输出名称，并点击 Continue... 按钮，弹出 Edit Field Output Request 对话框，用以控制场变量输出结果，如图 2.8 所示，场变量输出参数含义如下。

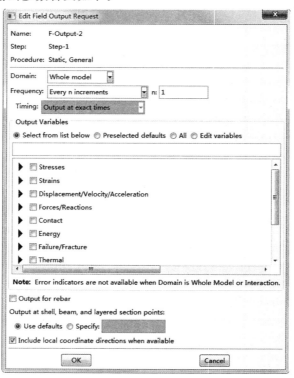

图 2.8　场变量输出控制

①Domain(范围):场变量输出是整个模型还是特定区域,可以设定的范围为 Whole model(整个模型)、Set(集合)、Bolt load(螺栓载荷)、Composite layup(复合材料层板)、Fastener(焊点)、Interaction(接触)、Skin(皮肤)、Stringer(梁)。

②Frequency(频率):场变量数据输出频率,可根据希望得到数据点数量和总分析步数目设定。若场变量输出设置为 Frequency:Evenly Spaced time intervals:20,即在一个分析步中以 20 个均匀的时间间隔输出场变量分析结果(包括应力、应变、位移等),当分析步时间为 0.02s,则每隔 0.02s/20 次＝0.001s/次,写入到 ODB 文件的是 0.001s,0.002s,…,0.020s时的位移结果,因此看不到 0.015s 时刻的数据。

③输出参量:用户可根据需要设定输出数据的类型(应力、应变、位移、力等)。

2)历史变量输出结果(History Output):这些变量输出结果来自于模型的一小部分区域,被写入输出数据库的频率相对较高,用来在 Visualization 模块中生成 XY 图。如果希望输出某个节点在所有增量步上的位移,则需要定义历史变量输出。

进入 Step 模块,点击左侧工具栏 (Create History Output),设置历史变量输出名称,并点击 Continue... 按钮,弹出 Edit History Output Request 对话框,用以控制历史变量输出结果,如图 2.9 所示。

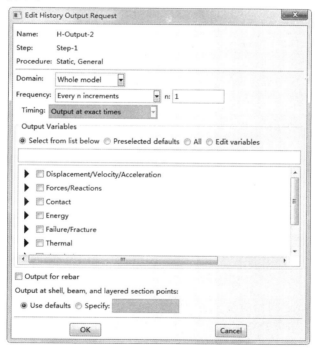

图 2.9 历史变量输出控制

通过输出变量定义,可根据需求提取计算结果以降低 ODB 文件大小,节省计算机储存空间。针对输出变量定义,本书第 5、6、7 章后处理中进行详细介绍。

(3)道路工程常用分析步

ABAQUS/CAE 中分析类型(Procedure type)分为两类,在道路工程中常用的分析步类型为:

耦合温度—位移场分析（Coupled temp-displacement）：可用于沥青路面结构的车辙分析；

热传导分析（Heat transfer）：可用于路面结构层温度随深度分布分析；

动态显式分析（Dynamic，Temp-disp，Explicit）：可用于沥青路面结构在移动荷载下车辙分析；

地应力场分析（Geostatic）：可用于考虑层间接触条件下初始地应力场定义；

静态通用分析（Static，General）：可用于路面结构一般静力分析；

粘弹性和蠕变分析（Visco）：可用于沥青混合料的蠕变分析或考虑沥青混合料粘弹性的路面结构受力分析。

2.3.6 Interaction 模块

Interaction 模块中，用户可根据需要定义模型之间的接触（Tie）、约束（Constraint）、耦合（Coupling）等相互作用。主要包括以下内容：

1）主菜单 Interaction：定义模型各个部分之间或者模型与外部环境之间的力学或热相互作用，如接触、弹性地基、热辐射等。

2）主菜单 Constraint：定义模型各个部位之间的约束关系。

3）主菜单 Connector：定义模型中的两点之间或者模型与地面之间的连接单元，模拟固定连接、铰接等。

4）主菜单 Special→Inertia：定义惯量，包括点质量/惯量、非结构质量和热容。

5）主菜单 Special→Crack：定义裂纹及裂缝。

6）主菜单 Special→Springs/Dashpots：定义模型中的两点之间或模型与地面之间的弹簧和阻尼器。

7）主菜单 Tools：包括定义 Set（集合）、Surface（面）、Amplitude（幅值）等。

（1）接触

利用部件组装装配体，当未在两组界面之间设定接触关系，则 ABAQUS/CAE 认定二者之间变形连续，因此模拟在接触关系下的分析，必须在相应的分析步设定接触关系。

（2）约束

在 Interaction 模块中，约束用于定义模型各个部分自由度之间的约束关系，具体包括以下类型：

1）Tie（绑定约束）：模型中两个面完全连接在一起，分析过程中不再分开。

2）Rigid Body（刚体约束）：在模型的某个区域和一个参考点之间建立刚性连接，此区域变为一个刚体，各个节点之间相对位置不会因为变形而发生变化。

3）Display Body（显示体约束）：与刚体约束类似，受到此约束的实体仅用于图形显示，不参与分析过程。

4）Coupling（耦合约束）：在模型的某个区域和参考点之间建立约束。

（3）绑定接触（Tie Contact）和绑定约束（Tie Constraint）

绑定约束在模型初始状态中定义，在整个模型过程中都不会发生改变。绑定接触可在某个分析步中定义，在这个分析步之间，两个面之间没有建立联系，从建立的这个分析步开始才绑定在一起。

定义 Tie Contact：Interaction 模块中，主菜单 Interaction→Create，设为 Surface to Surface Contact(不选 No adjustment)。

　　绑定约束优点是分析过程中不再考虑从面节点的自由度,也不需要判断从面节点的接触状态,计算时间会大大缩短。

　　绑定接触优点是 ABAQUS 可根据模型的未变形状态确定哪些从面节点位于调整区域并将其与主面上的对应节点创建相应的约束。

　　定义 Tie Constraint:Interaction 模块中,主菜单 Constraint→Create,设为 Tie。

　　路面结构是由各类材料组合而成,各类材料之间接触关系定义如表 2.2 所示。

表 2.2　道路工程常用接触关系定义

	接触定义	内容	定义路径
接触	Interaction	定义接触面间的接触属性,包括定义摩擦系数等参量	Interaction→Create,Interaction→Property→Create
		创建由接触面和目标面构成的接触对	
约束	Tie	用于模拟约束面间网格划分不一致但变形连续的情况	Constraint→Create
	Coupling	用于模型某个区域与参考点之间建立约束	
	Embedded Region	用于模拟钢筋实体嵌入混凝土	

2.3.7　Load 模块

　　Load 模块主要用于定义荷载、边界条件、场变量(Field)和荷载状况(Load Case)。

　　(1)荷载

　　点击左侧工具栏 ⬛ (Create Load),可定义以下几种荷载类型,如图 2.10 所示。

图 2.10　Create Load 对话框

1）Concentrated force：施加在节点或几何实体顶点上的集中力，表示为力在三个方向上的分量。

2）Moment：施加在节点或几何实体顶点上的弯矩，表示为力在三个方向上的分量。

3）Pressure：单位面积上的荷载。

4）Shell edge load：施加在板壳上的力或弯矩。

5）Surface traction：施加在面上的单位面积荷载，可以是剪力或任意方向上的力，通过一个向量来描述力的方向。

6）Pipe pressure：施加在管子内部或外部的压强。

7）Body force：单位体积上的力。

8）Line load：施加在梁上的单位长度线荷载。

9）Gravity：以固定方向施加在整个模型上的均匀加速度，例如重力。

10）Bolt load：螺栓或紧固件上的紧固力，或其长度的变化。

11）Generalized plane strain：广义平面应变荷载。

12）Rotational body force：由于模型旋转产生的体力，需要指定角速度或角加速度，以及旋转轴。

13）Connector force：施加在连接单元上的力。

14）Connector moment：施加在连接单元上的弯矩。

（2）边界条件

利用主菜单 BC 可以定义以下类型的边界条件：对称/反对称/固支、位移/转角、速度/角速度、加速度/角加速度、连接单元位移/速度/加速度、温度、声音压力、孔隙压力、电势、质量集中。

荷载和边界条件的施加与分析步有关，用户必须指定荷载和边界条件在哪些分析步中起作用。进入 Load 模块，点击菜单栏 Load→Manager，弹出 Load Manager 对话框，可以看出 Load-1 是在分析步 Step-1 中起作用，如图 2.11 所示；点击主菜单 BC→Manager，可以看到边界条件 X、X-AIX、Y、Z 在初始分析步中就开始起作用，并延续到分析步 Step-1 中，如图 2.12 所示。

图 2.11　荷载施加

图 2.12　边界条件施加

（3）场变量和荷载状况

使用主菜单 Field 可以定义场变量（包括初始速度场和温度场变量）。有些变量也与分析步有关，有些仅作用于分析的开始阶段。

使用主菜单 Load Case 可以定义荷载状况，荷载状况是由一系列荷载和边界条件组成，用于静力摄动分析和稳态动力分析。

在道路工程中，经常需定义荷载如表 2.3 所示。

表 2.3 道路工程常用荷载定义

荷载定义	内容	定义路径
Concentrated force	在路面结构或路面材料节点、几何实体确定位置施加集中力	Load→Create→Mechanical→Concentrated force
Pressure	将胎压(或行车荷载)作为均布荷载施加在路面结构中	Load→Create→Mechanical→Pressure
Body force	施加在单位体积上的体力,可以简化为重力荷载施加	Load→Create→Mechanical→Body force
Gravity	ABAQUS 根据用户定义的密度计算施加在整个模型上的重力	Load→Create→Mechanical→Gravity
Temperature	分析外界温度变化条件下路面结构内部温度场分布	Create Predefined Field→Other→Temperature

注:重力荷载(Gravity)和体荷载(Body Force)的区别:①重力荷载中给出的是各个方向上的重力加速度,受力区域上所受的合力等于受力区域的体积×密度×重力荷载(即重力加速度);②体荷载中给出的是单位体积上的力,与密度无关,受力区域上所受的合力等于受力区域的体积×体荷载。需要注意的是如果需要施加重力荷载,必须在 Property 模块中定义材料密度。

2.3.8 Mesh 模块

有限元分析的本质就是将无限自由度的问题转换成有限自由度的问题,将连续模型转化为离散模型来分析,通过简化来得到结果。但是离散模型的数目越多,最终得到的结果越接近真实情况,Mesh 模块为用户提供了将分析模型离散化的平台,用户可根据建模需要设定网格的密度、大小、形状等参数。

在 ABAQUS 的 Mesh 模块中,主要包含以下内容:

1)布置网格种子:可设置全局种子(Global seed)或设置边界上的种子(Edge seed),方便控制节点位置和密度。

2)设置单元形状:选择主菜单 Mesh→Controls,可设置部件、实体或几何区域的单元形状。对于三维问题,单元形状包括六面体(Hex)、六面体—主体单元(Hex-dominated)、四面体单元(Tet)和楔形单元(Wedge)。

3)设置单元类型:ABAQUS 单元库中提供了丰富的单元类型,几乎可以模拟实际工程中任何几何形状的有限元模型,在分析过程中选择不同的单元类型,得到的结果往往会有很大差异。

4)网格划分技术:ABAQUS 提供了三种网格划分技术:结构化网格(Structured)、扫掠网格(Sweep)、自由网格(Free)。

5)网格划分算法:ABAQUS 提供了两种算法,分别是中性轴算法(Medial Axis)和进阶算法(Advancing Front)。中性轴算法首先把划分网格的区域分为一些简单的区域,然后使用结构网格划分技术来为这些简单的区域划分网格。进阶算法是首先在边界上生成四边形网格,再向区域内部扩展。

6)检查网格质量:选择主菜单 Mesh→Verify,可为部件、实体和几何区域检查网格质量。检查完成后弹出 Verify Mesh 对话框,方便用户检查错误。

希望网格划分更加合理,需要掌握以下几步:

1)设置网格参数,指定网格属性:用户可根据 ABAQUS 提供的大量工具指定不同的网格特性,如网格密度、网格形状和网格类型。

2)生成网格:Mesh 模块提供了许多生成网格的技术。采用不同的网格生成技术,最后对划分网控制的水平也是不同的。

3)改善网格:Mesh 模块提供了许多优化网格的工具。利用边界种子设定调整区域的网格密度;利用分割工具将复杂模型分割成简单区域进行操作;利用编辑网格工具,对网格进行微调整。

4)优化网格:用户可对某些区域自动重新划分网格的秩序。

5)检查网格质量:可以提供给用户检查区域网格的质量、节点和单元信息。

2.3.9 Job 模块

Job 模块主要包括创建和编辑分析作业;提交作业分析;生成 INP 文件;监控分析作业的运行状况;终止分析作业的运行。

(1)创建和编辑分析作业

在 Job 模块中,选择主菜单 Job→Create,弹出 Create Job 对话框,如图 2.13 所示。用户可选择分析作业是基于模型还是基于 INP 文件,选择后点击 Continue... 按钮,弹出 Edit Job 对话框,如图 2.14 所示,在此对话框中,用户可设定各项参数。

图 2.13 创建 Job

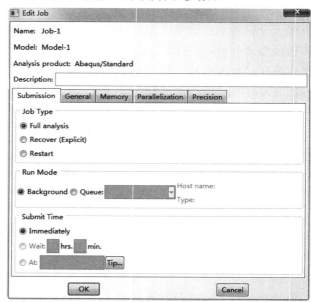

图 2.14 Job 参数设定

1)提交分析(Submission)选项卡:可设定分析作业的类型、运行的模式和提交的时间。

2)通用参数(General)选项卡:可设定前处理输出数据、存放临时数据的文件夹和需要用到的子程序(.for)。

3)内存(Memory)选项卡:可设置分析过程中运行使用的内存。

4)并行分析(Parallelization)选项卡:可设定多 CPU 并行处理。

5)分析精度(Precision)选项卡:可设置分析精度。

（2）提交作业分析

选择主菜单 Job→Manager，弹出 Job Manager 对话框，如图 2.15 所示。点击 Submit，可提交作业分析；点击 Monitor，可进入监控分析作业对话框，如图 2.16 所示。

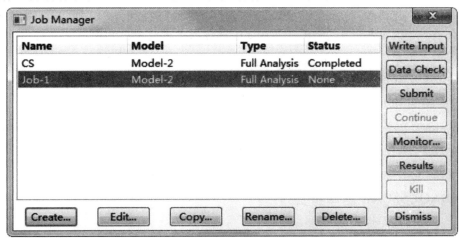

图 2.15　Job Manager 对话框

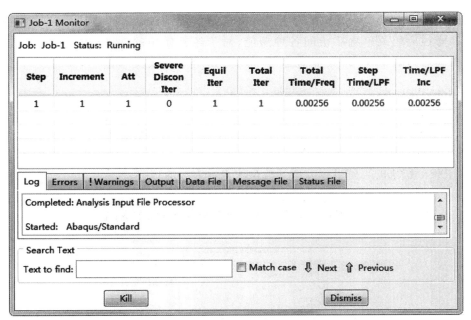

图 2.16　监控分析作业的运行状态

监控分析作业运行状态窗口部分参数含义：

1）Step：分析步编号。

2）Increment：增量步编号。

3）Att：迭代过程中的尝试（attempt）次数，每发生一次折减，Att 就增加 1。

4）Severe Discon Iter：严重不连续迭代的次数，简称 SDI。

5）Equil Iter：平衡迭代次数。

6）Total Iter：总的平衡迭代次数。

7）Total Time/Freq：总的分析步时间。

8）Step Time/LPF：当前分析步时间。

9）Time/LPF Inc：时间增量步长。

10）Log 选项卡：ABAQUS 记录文件（.log）中所记载的分析开始时间和结束时间。

11）Errors 和 Warnings 选项卡：ABAQUS 数据文件（.dat）和消息文件（.msg）中显示的错误和警告信息。

12）Output 选项卡：写入输入数据库中的数据信息。

2.3.10　Visualization 模块

Visualization 模块是 ABAQUS/CAE 的后处理模块，主要包括变形图显示、输出变量云图显示、场变量结果输出、历史变量输出，同时可以通过数据编辑将后处理结果导入到外部文件（如 EXCEL、Origin）中，方便进一步编辑和处理。

2.4　ABAQUS/CAE 基本特征

2.4.1　现代图形用户界面（GUI）

ABAQUS/CAE 是 ABAQUS 的交互式图形环境，如图 2.17 所示，可以很容易为复杂问题创建模型。ABAQUS/CAE 为用户提供了菜单、图标、对话框、视图区等交互式界面，用户可以通过应用菜单直接访问各种功能；对于经常使用的功能，用户可以自定义绘图界面以提高访问效率；窗口底部信息区可以方便用户键入文本信息，同时还可以选择不同的选项。

2.4.2　以模块的方式表示各种功能

ABAQUS/CAE 中设置了 Part、Property、Assembly、Step、Interaction、Load、Mesh、Job、Visualization 等模块，不同模块实现功能不同，如图 2.18 所示，不同模块的表示方法相似，对其中一个模块的理解可以方便其他模块表示方法的理解。

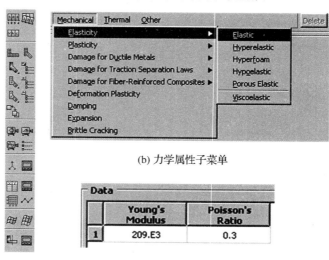

(b) 力学属性子菜单

(a) 可视化工具箱　　　(c) 弹性材料属性定义

图 2.17　现代图形用户界面

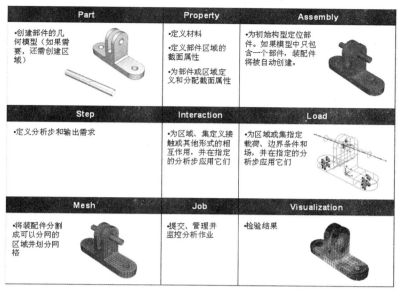

<table>
<tr><td>Part</td><td>Property</td><td>Assembly</td></tr>
<tr><td>•创建部件的几何模型（如果需要，还需创建区域）</td><td>•定义材料
•定义部件区域的截面属性
•为部件或区域定义和分配截面属性</td><td>•为初始构型定位部件。如果模型中只包含一个部件，装配件将被自动创建。</td></tr>
<tr><td>Step</td><td>Interaction</td><td>Load</td></tr>
<tr><td>•定义分析步和输出需求</td><td>•为区域、集定义接触或其他形式的相互作用，并在指定的分析步应用它们</td><td>•为区域或集指定载荷、边界条件、场，并在指定的分析步应用它们</td></tr>
<tr><td>Mesh</td><td>Job</td><td>Visualization</td></tr>
<tr><td>•将装配件分割成可以分网的区域并划分网格</td><td>•提交、管理并监控分析作业</td><td>•检验结果</td></tr>
</table>

图 2.18 ABAQUS/CAE 功能模块简介

2.4.3 模型树

模型树（model tree）是 ABAQUS 6.5 以上版本新增的内容，其包含了 Module 中所有的内容，可以方便用户对整个模型有一个直观的认识，方便快捷地查看各个组成部分，如部件、材料、分析步、荷载、输出要求，在模型树中同样可以对相关模型进行修改操作。

结果树主要用于显示输出 ODB 结果以及 XY 数据的分析结果。模型树和结果树在视图区左侧以选项卡的形式出现，方便用户的操作和对象管理。ABAQUS 模型树和结果树如图 2.19 所示。

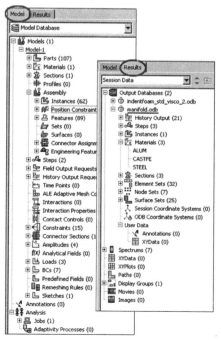

图 2.19 ABAQUS 模型树和结果树

模型树采用"集装箱式"显示方式,方便用户展开对象和显示它们之间的层次关系,用户可以通过模型前面"＋""－"对模型或内部组件进行展开和合并;同时用户可以选中模型或内部组件,并利用鼠标右键完成诸如编辑、创建、隐藏、查询等工作;将鼠标停留在某一个对象上,实时对话框将显示有关命令信息;用户可以选择某一"集装箱"作为新的"根"来减少空白的空间,完成模型树的"修剪"。

2.4.4 基于特征和参数化

在 ABAQUS/CAE 模型设计中,用户可以使用左侧菜单栏为不同的部件赋予特征,如在 Part 模块下通过拉伸、切割、倒角完成模型几何特征的赋予;在 Assembly 模块中,通过移动、旋转、阵列等操作完成局部坐标系和整体坐标系的转换;在 Mesh 模块中,将几何体分成不同区域,分别对不同的区域使用特定的网格划分技术,对于不同的边可以设定不同的网格划分密度等,如图 2.20 所示。

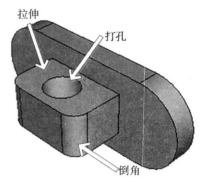

图 2.20　部件特征化

ABAQUS/CAE 在模型建立过程中引入辅助参数功能,这些参数为 ABAQUS 模型建立带来了方便,用户可以根据实际情况对这些参数进行修改,这些参数从本质上讲是特征的附加信息。

（1）修改部件尺寸

在 Part 模块下点击左侧工具栏 Edit Feature,弹出对话框点击 Edit Section Sketch 按钮,进入草图模式,点击左侧工具栏 Add Dimension,可以为部件二维草图标注尺寸,并通过修改尺寸大小完成整个部件二维草图的修改,如图 2.21 所示。

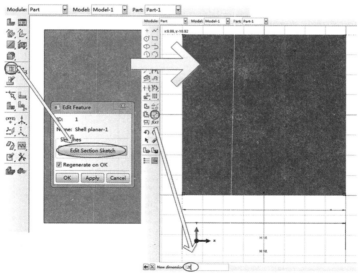

图 2.21　部件尺寸修改

（2）修改切削深度

对于三维实体部件,可以通过特征参数化修改完成整个模型在深度方向的切削。路面结构模型建立中,可以利用切削参数化功能完成钢筋实体长度、路面结构模型大小改变,从而减小建模工作量,如图 2.22 所示。

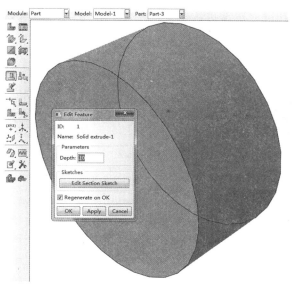

图 2.22 修改切削深度

ABAQUS/CAE 中特征包含部件的几何信息,特征的每个参数(如拉伸长度、旋转角度、切割深度、倒角半径)决定了部件几何形状,而部件特征存在父子关系。例如在长度为 100cm 的水泥混凝土板上切割一个直径 30mm、长度 100cm 的孔用于放置传力杆,那么在这样一个 Part 中将保存以下信息:

1)水泥混凝土部件长度 100cm;

2)切割孔的直径 30mm;

3)切割孔的深度 100cm。

当修改水泥混凝土板长度为 150cm 时,ABAQUS/CAE 也将自动改变切割深度;当删除实体拉伸时,切割的孔将不复存在,删除了水泥混凝土板实体,划分的网格将不复存在。

若由辅助平面剖分部件,当删除辅助平面时,此剖分将不复存在;由此辅助平面偏移形成的其他辅助平面也不复存在。ABAQUS/CAE 中删除父特征时,系统将弹出确认是否要删除父特征和所有相关子特征的提示,用户可以根据实际情况进行选择。

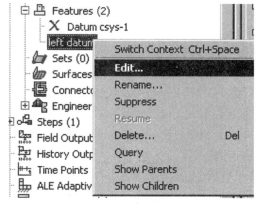

利用模型树,用户在需要修改的特征上点击右键,如图 2.23 所示,用户可以对所选择的特征进行编辑、重命名、抑制、删除等操作,模型树的展开和隐藏使得参数化建模变得更加简单。

图 2.23 特征参数的编辑

2.5 ABAQUS 帮助文档

ABAQUS 为用户提供了详细的帮助文件,典型 ABAQUS Documentation 帮助功能如

图 2.24 所示,用户可以在图中搜索对话框中输入关键词查询与之相关内容。ABAQUS 在线帮助文档可以通过主菜单的 Help 菜单进行访问,如图 2.25 所示。

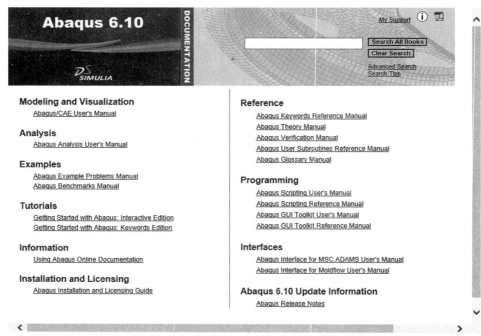

图 2.24　ABAQUS 帮助文件模块

（1）ABAQUS Analysis User's Manual（ABAQUS 分析用户手册）

ABAQUS 分析用户手册是用户经常用到的内容,用户可以通过此手册了解 ABAQUS 所有功能,如单元选择、材料模型本构、分析过程、输入格式等内容。

（2）ABAQUS/CAE User's Manual（ABAQUS 用户手册）

该手册详细说明了如何运用 ABAQUS/CAE 生成模型、提交分析和后处理,对于初学者的快速入门有很大帮助。

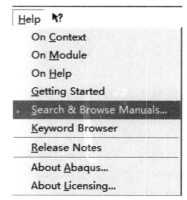

图 2.25　ABAQUS 帮助文档访问

（3）ABAQUS Example Problems Manual（ABAQUS 实例手册）

ABAQUS 实例手册为用户提供从简单到复杂的详细的计算实例,分别为 Example、Benchmarks 和 Verification,用户可以根据实例手册提供的计算实例掌握线性、非线性等计算分析,并且可以加强对单元类型和网格密度选择的理解。

（4）ABAQUS Keywords Reference Manual（ABAQUS 关键词参考手册）

该手册提供了 ABAQUS 中全部关键词的完整描述,包含对其参数和数据行的说明,方便用户进行 INP 文件的编写训练。

（5）Using ABAQUS Online Documentation（ABAQUS 在线使用手册）

该手册为 ABAQUS 在线文档阅读和搜索提供了指导。

（6）ABAQUS 网上服务

用户可以通过互联网登录 http://www.abaqus.com.cn/了解 ABAQUS 公司最新状况和一些有用信息。

2.6　本章小结

本章主要讲解了 ABAQUS 入门基础知识，包括 ABAQUS 产品组成、ABAQUS/CAE 十大分析模块、ABAQUS/CAE 基本特征以及帮助文档。

3 ABAQUS/CAE 常用功能介绍

3.1 ABAQUS 功能模块常用功能

3.1.1 通用功能介绍

ABAQUS/CAE 菜单栏 Tools 为用户提供了丰富的辅助工具,如 Query(查询)、Reference Point(参考点)、Set(集合)、Surface(面)、Partition(剖分)、Datum(辅助点)、View Cut(切面视图)等。用户通过这些功能可以方便地为模型剖分定位,查询节点及单元相关信息,为模型建立点集合、面集合、查看模型内部某个切面视图等。

这些通用的辅助工具除了 Job 模块不能使用,其他模块均能方便使用,但使用功能稍有不同,用户须合理选择。

(1)Query(查询)

点击菜单栏 Tools→Query 或点击顶部工具栏 ![icon](Query information)按钮,可以调出 Query 对话框,如图 3.1 所示,可以查询节点、距离、特征、单元、网格等相关信息,方便用户在建模中确定模型相关位置、特征等内容。

(2)Reference Point(参考点)

对于某些特定的面施加均布荷载时,为了减少建模工作量可以使用建立参考点辅助功能,并在此点和某些特定的面建立约束,从而模拟整个模型均布荷载施加。建立参考点是 ABAQUS/CAE 中一个常用的辅助功能,可以大大提高建模效率。

参考点的建立:菜单栏 Tools→Reference Point,在视图区中选中模型某点或在底部提示区输入对应坐标,建立的参考点可以在左侧模型树中显示,选择参考点并点击右键,可以对参考点进行编辑、重命名、抑制、删除、查询等功能,如图 3.2 所示。

图 3.1 Query 对话框

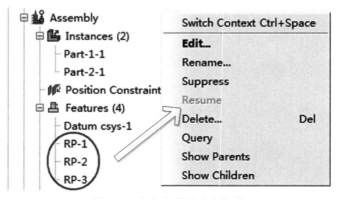

图 3.2 参考点的创建和编辑

（3）Set（集合）、Surface（面）

Set 和 Surface 功能是 ABAQUS/CAE 常用的功能之一，用户可以为点、面、体创建集合，方便模型接触关系定义、荷载施加、后处理数据提取等工作，以简化建模过程和便捷提取计算结果，如在道路工程使用扩展有限元方法模拟裂纹扩展，只有为扩展有限元区域定义Set 集合才能完成整个扩展有限元区域初始裂纹定义。

Surface 可以方便不同部件接触关系的定义。如在 Interaction 模块定义两个面之间接触，由于在整体坐标系中两个接触面坐标完全重合，主面、从面的选择较为麻烦，而采用 Surface 定义，直接为主面、从面选择相应的 Surface，不仅能保证接触定义中定义关系的准确，也便于修改。

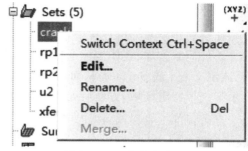

图 3.3 Set 集合定义

Set 集合查看和编辑可以通过模型树完成，如图 3.3 所示。选中定义的 Set，点击右键可以完成 Set 集合的修改、重命名、删除等编辑。Surface 集合编辑类同。

（4）Partition（剖分）

剖分作为 ABAQUS 部件的附属特征存在，属于建立模型常用的工具，用户可以将复杂部件剖分为简单的部件，从而分别赋予材料属性、定义荷载、施加边界条件、划分网格等。

ABAQUS/CAE 为用户提供了辅助平面功能，用户可以通过设定不同的辅助平面完成模型的剖分工作，辅助平面特征与部件剖分特征为 ABAQUS/CAE 典型的父子特征，如删除辅助平面，对应的剖分截面也随之消失；移动辅助平面，对应的剖分截面也随之移动。

（5）Datum（辅助点）

辅助点作为 ABAQUS/CAE 建模辅助工具，类型可设定为点、轴、平面，可以为部件的剖分提供定位功能。辅助点创建如图 3.4 所示。

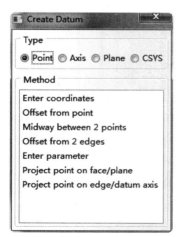

图 3.4 Create Datum 对话框

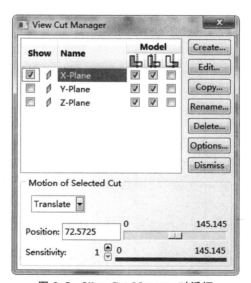

图 3.5 View Cut Manager 对话框

（6）View Cut（切面视图）

为了方便三维模型内部查看，切面视图工具成为三维建模常用的工具。ABAQUS/CAE 中建立有三个基于全局坐标系的切面视图：X-Plane、Y-Plane、Z-Plane，点击其中某个切面视图前面复选框，如图 3.5 所示，视图区将会显示出相应的切面效果。拖动 View Cut Manager 对话框底部的滚动条，可以看到切面位置会随之移动。用户同样可以通过 Create 按钮创建新的切面视图。

（7）Display Group（显示组）

在模型建立和分析过程中，用户可以单独显示复杂部件或装配体的某个部分，从而方便边界条件荷载施加、整体坐标系定位等工作，同时利用显示组可以为部件或装配体内部点、面、体定义 Set 或 Surface，从而简化建模过程。ABAQUS/Viewer 中，利用显示组可以单独显示某一个特定区域，方便后处理分析和数据提取。

点击顶部工具栏 按钮，可以调出 Create Display Group 对话框，如图 3.6 所示。显示组提供了 Replace（替换）、Add（增加）、Remove（去除）等操作按钮，可以灵活显示模型的特定区域。

图 3.6　Create Display Group 对话框

ABAQUS 显示组在 Item 中提供了多种显示方式，用户可以通过实际情况选择诸如体、面、边界、单元、节点、辅助点、参考点、Set 集合、部件等，利用键盘 Shift 键可以实现多个内容选取。

为了方便用户快捷使用显示组命令，ABAQUS 在窗口顶部提供了 （Replace）、（Remove）、 （Replace All）命令，方便用户快速选择。

ABAQUS/CAE 在窗口顶部提供了 调色板功能，方便用户对复杂部件不同部位分颜色显示，为模型创建提供方便。

3.1.2 Sketch 模块

ABAQUS/CAE 中 Sketch 模块用于绘制部件二维平面,利用左侧工具栏可以实现部件二维轮廓的创建、修改、阵列等基本操作,同时下方的附加工具可以绘制相对复杂的草图。

ABAQUS/CAE 自动绘图环境提供了一张空白虚拟图纸,如图 3.7 所示。利用左侧工具栏可以进行二维平面绘制。二维草图也可以通过 CAD 的 dxf 文件导入草图,从而方便用户对草图的编辑和修改工作,具体导入方法:主菜单 File→Import→Sketch。导入草图后,在 Sketch 模块下点击左侧工具栏![icon]按钮可提取草图模型。创建或修改后的草图可以点击左侧工具栏![icon]按钮来保存,作为后续使用。

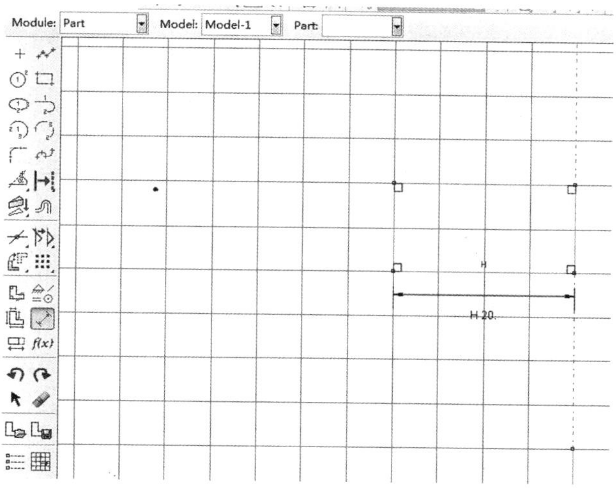

图 3.7 Sketch 模块绘图环境

Sketch 模块左侧工具栏为用户提供了基本绘图工具和附加绘图工具,利用这些基本工具可以完成从简单到复杂二维几何模型的创建。下面对路面结构常用的绘图工具进行介绍。

(1)Edit Dimension Value(修改尺寸)

道路工程中路面结构或者构筑物一般由多边形、圆模拟,而对于不同路面结构层或者进行路面结构层参数变量分析,需要对路面结构尺寸进行修改,利用左侧工具栏![icon]可以任意修改路面结构尺寸,方便模型建立。例如对一个已建立的长度×深度为 4m×5m 二维路面结构部件,利用尺寸修改命令完成路面深度调整操作,如图 3.8 所示

(2)Linear Pattern(阵列)

对于某些部件需要按照一定顺序进行排列,如钢筋阵列,利用绘图工具![icon](Linear Pattern)按钮

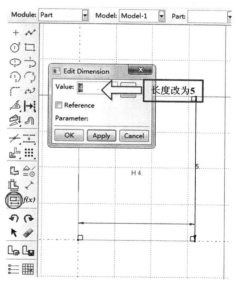

图 3.8 修改尺寸

可以完成二维草图的阵列，减小建模工作量，用户可以在 Linear Pattern 对话框中修改横向、纵向阵列数目与间距，利用 Flip 按钮可以完成阵列方向的选择，具体操作如图 3.9 所示。

（3）Trim/Extend（剪切/延长）、Split（打断）

与 AutoCAD 类似，ABAQUS/CAE 提供了诸如剪切、延长、打断等基本操作工具，方便用户快速修整绘制的模型。

3.1.3　Part 模块

Part 模块可以创建、编辑和管理模型的各个部件，下面对 Part 模块下道路工程常用辅助工具进行介绍。

（1）辅助平面创建

ABAQUS/CAE 左侧工具栏为用户提供了 7 种

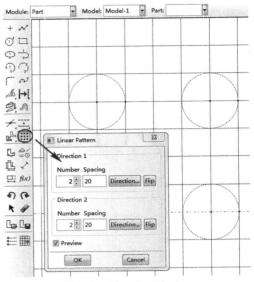

图 3.9　二维草图阵列

辅助平面创建方法 ，对于道路工程常用的有 Offset From Principal Plane、Offset From Plane 两种。为了方便模型的建立和后期处理，道路工程建模一般与三维坐标系平行或垂直，利用辅助平面可以方便 Part 定位和剖分。例如利用平面平移 （Offset From Plane）创建辅助平面，具体操作如图 3.10 所示。

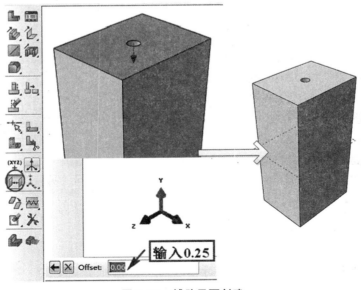

图 3.10　辅助平面创建

（2）利用辅助平面剖分部件

ABAQUS/CAE 为用户提供了 7 种部件剖分方法，需要修改剖分面的位置时只需要移动辅助平面位置即可实现剖分截面的移动。分析道路工程不同路面结构层厚度下路面结构内部应力应变响应时，利用辅助平面剖分部件可以极大提高工作效率。具体操作如图 3.11 所示

（3）特征编辑

利用特征修改 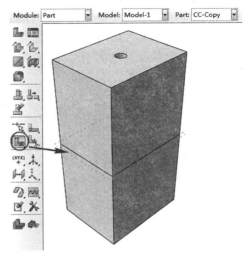 按钮将辅助平面平移到指定位置，则利用辅助平面创建的截面会随之移动到指定位置，从而完成部件剖分位置的移动。利用辅助平面特征移动剖分截面如图 3.12 所示。

图 3.11　利用辅助平面剖分部件

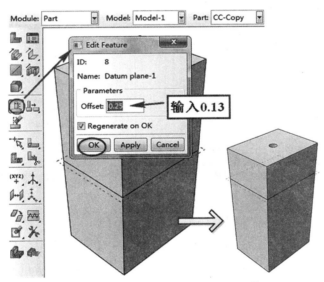

图 3.12　利用辅助平面特征移动剖分截面

（4）辅助平面关闭、打开

对于复杂模型，需要利用多个辅助平面完成部件的剖分，辅助平面过多将影响整个模型剖分的视觉效果，在 ABAQUS/CAE 建模过程中可以利用辅助平面关闭功能关闭不需要的辅助平面，等到需要时再利用打开命令将其打开，保证整个视图区的干净简洁。具体操作为：Part 模块下，菜单栏 View→Part Display Options→Datum→勾选或取消 Show datum planes→OK。

（5）视图区坐标系选择

为了方便从某个方向观察视图区部件，或在 Load 模块中进行边界选择，需要根据实际情况进行视图区坐标系选择。具体操作：点击菜单栏 View→Toolbars→Views，可以调出坐标系，点击任意图标，在视图区可以显示相应坐标系下的视图。

3.1.4 Property 模块

ABAQUS/CAE 不能直接指定单元或几何部件的材料特性,而是首先定义相应截面属性,然后指定截面属性的材料,最后将这个截面属性赋予相应的部件。下面介绍道路工程建模中 Property 模块常用工具。

(1)梁截面定义

ABAQUS/CAE 中截面属性包含的是广义的部件特性,而不是通常意义上的梁或板的截面形状,称为 Profile,梁截面创建如图 3.13 所示。在梁截面创建中需要定义梁截面属性 Profile,点击主菜单 Profile→Create,可以定义梁截面的管径、半径、直径、工字形梁、T 形梁等相关尺寸,如图 3.14 所示。

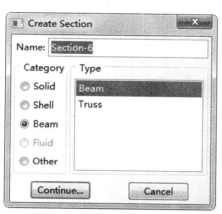

图 3.13　梁截面创建

图 3.14　梁截面属性

(2)定义梁截面方向

对于梁截面方向一般用右手螺旋法则局部坐标系(t,n1,n2)来表示,其中 t 是梁轴线的切线方向,n1、n2 与梁轴线垂直,为梁截面的局部 1、2 方向,如图 3.15、图 3.16 所示。在 ABAQUS/CAE Property 模块中,点击左侧工具栏 (Assign Beam Orientation)按钮,在窗口底部按照(t,n1,n2)顺序输入梁截面方向。

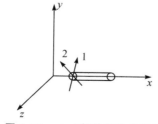

图 3.15　steel 部件整体坐标系

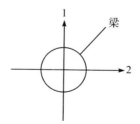

图 3.16　steel 部件局部坐标系

(3)钢筋外包玄武岩纤维的实现

传力杆在水泥混凝土路面中广泛使用,为了提升传力杆的抗腐蚀性能,部分研究会在钢筋传力杆外部包裹一层玄武岩纤维。在 ABAQUS 有限元软件中可以通过设置"皮"在钢筋传力杆外面包裹一层玄武岩纤维。具体操作步骤:

1)创建钢筋传力杆部件 steel 部件，Name 设置为 Steel，Modeling Space 设置为 3D，Type 设置为 Deformable，Shape 设置为 Wire，如图 3.17 所示。

2)为 steel 部件创建材料参数，设置玄武岩纤维"皮"。

进入 Property 模块，为 steel 部件定义材料参数，如图 3.18 所示。

图 3.17　steel 部件创建

图 3.18　steel 部件材料参数定义

设置玄武岩纤维"皮"：点击菜单栏 Special→Skin→Manager→Create→选中视图区钢筋外表面，键入 Enter 键确定，提示区显示"Select entities on which to create a skin"，点击 Done 按钮，完成玄武岩纤维"皮"创建。

3)玄武岩纤维"皮"材料参数定义。

点击左侧工具栏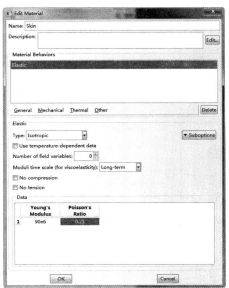(Create Material)按钮，输入材料参数，如图 3.19 所示。

图 3.19　玄武岩纤维"皮"材料参数定义

4)定义截面属性

分别为钢筋、玄武岩纤维"皮"定义截面属性,如图 3.20、图 3.21 所示,注意在玄武岩纤维"皮"定义中 Membrane thickness 为"皮"的厚度。

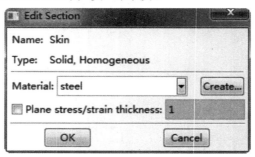

图 3.20 steel 截面属性定义

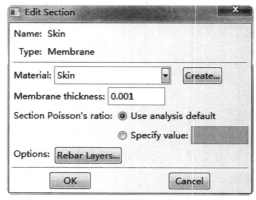

图 3.21 玄武岩纤维"皮"截面属性定义

5)赋予截面

为 steel 赋予截面:点击左侧工具栏 ▓▐(Assign Section)→选中钢筋实体,并点击提示区 Done 按钮→弹出截面赋予对话框,将 Section 设置为 steel,点击 OK 按钮完成 steel 部件截面赋予。

为 Skin 赋予截面:点击左侧工具栏 ▓▐(Assign Section)→选中钢筋外表面,并点击提示区 Done 按钮→弹出截面赋予对话框,将 Section 设置为 Skin,点击 OK 按钮完成玄武岩纤维"皮"截面赋予。

3.1.5　Assembly 模块

(1)利用阵列工具阵列部件

水泥混凝土路面钢筋或传力杆按照一定间距布置,水泥混凝土板按照一定顺序布置,路面结构中陈列部件的布置均可以通过 ▦(Linear Pattern)完成,从而减少建模工作量。具体实施步骤以本书实例 sub-EX. cae 钢筋阵列为例:

1)创建 steel 部件

在 Part 模块中创建 steel 实体部件,长度 0.5m,直径 0.03m。

2)创建截面属性,赋予截面属性

在 Property 模块中为 steel 部件创建截面属性,并为 steel 部件赋予截面属性。

3)组装装配体

在 Assembly 模块中,为 steel 部件创建装配体,然后点击 ⊞(Linear Pattern),根据提示区提示选择视图区中 steel 实体,点击 Done 按钮,弹出 Linear Pattern 对话框,如图 3.22 所示。在对话框中可以定义 1 方向、2 方向阵列数目和偏移间距,点击 Flip 可以实现当前方向正负方向选择,用户在对话框中调整阵列数据,视图区中会发生相应的变化,因此用户可以灵活调整。

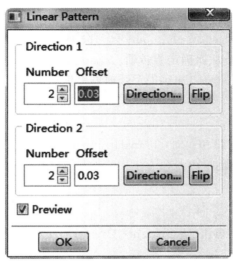

图 3.22　Linear Patter 对话框

提示:对于阵列得到的子特征,可以通过左侧模型树查看,如图 3.23 所示,点击右键可以完成修改实体名称、抑制实体(抑制完成,相应实体前面出现红叉,视图区中不会显示此实体,方便用户对组装实体进行管理)、删除、查询、独立实体和非独立实体转换等操作。

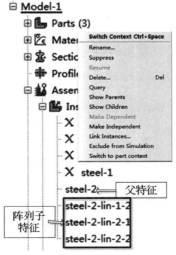

图 3.23　对应实体模型树显示

（2）实体旋转

在 Assembly 模块中，通过 命令可以完成实体旋转，具体操作步骤如下：

1）在 Part 模块中创建 CC 部件。

2）在 Assembly 模块中点击 完成 CC 部件组装。

3）点击 ，提示区提示"Select the instances to translate"，选中视图区需旋转实体，点击提示区 Done 按钮，提示区提示"Select a start point for the translation vector—or enter X，Y，Z"，在视图区中选择参考点，也可以直接在提示区输入参考点的坐标，完成后，提示区提示"Select an end point for the translation vector—or enter X，Y，Z"，用户需要指定第二个参考点从而确定旋转轴。

在实体旋转过程中，用户可以通过提示区前方黑色箭头完成返回上一步操作，以对模型的旋转操作进行修改。

（3）实体移动

在 Assembly 模块中利用 可以将实体进行坐标平移。ABAQUS 为用户提供了两种坐标移动方法：①输入坐标；②视图区参考点选择。

具体实施步骤如下：

1）在 Part 模块中建立 CC 部件。

2）在 Assembly 模块中点击 完成 CC 部件组装。

3）点击 ，选中 CC 实体，点击提示区 Done 按钮，提示区提示"Select a start point for the translation vector—or enter X，Y，Z"，用户可以输入实体参考点坐标，点击 Enter 按钮，提示区提示"Select an end point for the translation vector—or enter X，Y，Z"用户输入参考点，以确定需要移动位置坐标，点击提示区 OK 按钮，完成实体的移动。

提示：用户在进行实体坐标平移时须指定整体坐标系，并确定相应实体在整体坐标系的位置，才能进行进行坐标平移。

上述三个工具是实体组装经常使用的，在多个部件组装过程中，用户可以利用顶部工具栏 ![] ![] ![] 分别显示实体轮廓、实体外边框或辅助实体组装；利用显示组 ![] 显示组装过程中需要的实体；利用 ![] ![] ![] ![] ![] 有选择地框选对象以提高建模效率。同时上述工具也适用于其他模块中部件操作。

对于多实体组装，用户可以使用 ![]命令，分别对单一部件进行组装，并进行移动、旋转等操作，确保实体移动到整体坐标系相应位置后，再次使用 ![]命令完成下一部件组装，重复上述操作直至整个模型组装完成。

3.1.6 Step 模块

Step 中可以为荷载施加分析步、设定输出数据、设定自适应网格、控制求解过程。

（1）粘弹性分析步创建

对于考虑粘弹性的沥青路面研究分析中，可以在 Step 模块中创建 * Visco 分析步，方便进行沥青路面的粘弹性以及蠕变分析。创建方法：Step→Create→Procedure type：General，Visco。

（2）热传导计算分析

对于路面结构温度场研究分析，可以在 Step 模块中创建 * Heat transfer 分析步，方便热传导计算分析。创建方法：Step→Create →Procedure type：General，Heat transfer。

（3）行车荷载作用下路面结构动力响应分析

对于考虑行车车速、超载作用下路面结构动力响应分析，可采用动态分析，需在 Step 模块中创建 * Dynamic，Implicit 分析步。创建方法：Step→Create→Procedure type：General，Dynamic，Implicit。

（4）稳定性分析

Basic 选项卡中 Automatic Stabilization 提供了三种稳定性分析计算方法①Specify dissipated energy fraction；②Specify damping factor；③Use damping factors from previous general step。

方法①是通过 on the dissipated energy fraction 来计算 damping factor，适用于前几步模型都稳定收敛，后期不收敛情况。预设的不收敛能量耗散系数为 0.0002，通常默认启动方法①时，下方选项"use adaptive stabilization with max ration"就自动选中，默认 accuracy tolerance 为 0.05。

方法②适用于第一步就不能稳定收敛或产生奇异的情况，此时可以直接指定 damping factor，一般是通过模型的第一步计算来获得 damping factor，如果第一步就出现了不稳定，那就只能使用此选项，预设值一般不能太大。

方法③适用于第一步不启动，而在第二步启动情况，此时系统会自动计算 initial damping factors，对于这类稳定性问题，ABAQUS 采用 STABILIZATION，也就是引入粘性规划系数来提高收敛性，使得刚度矩阵 k 中具有接近 0 或是负的特征值的时候，也能够计算获得一个虚拟的解。

（5）历史变量输出

在路面结构分析中，为了研究特定点（如荷载作用点处不同深度处）的应力应变响应，可以为这些点设定输出数据和输出频率，并通过 Visualization 功能模块提取特定点的 XY 数据。点击 Step 功能模块下左侧工具栏 ▦（Create History Output），在 Domain 中选择 Set，并选中为特定点创建的 Set 集合，输出频率 Frequency，即可控制历史变量输出结果。例如，为参考点 U2 创建历史输出，并按照 10 个分析步间隔输出一次 Y 方向位移结果。首先为特定点创建参考点 U2，利用 ▦ 创建历史输出变量，如图 3.24 所示。

3.1.7　Interaction 模块

对于需要考虑层间接触的路面结构，不同的层间接触下外荷载作用的响应差别很大。下面对路面结构接触分析中常用功能进行介绍。

（1）嵌入区域约束（Embedded Region）

分析模型加钢筋对路面结构的增强功能，如分析钢筋混凝土路面受力，可以分别建立钢筋实体模型和混凝土实体模型，然后将钢筋埋置到混凝土结构中，嵌入区域约束方法：工具区 ◁（Create Constraint）→Type，Embedded Region→选中钢筋实体→选中需要嵌入的区域（或选择整个模型）。

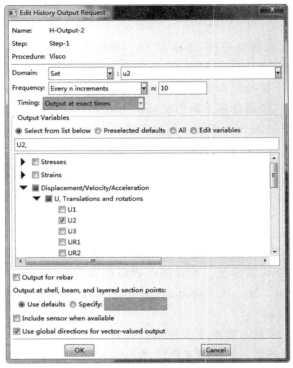

图 3.24　U2 历史变量输出设置

　　提示：为方便嵌入区域约束的创建，对于多个钢筋实体，可以先创建钢筋的 Set 集合，在嵌入区域约束中提示区显示"Select the embedded region"时，在提示区右下方选择刚刚创建的 Set 集合。

　　（2）接触关系搜索

　　建模较为复杂的路面结构，不同的层间接触关系不同，单独对每个层间接触面进行接触定义耗时耗力。ABAQUS 为用户提供了接触关系搜索功能，可以为用户搜索到不同实体之间的接触面，用户只需要修改不同接触面之间的接触特性即可完成接触关系定义，此功能大大简化模型接触关系定义。

　　接触面搜索定义方法：菜单栏 Interaction → Find Contact Pairs，用户可以在 Search domain 中选择搜索范围，搜索范围可以是整个模型也可以是相应的实体，如图 3.25所示。

　　提示：由辅助平面切割组装的部件由于层间为变形连续，因此在分析层间接触的路面结构时，对于接触面的上、下两个部件需单独定义。

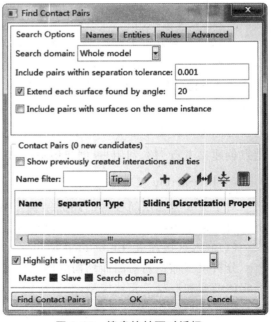

图 3.25　搜索接触面对话框

（3）路面结构分析常用接触关系

路面结构层间接触条件对道路的使用性能影响非常显著,会引起层间拉应力和基层—面层层间最大剪应力发生较大突变,有可能会引起层间相对滑移。路面结构层间接触分析常用的研究方法有两种:①考虑摩擦,利用摩擦系数来模拟层间接触关系;②采用内聚力模型来模拟层间本构关系。

1）摩阻系数

目前我国《公路水泥混凝土路面设计规范》(JTG D40-2011)采用摩擦系数来描述面层与基层之间的接触关系。

ABAQUS 定义接触属性时需要定义两部分内容:接触面之间法相作用与切向作用,利用摩擦系数定义接触面之间的接触特性时,是利用库仑摩擦定义其切向作用,库仑摩擦计算公式:

$$\tau_c = \mu \times p \qquad\qquad 3.1$$

其中,τ_c 是临界切应力,μ 是接触面之间的摩擦系数,p 是法相接触压强,在切应力未达到临切应力时,层间不会发生相对滑动。

摩擦系数定义方法:左侧工具栏 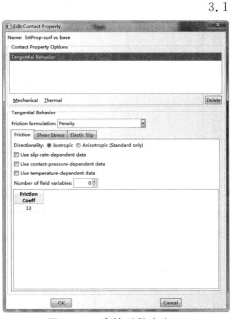（Create Interaction Property）→Type,Contact→Mechanical,Tangential Behavior,Friction formulation 设置为 Penalty,如图 3.26 所示。

2）内聚力模型

内聚力模型是利用张力—位移关系来描述其行为准则的。在 ABAQUS/Standard 中可以模拟在有法向力和切向力作用下的张力—位移关系,控制接触面之间压力行为的超闭合压力关系与内聚力行为对彼此没有相互的影响,原因是它们用不同的接触体制来描述面层之间的接触关系。只有当从节点"闭合"时(与主表面接触时),超闭合压力关系才发挥作用,只有当从节点"开放"时(与主表面不接触),内聚力行为才产生接触正应力。

图 3.26　摩擦系数定义

在剪切方向上,如果内聚刚度没有损坏,就可以认为内聚力模型是激活的,而摩擦模型是处于休眠状态的。任何切向滑移均假设为本质上是弹性性质的,并由粘层的粘结强度所限制,是引起剪切力的原因。如果已经定义了损伤,则内聚力对剪切力的贡献就是降低损伤演化。一旦内聚力的刚度开始弱化,摩擦模型的剪切应力被激活并开始。

内聚力模型在损伤启动和演化发生前,张力—位移关系为线弹性关系;当损伤启动后,利用损伤模型模拟两个内聚力表面之间的粘结强度退化和最终失效。对于内聚力模型介绍和实例应用见第 6 章。

内聚力模型接触定义方法:①定义粘聚行为:左侧工具栏 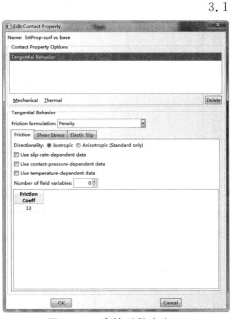（Create Interaction Property）→Type,Contact→Mechanical,Cohesive Behavior→输入三个方向的剪切刚度 K_{nn}、K_{ss}、K_{tt};②定义损伤演化准则:Mechanical,Damage→Initiation 选项卡中 Criterion 选择损

伤启动规律(Maximum nominal stress、Maximum separation、Quadratic traction、Quadratic separation),并输入三个方向的抗剪强度 Normal Only、Shear-1 Only、Shear-2 Only,同时在 Evolution 选项卡中定义损伤演化规律,具体操作如图 3.27、图 3.28、图 3.29 所示。

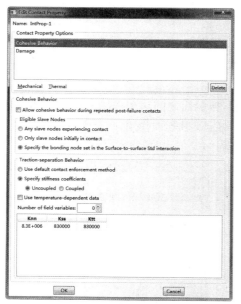

图 3.27　内聚行为定义　　　　　　　　　图 3.28　初始损伤准则定义

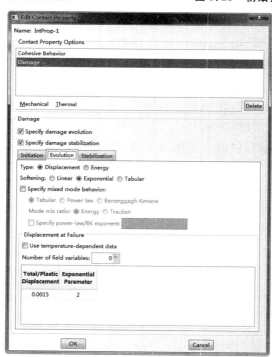

图 3.29　损伤演化定义

(4)路面裂纹模拟实现

道路工程路面裂纹模拟有两种方法:①基于经典断裂力学模型;②基于损伤力学模型。

考虑裂纹存在路面结构分析，可以利用断裂力学模型，这种力学模型是基于线弹性断裂力学方法及在其基础上发展得到的弹塑性断裂力学；对于考虑裂纹扩展，以及研究尖端裂纹行为的路面结构分析，可以采用损伤力学模型，这种力学模型是基于损伤力学发展而来的，利用损伤因子 D 来描述其失效过程，当单元达到失效条件后，刚度不断折减，最终完全断裂。

1）经典断裂力学模型模拟裂纹扩展

ABAQUS 基于断裂力学方法创建裂纹即创建 seam 裂纹。seam 裂纹创建方法：菜单栏 Special→Crack→Assign seam，如图 3.30 所示。

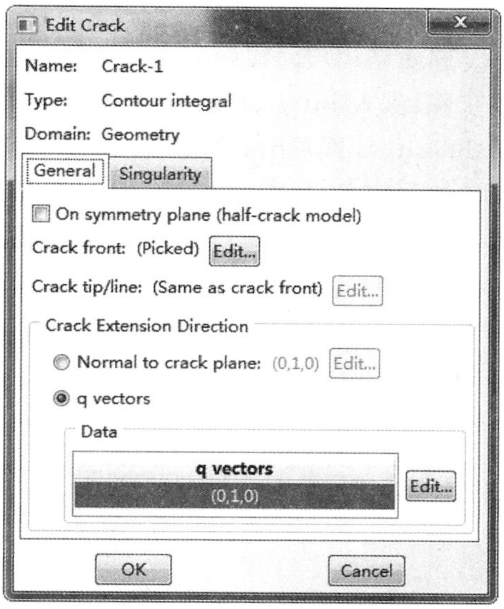

提示：对于经典断裂力学理论，主要利用应力强度因子 K（线弹性断裂力学）、J 积分或裂纹面张开的最大位移 δ（弹塑性断裂力学）确定裂纹尖端应力应变场。

图 3.30　seam 裂纹创建

2）损伤力学模型模拟裂纹扩展

损伤力学模型中目前较为流行的是内聚力模型（Cohesive Zone Model，CZM），最早由 Dugdale 和 Barenblatt 提出，其使用了力—位移法则（Traction-separation law），模拟了内聚力区域（材料宏观裂缝与内聚力尖端之间区域）内聚力变化与界面张开位移的关系。目前内聚力模型已用于研究各种材料的断裂问题，如金属、聚合物、陶瓷、混凝土等材料。关于内聚力模型在沥青混合料断裂中的应用将在第 6 章进行详细介绍。

3）扩展有限单元法（XFEM）

采用传统有限单元法对沥青混合料裂缝扩展过程进行模拟时，在实体有限元相邻边界上设置内聚力单元，不论是在扩展路径或扩展区域上设置内聚力单元，裂纹都只能在单元边界上演化和发展，而不能穿过单元内部扩展，所以裂纹扩展具有网格依赖性，采用传统有限元分析连续—非连续问题表现出很大的局限性。

XFEM 解决了开裂面与网格依赖性的缺点，裂纹可穿过有限元网格，从而真实地模拟裂纹扩展过程。XFEM 首先由 Belytschko 和 Black 提出，该方法提供了近似函数构造的统一形式，XFEM 正是基于单位分解理论对传统有限元方法的扩展。采用 XFEM 进行裂纹模拟，网格划分不需要考虑裂纹面的位置，应用单位分解法思想，在离散位移表达式中增加反映局部特性（裂纹、界面）的附加函数。在裂纹模拟时，裂纹穿过的节点用不连续的广义 Heaviside 函数进行加强，以适应裂纹面开裂位移的不连续，对包含裂尖的单元节点用裂尖渐近位移场函数进行加强，以反映裂尖区域的局部特性。采用含有加强函数的位移近似表达式后，剩下计算步骤与常规有限元相同，需要将位移表达式代入求解问题，即可得到支配方程，求解该方程组，就可以得到所求问题的位移场，进而得到应力场，通过后处理，可以对裂纹扩展过程进行追踪。

关于扩展有限元法的基本理论和应用将在第 6 章进行详细介绍。

（5）接触缺省定义

路面结构层间接触分析往往不容易收敛，而缺省定义对于解决收敛问题十分有效。具体步骤：进入 Interaction 模块，点击菜单栏 Interaction→Contact Controls→Create，并进入 Stabilization 选项卡，勾选 Automatic stabilization，保持其他参数不变，点击 OK 按钮完成接触控制定义，如图 3.31 所示。

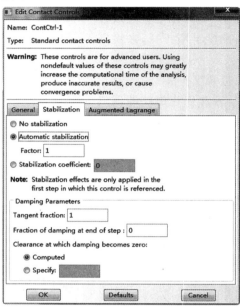

图 3.31　接触控制定义

缺省调用：点击左侧工具栏 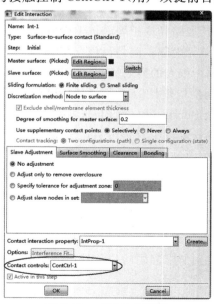（Create Interaction），创建接触，在 Slave Adjustment 选项卡中，将 Contact controls 设置为接触控制 ContCtrl-1（用户须提前自定义），如图 3.32 所示。

图 3.32　接触缺省定义

（6）裂纹面剪切刚度定义

采用内聚力本构分析路面结构层间接触问题时，需要定义路面裂纹处剪切刚度。具体步骤：进入 Interaction 模块，点击左侧工具栏▐▌(Create Interaction Property)→Mechanical，Cohesive Behavior，具体参数如图 3.33 所示。

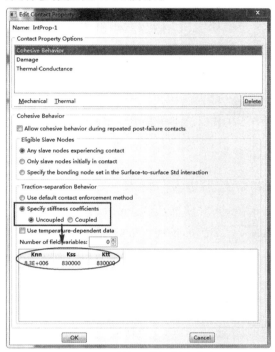

图 3.33　裂纹面剪切刚度定义

3.1.8　Load 模块

（1）自重应力场、初始应力场设置

考虑自重路面结构受力分析时，初始应力场对于模拟接触问题分析十分有效。当考虑自重因素作用时，重力是一个外力，初始应力场是一个内力，当施加了初始应力场后再施加重力荷载，可以达到内力与外力的平衡从而获得较为精确的数值模型初始状态。

ABAQUS 有限元软件提供了 5 种应力平衡法，分别是：

① *Geostatic　自动平衡法；

② *INITIAL CONDITIONS，TYPE=STRESS，GEOSTATIC；

③ *INITIAL CONDITIONS，TYPE=STRESS，FILE=$file$，INC=inc；

④ *INITIAL CONDITIONS，TYPE=STRESS，INPUT=xx. DAT；

⑤ *INITIAL CONDITIONS，TYPE=STRESS，GEOSTATIC，USER。

以上 5 种方法并不是每种都适用于所有岩土模型，方法从易到难，本文仅简述前两种应力平衡法。

方法①即在 Step 模块直接施加地应力荷载分析步 *Geostatic，在此分析步中可以施加重力(Gravity)或体积力(Body Force)。Geostatic 分析步通常作为路面结构受力分析的第一步，这是一种自动平衡法，它省去了自重应力以及生成相应初始应力文件和导入的麻烦，在 *Geostatic 分析步中选择自动增量步就能指定允许的位移变化容限。理想状态下该作用力与土体的初始应力正好平衡,使得土体的初始位移为零,自动的应力平衡只支持几种材料,如弹性、塑性。

在一些复杂问题分析中,定义的初始应力场与施加的荷载很难获得平衡,方法②为关键字定义初始应力法,此方法需给出不同材料区域的最高和最低点的自重应力及相应坐标。所采用的几何模型一般较规则,表面水平,能够通过考虑水平两个方向的侧压力系数值来施加初始应力场。由于 ABAQUS/CAE 不支持初始应力场的定义,初始应力场的设定可通过 * INITIAL CONDITIONS 命令实现,具体操作:点击菜单栏 Model→Edit keywords,找到相应模型进入 * * STEP 行之前加入命令:

> * initial conditions, type=stress, geostatic
> Setname, stress1, coord1, stress2, coord2, k0

数据行意义:施加初始应力模型的 Set 集合,竖向应力,竖向坐标,竖向应力,竖向坐标,侧向土压力系数。

(2)温度荷载施加

为路面结构施加一个初始温度:进入 Load 模块,点击左侧工具栏 ![] (Create Predefined Field),弹出 Create Predefined Field 对话框,Category 设置为 Other,Types for Selected Step 设置为 Temperature,点击 Continue... 按钮,框选整个路面结构模型,点击提示区 Done,弹出 Edit Predefined Field 对话框,设置 Magnitude 数值,此数值即为路面结构初始温度。

路面结构温度随深度分布函数定义:点击工具栏 Tools→Analytical Field→Create,进入 Create Expression Field 对话框,输入温度分布函数,具体参数如图 3.34 所示。

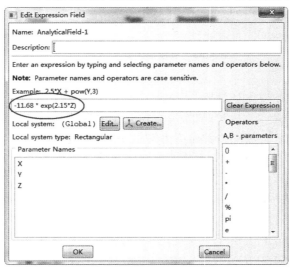

图 3.34 温度分布函数定义

3.1.9 Visualization 模块

(1)路面结构分析数据提取

路面结构分析常提取的数据有位移(U1、U2、U3)、弯拉应力(S11、S22)、弯拉应变(E11、E22)、接触压力 SPRESS、温度 NT11 等。

对于后处理提取的数据需在 Step 模块中设定相关的输出数据,注意场变量和历史变量输出区别:希望一个分析步结束时刻输出整个模型所有节点位移等,需设定场变量输出;希望输出某个节点在增量步上的位移,需设定历史变量输出。

（2）XY Data

利用后处理提取的数据均以时间为变量,为了得到诸如力与位移之间的数据文件,可以利用后处理 XY Data 工具将两组数据进行合并。ABAQUS Viewer 为用户提供了多种 XY 数据合并方式。点击左侧工具栏▦（Create XY Data）,弹出 Create XY Data 对话框,选择 Operate on XY Data,点击 Continue... 按钮,弹出 Operate on XY Data 对话框,右侧下拉框中显示出可供 XY 数据组合的公式。

（3）Path 路径

定义一条由系列点组成的路径,利用 XY Data 功能可以提取沿着此路径的分析结果,例如温度随深度分布曲线。

具体操作:点击工具栏 Tools→Path→Create

（4）灰度图形提取

点击菜单栏 File→Print→弹出 Print 对话框,将 Settings 设置为 Greyscale,Destination 设置为 File,设置保存位置和图名,点击 Format 后下拉菜单设置图片保存格式,如图 3.35 所示。

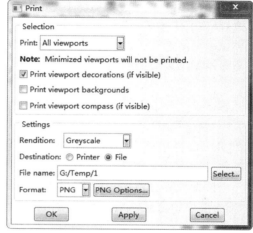

图 3.35　灰度图片提取

（5）设置视图区背景底色

点击菜单栏 View→Graphics Options,弹出 Graphics Options 对话框,点击 Viewport Background 下方（Top）、（Bottom）按钮完成视图区背景底色修改,如图 3.36 所示。

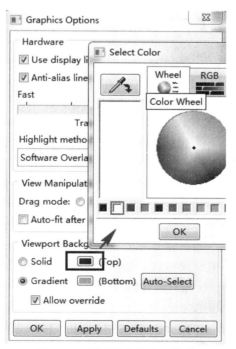

图 3.36　视图区背景底色修改

（6）视图区云图图例大小修改

点击菜单栏 Viewport→Viewport Annotation Options，弹出 Viewport Annotation Options 对话框，进入 Legend 选项卡，点击 Text 下方 Set Font 按钮，弹出 Select Font 对话框，调整 Size 数值。

（7）后处理常规设置

点击左侧工具栏 ▦（Common Options）按钮，弹出 Common Plot Options 选项卡。

模型放大：进入 Basic 选项卡，Deformation Scale Factor 选择 Uniform，并在 Value 输入数值，即为放大倍数。

显示消除网格：进入 Basic 选项卡，设置 Visible Edges 为 Free edges，点击 OK 按钮，即可消除模型中划分的网格。

单元、面、节点编号显示：进入 Labels 选项卡，勾选 Show element labels、Show face labels、Show node labels 分别显示出模型中单元、面、节点的编号。

（8）输出参数定义

ODB 文件中储存了场变量及历史变量输出结果，用户在模型建立过程中对关心的变量需要在 Step 模块中进行输出定义。

当模型计算分析完成后进入 Visualization 模块，进入 XY Data Manager 对话框可以查阅 Step 模块中定义输出的数据，下面对输出变量参数进行简单总结分析，为用户自定义输出提供参考。

1）S：Stress components（应力）。

2）Pressure（等效压应力）。

3）独立的应力分量。

三维空间任一点应力有 6 个分量 σ_x，σ_y，σ_z，σ_{xy}，σ_{xz}，σ_{yz}，在 ABAQUS 中分别对应 S11，S22，S33，S12，S13，S23。

4）U：Spatial displacement（位移）。

5）Magnitude。

位移，一般是三个方向的等效位移，而且是相对位移。

6）U1。

X 轴方向的位移，与 X 轴方向相同为正，与 X 轴方向相反为负。

7）U2。

Y 轴方向的位移，与 Y 轴方向相同为正，与 Y 轴方向相反为负。

8）U3。

Z 轴方向的位移，与 Z 轴方向相同为正，与 Z 轴方向相反为负。

路面结构模型建立过程中，需要注意路面结构深度方向为 X、Y 或 Z 方向，根据建模坐标系的不同，正确提取深度方向竖向位移。

9）CE：Creep strain components（蠕变应变）。

10）CEEQ：CEEQ（等效蠕变应变）。

11）CF：Point Loads and moments（集中力和力矩），包括 Magnitude、CF1、CF2。

12）LE：Logarithmic strain components（真应变或对数应变）。

13）PE：Plastic strain components（塑性应变分量）。

14)PEEQ：Equivalent plastic strain。

等效塑性应变——在塑性分析中若该值＞0，表示材料已经屈服；描述整个变形过程中塑性应变的累积结果；若单调加载则 PEEQ＝PEMAG。

15)PEMAG：Magnitude of plastic strain(最大塑性应变)。

PEMAG 描述的是变形过程中某一时刻的塑性应变，与加载历史无关。

16)RF：Reaction force and moments(反力和反力矩)。

17)Contact/CSTRESS，Contact stresses(接触应力)。

18)Contact/ CDISP，Contact displacements(接触位移)。

19)Displacement/Velocity/Acceleration，Translations and rotations(平移和转动)。

3.2 ABAQUS/CAE 任务管理

ABAQUS 中所有的运算均是通过命令调用相应的 ABAQUS 求解器进行的。

通过开始菜单启动 ABAQUS Command 命令，弹出的 DOS 窗口第一行自动显示 ABAQUS 默认的工作目录 C:\Temp＞(假定 ABAQUS 默认安装目录在 C 盘目录下)。为了使 ABAQUS 计算所涉及的文件均储存在用户需求的确定的目录下，可以修改 ABAQUS 的工作目录：点击开始→ABAQUS 6.10-1→右键点击 ABAQUS Command→属性，在"快捷方式"选项卡中将起始位置设置为用户自定义的目录。

双击 ABAQUS Command，进入 DOS 窗口，在 C:\Temp＞后输入 abq6101 help，按 Enter键确认，DOS 窗口将显示当前版本 ABAQUS 所支持所有命令，ABAQUS 所支持的命令多达 21 种，下面对使用较多的命令进行简单介绍。

(1)DOS 窗口下修改工作目录

```
C:\Temp＞ cd/   回车
C:\＞                   ！返回上一级目录
C:\＞pave   回车
C:\pave＞               ！进入 C 盘下 pave 文件夹目录
```

(2)ABAQUS 命令调用

```
①Abq6101 cae   ！进入 CAE 界面
②Abq6101 viewer   ！进入后处理
③Abq6101 job＝ pave int   ！在 DOS 窗口下运行 pave. inp 文件
④Abq6101 job＝pave datacheck int   ！对 pave. inp 文件进行数据检查
⑤Abq6101 suspend job＝pave   ！用于暂停一个正在背景运行的 pave. inp 任务，此时
windows 任务管理栏中仍会保留计算线程，只是不消耗 CPU 资源，当任务恢复时继续工作
⑥Abq6101 resume job＝pave   ！用于恢复 pave. inp 的作业分析
Abq6101 terminate job＝ pave   ！用于终止正在背景运行的任务 pave . inp，相当于
Kill 功能，直接"杀死"正在运行的任务，不可恢复
⑦Abq6101 job＝pave   cpus＝2 int   ！设定用双 CPU 机器进行 pave. inp 计算，如果
有多个参数值，其格式为参数名称＝(参数值 1，参数值 2，参数值 3，…)
⑧用 DOS 批量计算 inp 文件：用 Visual Studio 编写 a. bat 文件：
```

Call abq6101 job=pave int

Call abq6101 job=crack int

进入 DOS 窗口输入 a,按 Enter 键确认。首先计算 pave.inp,计算完成后开始 crack.inp 文件的计算,批量 inp 文件处理可以方便不同参数变量敏感性分析,注意所有文件必须在 ABAQUS 工作目录下,才能完成调用和计算。

提示:本内容是基于 ABAQUS 6.10 版本,因此 DOS 窗口下输入的命令均以 Abq6101 开始,针对不同的版本,用户可进入 ABAQUS 安装目录(如 C:\…\SIMULIA\ABAQUS\Commands)下寻找 *.dat 文件,"*"即为当前版本 DOS 窗口下的开始命令。

3.3 ABAQUS 中常用文件

用户通过 ABAQUS Command 命令调用相应的 ABAQUS 求解器进行分析计算,ABAQUS 分析过程中会得到不同类型的文件,根据 ABAQUS 文件生成先后顺序可以分为创建文件和分析文件,根据模型计算存在的类型可以分为临时文件和永久文件。临时文件是 ABAQUS/CAE 提交分析产生的中间文件,当计算完成后,这些文件将自动被删除,对于用户来说,没有什么实际意义;永久文件是在 ABAQUS 计算过程中产生的,并不随着计算完成而消失,利用这些文件可对建模过程、计算过程、错误分析进行查询,是用户经常查阅的文件。下面对几种常见的永久性文件进行介绍。

3.3.1 cae 文件(模型数据文件)和 jnl 文件(日志文件)

模型数据文件和日志文件是 ABAQUS/CAE 前处理保存的文件,在模型创建过程中,点击 Save 时,软件就会同时生成 *.cae 和 *.jnl 文件,对于用户来说这是一个模型建立最基本的文件,其中 *.cae 文件包含了分析模型以及提交作业等相关数据,*.jnl 文件包含了 ABAQUS/CAE 的命令,可以用来重新构造模型数据。

*.cae 和 *.jnl 文件是 ABAQUS/CAE 最基本的文件,两个文件必须同时存在才能正确打开一个项目,当文件夹仅存在 *.cae 文件,而没有相应的 *.jnl 文件时,ABAQUS/CAE 视图区将弹出如图 3.37 所示警告窗口,若忽略这种警告,当 ABAQUS/CAE 建模出现非正常错误时,所有的模型数据将无法恢复。

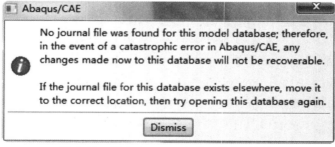

图 3.37 不存在 *.jnl 文件时警告对话框

3.3.2 INP 文件

INP 文件是 ABAQUS/CAE 提交作业分析时在相应的工作目录产生的一个数据文件,它包含了对整个模型的描述,在 ABAQUS Command 窗口下调用 INP 文件相当于在 ABAQUS/CAE 和 ABAQUS/Standard(或 ABAQUS/Explicit)之间建立了一个传输数据通道。早期 ABAQUS 有限元软件仅能通过编写 INP 文件进行建模,在后期版本中开发了

ABAQUS/CAE 前处理交互式界面,所有的模型创建工作才转移到 ABAQUS/CAE 中,用户通过 ABAQUS/CAE 前处理得到的 ∗.cae 只是为 INP 文件服务。

（1）INP 文件生成方法

用户在 ABAQUS/CAE 工作环境下进入 Job 模块功能,并将建立的模型提交作业分析或点击 Job Manager 对话框中的 Write Input,就会在默认的工作目录下生成 INP 文件。

在很多情况下,有些功能并不能在 ABAQUS/CAE 前处理中进行编辑,这就须使用 INP 文件进行修改,从而控制分析过程。ABAQUS/CAE 前处理中写入 INP 命令操作:菜单栏 Model→Edit Keywords,选择需要修改 INP 文件的模型,或直接利用 Write Input 生成 INP 文件,找到相应的 INP 文件进行修改。

（2）INP 文件结构

INP 文件每一块数据都是对模型某方面特征的描述,在 INP 文件中可以查询到交互式界面所有定义的内容,例如:

```
∗∗ PARTS
∗∗
∗Part, name＝AC
∗Node
1,  38.7703285,  －64.2017288
...
2380,  －3.33430171,  3.7486763
```

该内容表示在 Part 模块中建立了名称为 AC 的部件,并显示出二维模型的节点编号和坐标,从 INP 数据中可知 AC 部件共由 2380 个节点组成。

INP 文件主要由五个数据块组成:Part 数据块、Instance 数据块、Assembly 数据块、Step 数据块、整个模型层 Model。下面对 INP 内部的关键词和代表内容进行介绍。

1）∗HEADING

INP 文件均以 ∗HEADING 开头,在此数据中主要有 Job Name、Model Name 等与模型建立相关信息。

2）∗PREPRINT

INP 文件 ∗PREPRINT 数据块中记录的信息可以用来进行 Dat 文件的设置和修改,采用 ABAQUS/CAE 前处理生成的 INP 文件无须对此数据块进行修改。

3）∗Part

Part 数据块的格式为:

```
∗Part，name＝＜部件名称＞
...
∗End Part
```

如果建立的部件为网格划分在部件上的非独立实体,在 INP 文件 Part 数据块中包含节点编号、单元类型、集合和截面属性等参数;如果建立的部件为网格划分在部件上的独立实体,那么 Part 数据块上没有诸如节点、单元、集合和截面属性等实质性内容,只会显示部件名称,对应的相关信息将会在 INSTANCE 数据块中显示。

4) ＊Node

对于一维模型,节点数据块格式：

```
＊Node
<节点编号>,<节点坐标>
```

对于二维模型,节点数据块格式：

```
＊Node
<节点编号>,<节点坐标1>,<节点坐标2>
```

对于三维模型,节点数据块格式：

```
＊Node
<节点编号>,<节点坐标1>,<节点坐标2>,<节点坐标3>
```

在 INP 文件中不同的实体用相应的实体名称作为前缀区分,如 A 部件和 B 部件相应实体名称为 Part-A-1 和 Part-B-1,则部件 A 的 3 节点用 Part-A-1.3 表示,而部件 B 的 3 节点编号为 Part-B-1.3,因此不同的部件或实体可以有相同的节点、单元编号。

5) ＊ELEMENT

INP 文件中关键词 ＊ELEMENT 基本形式为：

```
＊ELEMENT, TYPE=<单元类型>
<单元编号>,<节点1编号>,<节点2编号>,<节点3编号>,…
```

ABAQUS 为用户提供了大量的单元类型,用户可以根据实际情况合理选择,在 ABAQUS/CAE 前处理中用户可以查阅到相关单元类型。

6) ＊NSET 和 ＊ELSET

集合根据定义数据块的不同可以分为两类：

①定义在 ＊PART 或 ＊INSTANCE 数据块中的集合

这类集合主要出现于 ＊PART 和 ＊END PART 或 ＊INSTANCE 和 ＊END INSTANCE 之间,由于模型中单元必须赋予截面属性,就一定有单元定义在 ＊PART 或 ＊INSTANCE 数据块中。

②定义在 ＊ASSEMBLY 数据块中的集合

这类集合主要用于施加荷载、边界条件、接触面、约束等,一般出现在 ＊END INSTANCE 之后、＊END ASSEMBLY 之前。

由于节点集合和单元集合数据一般同时出现,表示形式主要有两种,下面以定义在 ＊PART或 ＊INSTANCE 数据块中为例进行介绍。

①当节点和单元标号连续,则可以表示为：

```
＊NSET, NSET=<节点集合名称>, INTERNAL,GENERATE
<起始节点编号>,<结束节点编号>,<节点编号增量>
＊ELSET, ELSET=<单元集合名称>, INTERNAL,GENERATE
<起始单元编号>,<结束单元编号>,<单元编号增量>
```

②当节点和单元编号不是连续的,则可以表示为：

```
＊NSET, NSET=<节点集合名称>
<节点编号1>,<节点编号2>,<节点编号3>,…,<节点编号20>,…
＊ELSET, ELSET=<单元集合名称>
<单元编号1>,<单元编号2>,<单元编号3>,…,<单元编号20>,…
```

7)＊SOLID SECTION

截面属性数据块格式为：

＊SOLID SECTION，ELSET＝<单元集合名称>，MATERIAL＝<材料名称>

此数据块主要用于当前部件或实体截面属性赋予。

8)＊ASSEMBLY

装配数据块格式为：

＊ASSEMBLY，NAME＝<装配件名称>

...

＊END ASSEMBLY

其中省略号包含了 INSTANCE 数据块，定义在 ASSEMBLY 数据块中关于约束、荷载等相关的集合数据块。

9)＊INSTANCE

实体数据块格式为：

＊INSTANCE，NAME＝<实体名称>，PART＝<部件名称>

...

＊END INSTANCE

当定义的实体为非独立实体，对应的 INSTANCE 数据块中不包含节点、单元、集合和截面属性等数据，仅显示出非独立实体名称、部件名称等信息；当定义的实体为独立实体时，数据中的省略号将包含与部件相关的数据信息。

10)＊SURFACE

面数据块格式为：

＊SURFACE，TYPE＝<面的类型>，NAME＝<面的名称>，INTERNAL

<构成此面的集合1>，<名称1>

...

其中面的名称默认为 ELEMNET，即由单元构成的面。

11)＊MATERIAL

材料数据块格式为：

＊MATERIAL，NAME＝<材料名称>

＊ELASTIC

<弹性模量>，<泊松比>

如果需要定义粘弹性材料(如沥青混合料)，还需要使用关键词 ＊VISCOELASTIC 来定义粘弹性材料参数，对于考虑弹塑性的材料需要使用关键词 ＊PLASTIC 来定义塑性应力应变曲线等。

12)＊STEP

对于静力分析，分析步数据块格式为：

＊STEP，NAME＝<分析步名称>

＊STATIC

<初始增量步>，<分析步时间>，<最小增量步>，<最大增量步>

13）＊BOUNDARY

ABAQUS 可以在初始分析步 INITIAL 中、后续分析步 STEP-1 等中定义，若定义位置不同，边界条件数据块存在的位置也有所区别。下面以位移边界条件为例介绍边界条件数据块格式，对于其他类型的边界条件，只需要将其中的"Displacement/Rotation"替换为"Submodel"等即可。

直接定义受约束自由度，格式为：

```
＊BOUNDARY CONDITIONS
<节点编号和节点集合>，<第一个自由度的编号>，<最后一个自由度编号>，<位移值>
```

如果边界条件的位移值为 0，则上面的<位移值>可以省略，以 DCT 数值模拟为例（见第 6 章）介绍边界条件表示方法。

```
＊＊BOUNDARY CONDITIONS
＊＊
＊＊Name：BC-1 Type：Displacement/Rotation
＊Boundary
_PickedSet 23，1，1
_PickedSet 23，2，2
＊＊——————————————————————————————
＊＊
＊＊STEP：Step-1
…
```

14）＊LOAD

不同的加载方式荷载数据块中的表示方式也不相同，下面对几种常见的荷载数据块形式进行介绍。

①＊CLOAD（集中荷载）

集中荷载数据块格式为：

```
＊CLOAD
<节点编号或节点集合名称>，<自由度编号>，<荷载值>
```

②＊DLOAD（定义在单元上的分布荷载）

定义在单元上的分布荷载数据块格式为：

```
＊DLOAD
<节点编号或节点集合名称>，<荷载类型代码>，<荷载值>
```

③＊DSLOAD（定义在面上的分布荷载）

定义在面上的分布荷载数据块格式为：

```
＊DSLOAD
<面的名称>，<荷载类型代码>，<荷载值>
```

15）＊OUTPUT REQUESTS

输出数据设置数据块一般出现在 INP 文件分析步数据块的最后位置，利用三个语句设置、确保计算结果写入 ODB 文件。

```
＊RESTART，WRITE，FREQUENCY＝0
```

其设置含义为:不输出用于重启动分析的数据。

* OUTPUT, FIELD, VARIABLE=PRESELECT

其设置含义为:将 ABAQUS 默认设置的场变量写入 ODB 文件。

* OUTPUT, HISTORY, VARIABLE=PRESELECT

其设置含义为:将 ABAQUS 的历史变量写入 ODB 文件。

同时用户可以自定义设置输出数据,一般默认格式为:

* * FIELD OUTPUT:＜场变量名称＞

* * HISTORY OUTPUT:＜历史变量名称＞

INP 文件一般按照上述关键词顺序写入数据块,并使用关键词 * * END STEP 来表示整个前处理内容的结束。

3.3.3　ODB 文件

ODB 文件为 ABAQUS/CAE 分析处理的输出数据文件,ODB 文件主要用于后处理使用,在 ABAQUS/CAE 的 Step 模块可以设定输出到 ODB 文件的变量和输出频率,也可以自定义输出 Set、Surface 集合数据等。

3.3.4　DAT 和 MSG 文件

这两类文件是 ABAQUS 提交分析过程诊断文件,DAT 文件前半部分包含预处理所生成的信息,以及相应的警告和错误信息,可以利用搜索功能查找在分析过程中出现的错误信息,并根据提示进行模型修改。

MSG 文件主要包括了分析过程中的诊断信息和提示信息,如分析过程中的平衡迭代次数、计算时间等,在 ABAQUS/CAE 的 Step 模块中,用户可以控制诊断的内容。

3.3.5　STA 文件

STA 文件是 ABAQUS 分析过程信息窗口,对于 ABAQUS/Explicit 求解器会详细列出分析过程信息,对于 ABAQUS/Standard 求解器仅简单列出分析步和收敛迭代情况。

3.3.6　F 文件

用户利用其他程序编写子程序得到的文件。

3.4　本章小结

ABAQUS 有限元分析主要分为三个步骤:使用 ABAQUS/CAE 进行前处理,使用 ABAQUS/Standard 或 ABAQUS/Explicit 进行分析计算,最后使用 ABAQUS/Viewer 进行后处理。

介绍了 ABAQUS/CAE 功能模块通用功能,如查询(Query)、参考点(Reference Point)、集合(Set)、面(Surface)、剖分(Partition)、辅助点(Datum)、切面视图(View Cut)、显示组(Display Group)等,可以为模型定位、网格划分提供方便;介绍了 ABAQUS/CAE 10 个功能模块建模常用功能,依次为部件(Part)、特性(Property)、装配体(Assembly)、分析步(Step)、相互作用(Interaction)、荷载(Load)、网格(Mesh)、作业分析(Job)、可视化(Visualization)及草图(Sketch)。

对 ABAQUS 任务管理进行介绍,诸如 abq6101 job=pave int 等简单的命令,灵活使用将大大提高 ABAQUS 计算分析效率。

ABAQUS 建模分析过程中会建立很多文件,如 * . cae、* . jnl、* . inp、* . odb 文件等,其中 * . inp 包含了所分析问题的全部信息,* . cae 包含了分析作业的模型数据,* . jnl 文件包含了 ABAQUS/CAE 所有的命令信息,* . odb 文件包含了模型分析的结果,方便后处理。

4 路面结构分析常用材料本构模型

道路工程使用的材料众多,面层常用材料有水泥混凝土、沥青混凝土,常用的基层如半刚性基层(水泥稳定碎石、二灰土等)、刚性基层(水泥混凝土、钢筋混凝土等)、柔性基层(大粒径沥青碎石、泡沫沥青等),不同的材料表现出来的材料性质不同,在有限元计算中,常常利用材料本构模型描述一种材料行为以及内部应力应变关系。随着科学技术发展,以及试验条件的改善,各国学者对道路材料的特性进行了深入研究,建立了许多描述道路材料应力应变关系的本构模型,为道路工程问题研究提供了科学依据。

ABAQUS 软件包含了大量得到实践检验的本构模型,如线弹性模型、Drucker-Prager模型、混凝土材料模型等等,这些经典本构模型在土木工程中得到了广泛的应用。下面就对路面结构分析中常用的材料本构模型进行介绍。

4.1 应力不变量和应力空间

一点的应力状态可以用该点微元体上的应力分量来表示:

$$\sigma_{ij} = \begin{bmatrix} \sigma_x & \tau_{xy} & \tau_{xz} \\ \tau_{yx} & \sigma_y & \tau_{yz} \\ \tau_{zx} & \tau_{zy} & \sigma_z \end{bmatrix} = \begin{bmatrix} \sigma_{11} & \tau_{12} & \tau_{13} \\ \tau_{21} & \sigma_{22} & \tau_{23} \\ \tau_{31} & \tau_{32} & \sigma_{33} \end{bmatrix} \qquad 4.1$$

式 4.1 表示的是一个二阶对称张量,在右侧矩阵的 9 个分量中,由于对称性,剪应力成对相等,如式 4.2 所示,故只有 6 个独立分量。

$$\sigma_{12} = \sigma_{21}, \sigma_{23} = \sigma_{32}, \sigma_{13} = \sigma_{31} \qquad 4.2$$

ABAQUS 中,应力以拉应力为正,但在路面结构计算中,正应力方向规定以压应力为正,因此在相关问题分析时,应该注意应力符号。

主应力:在应力作用面上,只有法应力,没有剪应力,如图 4.1 所示。

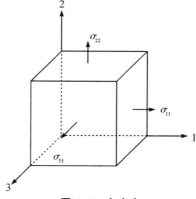

图 4.1 主应力

在二维空间中,应力张量的主应力可通过 Mohr 圆来计算(见图 4.2)。

$$\sigma_{1,2} = \frac{\sigma_{11} + \sigma_{22}}{2} \pm \sqrt{\left(\frac{\sigma_{11} - \sigma_{22}}{2}\right)^2 + \tau_{12}^2} \qquad 4.3$$

$$\tan 2\theta = \frac{2\tau_{12}}{\sigma_{11} - \sigma_{22}} \qquad 4.4$$

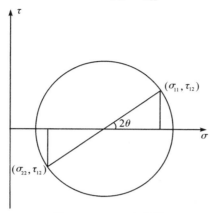

图 4.2 Mohr 应力圆

应力张量为偏应力加上静水压力,即

$$\boldsymbol{\sigma} = \boldsymbol{S} - p\boldsymbol{I} \qquad 4.5$$

式中,$\boldsymbol{S}$ 表示偏应力张量。

4.2 弹性模型

线弹性材料是有限元分析最常用的材料模型之一,其本构模型基于广义胡克定律,在 ABAQUS 有限元软件中,用户可以定义材料的弹性模量和泊松比等材料参数,主要包括各向同性弹性模型、正交各向异性弹性模型和各向异性模型。线弹性模型的本构方程为:

$$\boldsymbol{\sigma} = \boldsymbol{D}^{\text{el}} \boldsymbol{\varepsilon}^{\text{el}} \qquad 4.6$$

式中,$\boldsymbol{\sigma}$ 为应力分量向量;$\boldsymbol{\varepsilon}^{\text{el}}$ 为应变分量向量;$\boldsymbol{D}^{\text{el}}$ 为弹性矩阵。

4.2.1 各向同性弹性模型

最简单的线弹性模型为各向同性线弹性模型,它具有 6 个应力／应变分量(对于平面问题,只有 3 个应力／应变分量),其应力 — 应变表达式为:

$$
\begin{bmatrix} \varepsilon_{11} \\ \varepsilon_{22} \\ \varepsilon_{33} \\ \gamma_{12} \\ \gamma_{13} \\ \gamma_{23} \end{bmatrix} =
\begin{bmatrix}
1/E & -\upsilon/E & -\upsilon/E & 0 & 0 & 0 \\
-\upsilon/E & 1/E & -\upsilon/E & 0 & 0 & 0 \\
-\upsilon/E & -\upsilon/E & 1/E & 0 & 0 & 0 \\
0 & 0 & 0 & 1/G & 0 & 0 \\
0 & 0 & 0 & 0 & 1/G & 0 \\
0 & 0 & 0 & 0 & 0 & 1/G
\end{bmatrix}
\begin{bmatrix} \sigma_{11} \\ \sigma_{22} \\ \sigma_{33} \\ \sigma_{12} \\ \sigma_{13} \\ \sigma_{23} \end{bmatrix} \qquad 4.7
$$

各向同性线弹性模型的模型参数为杨氏模量 E 和泊松比 υ,剪切模量 G 是 E 和 υ 的表达式,可以表示为:

$$G = \frac{E}{2(1 + \upsilon)} \qquad 4.8$$

弹性模型参数可定义为场变量的函数,如温度。

各向同性弹性模型用法为(见图 4.3):

输入文件法:＊ELASTIC,TYPE＝ISOTROPIC

ABAQUS/CAE 定义:Property module:material editor:Mechanical → Elasticity → Elastic:Type:Isotropic

图 4.3 各向同性线弹性模型用法(ABAQUS/CAE)

4.2.2 正交各向异性弹性模型

正交各向异性的独立模型参数为 3 个正交方向的杨氏模量 E_1、E_2、E_3,3 个泊松比 υ_{12}、υ_{13}、υ_{23},3 个剪切模量 G_{12}、G_{13}、G_{23},其应力－应变的表达式为:

$$\begin{bmatrix} \varepsilon_{11} \\ \varepsilon_{22} \\ \varepsilon_{33} \\ \gamma_{12} \\ \gamma_{13} \\ \gamma_{23} \end{bmatrix} = \begin{bmatrix} 1/E_1 & -\upsilon_{21}/E_2 & -\upsilon_{31}/E_3 & 0 & 0 & 0 \\ -\upsilon_{12}/E_1 & 1/E_2 & -\upsilon_{32}/E_3 & 0 & 0 & 0 \\ -\upsilon_{13}/E_1 & -\upsilon_{23}/E_2 & 1/E_3 & 0 & 0 & 0 \\ 0 & 0 & 0 & 1/G_{12} & 0 & 0 \\ 0 & 0 & 0 & 0 & 1/G_{13} & 0 \\ 0 & 0 & 0 & 0 & 0 & 1/G_{23} \end{bmatrix} \begin{bmatrix} \sigma_{11} \\ \sigma_{22} \\ \sigma_{33} \\ \sigma_{12} \\ \sigma_{13} \\ \sigma_{23} \end{bmatrix} \qquad 4.9$$

正交各向异性弹性模型用法(见图 4.4):

输入文件用法:＊ELASTIC,TYPE＝ENGINEERING CONSTANTS

ABAQUS/CAE 用法:Property module:material editor:Mechanical → Elasticity → Elastic:Type:Engineering Constants

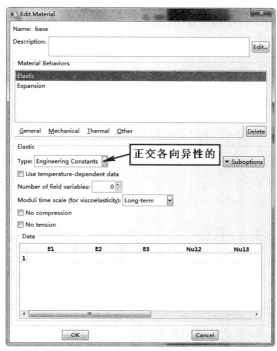

图 4.4 正交各向异性线弹性模型用法(ABAQUS/CAE)

在正交各向异性模型中,如果材料的某个平面上性质相同,即为横观各向同性弹性体,假设 1－2 平面为各向同性平面,那么有 $E_1 = E_2 = E_p$,$\upsilon_{31} = \upsilon_{32} = \upsilon_{tp}$,$\upsilon_{13} = \upsilon_{23} = \upsilon_{pt}$,$G_{13} = G_{23} = G_t$,其中 p 和 t 分别代表横观各向同性体的横向和纵向,因此,横观各向同性体的应力应变表达式为:

$$
\begin{bmatrix}
\varepsilon_{11} \\
\varepsilon_{22} \\
\varepsilon_{33} \\
\gamma_{12} \\
\gamma_{13} \\
\gamma_{23}
\end{bmatrix}
=
\begin{bmatrix}
1/E_p & -\upsilon_p/E_p & -\upsilon_{tp}/E_t & 0 & 0 & 0 \\
-\upsilon_p/E_p & 1/E_p & -\upsilon_{tp}/E_t & 0 & 0 & 0 \\
-\upsilon_{pt}/E_p & -\upsilon_{pt}/E_p & 1/E_t & 0 & 0 & 0 \\
0 & 0 & 0 & 1/G_p & 0 & 0 \\
0 & 0 & 0 & 0 & 1/G_t & 0 \\
0 & 0 & 0 & 0 & 0 & 1/G_t
\end{bmatrix}
\begin{bmatrix}
\sigma_{11} \\
\sigma_{22} \\
\sigma_{33} \\
\sigma_{12} \\
\sigma_{13} \\
\sigma_{23}
\end{bmatrix}
\qquad 4.10
$$

其中,$G_p = \dfrac{E_p}{2(1+\upsilon_p)}$,所以该模型的独立模型参数为 5 个。横观各向同性弹性模型用法与正交各向异性用法相同。

4.3 粘弹性材料本构模型

4.3.1 Burgers 模型

Burgers 模型由一个 Maxwell 模型和一个 Kelvin 模型串联而成,是一个 4 单元模型,如图 4.5 所示。

Burgers 模型的本构方程为:

$$\sigma + p_1 \dot{\sigma} + p_2 \ddot{\sigma} = q_1 \dot{\varepsilon} + q_2 \ddot{\varepsilon} \qquad 4.11$$

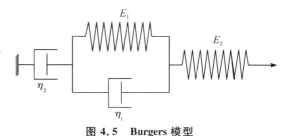

图 4.5 Burgers 模型

这里 $p_1 = (\eta_1 E_1 + \eta_1 E_2 + \eta_2 E_1)/E_1 E_2$；$p_2 = \eta_1 \eta_2/E_1 E_2$；$q_1 = \eta_1$；$q_2 = \eta_1 \eta_2/E_2$，代入式 4.11 可得：

$$E_1 E_2 \sigma + (\eta_1 E_1 + \eta_1 E_2 + \eta_2 E_1)\dot{\sigma} = E_1 E_2 \eta_1 \dot{\varepsilon} + E_1 \eta_1 \eta_2 \ddot{\varepsilon} \qquad 4.12$$

给材料一个应力输入 $\sigma = \Delta(t)\sigma_0$，代入式 4.11 可得蠕变应变：

$$\varepsilon(t) = \sigma_0 \left[\frac{p_1 q_1}{q_1^2} + \frac{t}{q_1} + \left(\frac{p_2}{q_2} - \frac{p_1 q_1 - q_2}{q_1^2} \right) e^{-\lambda t} \right] \qquad 4.13$$

式中，$\lambda = q_1/q_2$。

将 p_1、p_2、q_1、q_2 代入式 4.13 可得：

$$\varepsilon(t) = \sigma_0 \left(\frac{E_1 + E_2}{E_1 E_2} + \frac{t}{\eta_1} + \frac{1}{E_2} e^{-\lambda t} \right) \qquad 4.14$$

式中，$\lambda = E_2/\eta_2$。

当给一个很小的应力输入，其应变也会持续增加，可见 Burgers 模型属于粘弹性流体模型。

给材料一个应变输入 $\varepsilon = \varepsilon_0 \Delta(t)$，代入式 4.11 可以推出材料的松弛应力：

$$\sigma(t) = \frac{\varepsilon_0}{\sqrt{p_1^2 - 4p_2}} \left[(-q_1 + \alpha q_2)e^{-\lambda t} + (q_1 - \beta q_2)e^{-\beta t} \right] \qquad 4.15$$

其中，$\alpha = \frac{1}{2p_2}(p_1 + \sqrt{p_1^2 - 4p_2})$；$\beta = \frac{1}{2p_2}(p_1 \sqrt{p_1^2 - 4p_2})$。

当 $t = 0$ 时，Burgers 模型立即产生瞬时应力 $E_1 \varepsilon_0$，随后应力逐渐衰减，在无限长时间内，模型应力可以完全松弛，残留应力为零。

Burgers 模型将沥青混凝土的永久变形表征为时间的线性函数，而实际上沥青混凝土的粘性流动变形并不随荷载作用时间的延长而无限增大，而是随着时间的推移，粘性流动变形的增量逐渐减小，最终使粘性流动变形趋于一个稳定值，即产生所谓的"固结效应"。可见，Burgers 模型没反映出沥青混凝土永久变形的固结效应。

在 Burgers 模型基础上对第一粘性原件进行非线性修正（见图 4.6），即将 Burgers 模型中表征材料粘性流动变形的外部粘壶原件扩展为广义粘壶，且使其粘度为 $\eta_1(t) = Ae^{Bt}$。

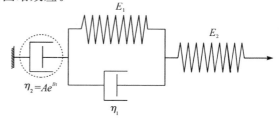

图 4.6　修正的 Burgers 模型

修正的 Burgers 模型蠕变方程为：

加载：

$$\varepsilon = \sigma_0 \left[\frac{1}{E_1} + \frac{1}{AB}(1 - e^{Bt}) + \frac{1}{E_2}(1 - e^{-\tau t}) \right] \qquad 4.16$$

卸载：

$$\varepsilon = \sigma_0 \left[\frac{1}{AB}(1 - e^{Bt_0}) + \frac{1}{E_2}(1 - e^{-\tau t_0})e^{-\tau(t-t_0)} \right] \qquad 4.17$$

其中，$\tau = \frac{E_2}{\eta_2}$。

可以看出，采用修正的 Burgers 模型，弥补了 Burgers 模型的不足，能够反映出沥青混凝土永久变形的"固结效应"，从而有效地表征了沥青混凝土的变形特点。

　　ABAQUS有限元软件并未包含修正的Burgers模型,廖公云等人利用UMAT子程序完成了修正 Burgers 模型的二次开发,具体参见《ABAQUS 有限元软件在道路工程中的应用》一书。

4.3.2　Maxwell 模型

　　Maxwell 模型由弹性元件和阻尼器组成,如图 4.7 所示。该模型中给出一个应力输入,弹性元件和阻尼器产生的应变分别为 ε_1 和 ε_2,模型总应变为 $\varepsilon = \varepsilon_1 + \varepsilon_2$。

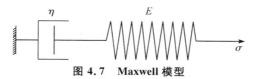

图 4.7　Maxwell 模型

　　组成粘弹性力学模型的元件越多,越能准确地描述粘弹性材料的力学行为。广义 Maxwell 模型由 N 个并联的 Maxwell 元件组成,如图 4.8 所示。

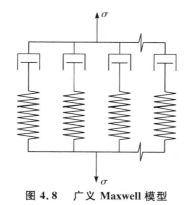

图 4.8　广义 Maxwell 模型

　　对广义 Maxwell 模型施加阶跃应变时,每一个 Maxwell 元件都有同样大小的阶跃应变。

则

$$\sigma_i = \varepsilon_0 E_i \exp(-t/\tau_i) \qquad 4.18$$

故

$$\sigma(t) = \varepsilon_0 E_e + \sum_{i=1}^{n} \varepsilon_0 E_i \exp(-t/\tau_i) = \varepsilon_0 \left[E_e + \sum_{i=1}^{n} E_i \exp(-t/\tau_i) \right] \qquad 4.19$$

或

$$E(t) = \frac{\sigma(t)}{\varepsilon_0} = E_e + \sum_{i=1}^{n} E_i \exp(-t/\tau_i), t \geqslant 0 \qquad 4.20$$

　　给模型一定的应变输入 ε_0,$t = 0$ 时刻 Maxwell 模型中弹性元件会产生瞬时应力($E_e + \sum_{i=1}^{n} E_i$),随着时间的增加,阻尼器的变形增加。广义 Maxwell 模型可以很好地描述粘弹性材料的应力松弛特性,通过研究发现,并联的 Maxwell 模型越多,应力松弛模量与试验结果吻合越好。

　　沥青混合料在其工作温度范围内具有粘弹性特性,学者在研究其粘弹性特性时均采用

Burgers 模型,普遍认为 Burgers 模型能够很好地模拟粘弹性材料的蠕变和应力松弛特性,导致以往研究中均选择 Burgers 模型的松弛函数作为拟合函数,但大量试验研究发现,Burgers 模型仅能反应短期应力松弛特性,当时间较长时,Burgers 模型与试验曲线表现出巨大的差异。

对沥青混合料本构模型理论进行总结,认为广义 Maxwell 模型可以很好地描述沥青混合料的粘弹性特性。并且 Prony 级数与广义 Maxwell 模型的松弛函数具有相似性,利用 Prony 级数拟合试验曲线可以得到沥青混合料粘弹性松弛特性,将其导入到 ABAQUS 有限元即可进行粘弹性材料的定义。

ABAQUS 中 Prony 级数输入:Property 模块下,进入相关材料 Edit Material 对话框,点击 Mechanical → Elasticity → Viscoelastic,设置 Domain 为 Time,Time 为 Prony,分别输入 g_i Prony, k_i Prony, tau_i Prony 数值。

4.3.3　时间硬化模型

对于某些材料的蠕变行为,ABAQUS 提供了两种模型描述其蠕变特性:时间硬化(Time hardening)蠕变模型和应变硬化(Strain hardening)蠕变模型,使用这两种模型定义材料的蠕变行为,必须包含塑性及塑性硬化的定义,在道路工程中,一般采用时间硬化蠕变模型描述粘弹性材料(如沥青混合料)的蠕变行为。

当材料所受应力保持不变时,蠕变法则可以采用"时间硬化"幂函数定义:

$$\dot{\bar{\varepsilon}}^{\sigma} = A(\bar{\sigma}^{\sigma})^n t^m \qquad\qquad 4.21$$

式中,$\dot{\bar{\varepsilon}}^{\sigma}$ 为等效蠕变应变率,当采用单轴压缩试验时,$\dot{\bar{\varepsilon}}^{\sigma} = |\dot{\bar{\varepsilon}}_{11}^{\sigma}|$;采用单轴拉伸试验时,$\dot{\bar{\varepsilon}}_{11}^{\sigma} = \dot{\gamma}^{\sigma}\sqrt{3}$。$\dot{\gamma}^{\sigma}$ 为工程剪切蠕变率;$\bar{\sigma}^{\sigma}$ 为等效蠕变应力;A、n、m 为用户定义的蠕变参数。

路面材料(如沥青混合料)的蠕变变形 ε^{σ} 可以表示为温度 T、应力 σ 和时间 t 的函数,即

$$\varepsilon^{\sigma} = f(T, \sigma, t) \qquad\qquad 4.22$$

对"时间硬化"幂函数变形可以得到时间硬化蠕变模型的表达式为:

$$\dot{\bar{\varepsilon}}^{\sigma} = \frac{\partial \varepsilon^{\sigma}}{\partial t} = \frac{d\varepsilon^{\sigma}}{dt} = C_1 C_3 \sigma^{C_2} t^{C_3-1} \qquad\qquad 4.23$$

其中,$\begin{cases} A = C_1 C_2 \\ n = C_2 \\ m = C_3 - 1 \end{cases}$

$$\varepsilon^{\sigma} = C_1 \sigma^{C_2} t^{C_3} \qquad\qquad 4.24$$

式中,σ、t 分别表示应力和时间;C_1、C_2、C_3 分别表示模型参数,可以通过材料试验确定,C_1、C_2、C_3 是一组依赖于温度的材料参数,通常 $C_2 \geq 0$,$C_3 \leq 1$。

时间硬化蠕变参数输入:Property 模块下,进入相关材料 Edit Material 对话框,点击 Mechanical → Plasticity → Creep,Law,对应的下拉菜单中选择 Time-Hardening,选择 Use temperature-dependent data 前的复选框,分别输入 Power Law Multiplier、Eq Stress Order、Timer Order、Temp 相应值,分别对应于 A, n, m, T。

4.4 Mohr-Coulomb 塑性模型

Mohr-Coulomb 破坏和强度准则在岩土工程和道路工程中使用非常广泛，为解决道路工程问题提供了一个强有力的模型。

4.4.1 模型特征

1）模拟服从经典 Mohr-Coulomb 屈服准则的材料；

2）允许材料各向同性硬化或软化；

3）采用光滑的塑性流动势，流动势在子午面上为双曲线形状，在偏应力平面上为分段椭圆形；

4）与线弹性模型结合使用；

5）在岩土工程领域，可用来模拟单调荷载作用下材料的力学性状。

4.4.2 屈服准则

Mohr-Coulomb 屈服准则：假定作用在某一点的剪应力等于该点抗剪强度时，该点发生破坏，剪切强度与作用在该面的正应力呈线性关系。Mohr-Coulomb 模型是基于材料破坏时应力状态的莫尔圆提出的，破坏线是与这些莫尔圆相切的直线，如图 4.9 所示，Mohr-Coulomb 的强度准则为：

$$\tau = c - \sigma\tan\varphi \qquad\qquad 4.25$$

式中，τ 为剪切强度，σ 为正应力，c 为材料的粘聚力，φ 为材料的内摩擦角。

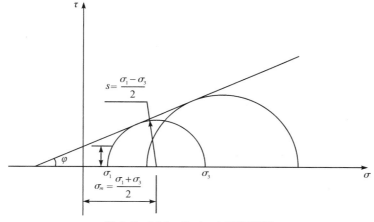

图 4.9 Mohr-Coulomb 破坏模型

Mohr-Coulomb 准则也可以写为：

$$s + \sigma_m\sin\varphi - \cos\varphi = 0 \qquad\qquad 4.26$$

式中，$s = (\sigma_1 - \sigma_3)/2$ 为大小主应力差的一半，即为最大剪应力，$\sigma_m = (\sigma_1 + \sigma_3)/2$ 为大小主应力的平均值。

4.4.3 屈服特性

采用应变不变量时，Mohr-Coulomb 模型的屈服面方程为：

$$F = R_{mc}q - p\tan\varphi - c = 0 \qquad\qquad 4.27$$

式中，$\varphi = (\theta, f^\alpha)$ 为材料在子午面上的摩擦角，θ 为温度，$f^\alpha (\alpha = 1, 2, \cdots)$ 为待定变量，$c(\dot{\bar{\varepsilon}}^{pl}, \theta, f^\alpha)$ 表示材料粘聚力按等向硬化（或软化）方式的变化过程；$\dot{\bar{\varepsilon}}^{pl}$ 为等效塑性应变，其应变率可定义为塑性功的表达式：

$$c \, \dot{\bar{\varepsilon}}^{pl} = \sigma : \dot{\bar{\varepsilon}}^{pl} \qquad\qquad 4.28$$

R_{mc} 为 Mohr-Coulomb 偏应力系数，定义为：

$$R_{mc}(\theta, \varphi) = \frac{1}{\sqrt{3}\cos\varphi}\sin\left(\theta + \frac{\pi}{3}\right) + \frac{1}{3}\cos\left(\theta + \frac{\pi}{3}\right)\tan\varphi \qquad\qquad 4.29$$

式中，φ 为 Mohr-Coulomb 屈服面在 p-$R_{mc}q$ 平面上的斜角，一般指材料的内摩擦角；θ 为广义剪应力方位角，p 为等效压应力，q 为 Mises 等效应力。

$$\cos(3\theta) = \left(\frac{r}{q}\right)^3 \qquad\qquad 4.30$$

θ 同样控制着材料在 π 平面上屈服面的形状，如图 4.10 所示，θ 的取值范围是 $0° \leqslant \theta < 90°$，当 $\theta = 0°$ 时，Mohr-Coulomb 模型退化为与围压无关的 Tresca 模型，此时 π 平面上的屈服面为正六边形；当 $\theta = 90°$ 时，Mohr-Coulomb 模型将演化为 Rankine 模型，此时 π 平面上的屈服面为正三角形，而且 $R_{mc} \to \infty$，在 ABAQUS 中这种极限状态不允许在 Mohr-Coulomb 模型中出现。

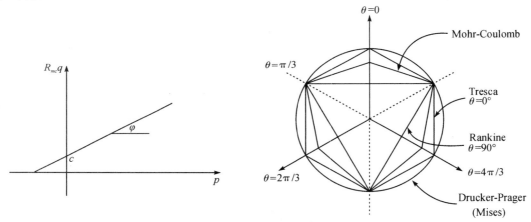

图 4.10　Mohr-Coulomb 模型在子午面和 π 平面上的屈服面

4.4.4　Mohr-Coulomb 模型用法

弹性部分可以通过 * ELASTIC 定义为各向同性弹性。

材料的硬化可以通过 * MOHR COULOMB HARDENING 给出，如图 4.11 所示。认为服从各向同性粘聚硬化。硬化曲线必须描述出粘聚屈服应力（Yield cohesion）与塑性应变关系，如果需要的话可以考虑为温度等场变量函数。

输入文件用法：* MOHR COULOMB
　　　　　　　* MOHR COULOMB HARDENING

ABAQUS/CAE 用法：Property module：material editor：Mechanical→Plasticity→Mohr Coulomb Plasticity：Hardening

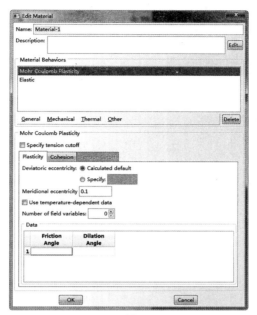

图 4.11　Mohr-Coulomb 模型用法(ABAQUS/CAE)

4.5　土类材料 Duncan-Chang 本构模型

ABAQUS 中包含了绝大部分的材料本构模型,但是岩土工程领域广泛使用的 Duncan-Chang 模型没有包含进去。

1963 年,Kondner 等人根据大量土的三轴试验的应力应变关系曲线提出了可以用双曲线拟合出一般土的三轴试验$((\sigma_1-\sigma_3)\sim\varepsilon_a)$曲线,如图 4.12 所示,其表达式为:

$$\sigma_1-\sigma_3=\frac{\varepsilon_a}{a+b\varepsilon_a} \qquad 4.31$$

其中,a,b 为试验常数。邓肯等人根据这一双曲线应力应变关系提出了目前被广泛应用的增量弹性模型,即 Duncan-Chang 模型。

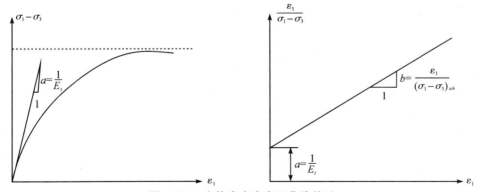

图 4.12　土的应力应变双曲线关系

Duncan-Chang 模型为非线性弹性模型,该模型为切线模型,是建立在增量应力应变关系基础上的弹性模型,模型参数 E_t,υ_t 是应力的函数。

切线弹性模量 E_t 的表达式为：

$$E_t = (1 - R_f s)^2 E_i \qquad 4.32$$

式中，E_i 为初始模量，其表达式为：

$$E_i = k P_a \left(\frac{\sigma_3}{P_a} \right)^n \qquad 4.33$$

R_f 为破坏比，其表达式为：

$$R_f = \frac{(\sigma_1 - \sigma_3)_f}{(\sigma_1 - \sigma_3)_{ult}} \qquad 4.34$$

S 为应力水平，它表示当前应力圆直径与破坏应力圆直径之比，反映强度发挥程度，其表达式为：

$$S = \frac{\sigma_1 - \sigma_3}{(\sigma_1 - \sigma_3)_f} \qquad 4.35$$

破坏偏应力 $[(\sigma_1 - \sigma_3)_f]$ 与固结压力 σ_3 有关，可由下式表示：

$$(\sigma_1 - \sigma_3)_f = \frac{2c\cos\varphi - 2\sigma_3\sin\varphi}{1 - \sin\varphi} \qquad 4.36$$

体变模量 B_t 的表达式为：

$$B_t = k_b P_a \left(\frac{\sigma_3}{P_a} \right)^{nb} \qquad 4.37$$

所以切线泊松比 υ_t 为：

$$\upsilon_t = \frac{1}{2} - \frac{E_t}{6B_t} \qquad 4.38$$

为了反映土体变形的可恢复部分与不可恢复部分，Duncan-Chang 模型在弹性理论的范围内，采用了卸载 — 再加载模量不同于初始加载模量的方法，卸载模量 E_{ur} 的表达式为：

$$E_{ur} = k_{ur} P_a \left(\frac{\sigma_3}{P_a} \right)^n \qquad 4.39$$

在有限元计算中要给出一个在什么情况下使用 E_{ur} 的标准，这实际上是一个屈服准则。当然，这里不需要像弹塑性模型的屈服准则那么严格，只要有一个粗略的规定即可。可以采用这样的标准：当 $\sigma_1 - \sigma_3 < (\sigma_1 - \sigma_3)$，且 $S < S_0$ 时，用 E_{ur}，否则用 E_t，这里 $(\sigma_1 - \sigma_3)$ 为历史上曾经达到的最大偏应力，S_0 为历史上曾经达到的最大应力水平。

Duncan-Chang 模型没有给出固结压力降低情况下弹性模型的确定方法，这是另一种性质的回弹。固结压力降低后为超固结土，其回弹模量与先前固结压力有关。在有限元计算中可以作这样的处理：当 σ_3 降低时，用历史上曾经达到的最大固结压力 σ_{30} 计算 E_i，再以式 4.32 求 E_t，式 4.32 的应力水平 s 仍用当前固结应力 σ_3，计算 E_{ur} 和计算 E_t 一样，也应用 σ_{30}。

Depvar = 3，即为历史上曾经达到的最大偏应力 $(\sigma_1 - \sigma_3)_0$，历史上曾经达到的最大固结压力 σ_{30} 和历史上曾达到的最大应力水平，在输入文件 inp 中，要给出这些状态变量的初始值。

```
* initial conditions, type=solution
Set, var1, var2, var3
```

Duncan-Chang 模型的参数共有 9 个：$k, n, R_f, c, \varphi, P_a, k_b, n_b, k_{ur}$。

```
* Material，name＝soil
* Depvar
3,
* User Material，constants＝9
```
$k，n，R_f，c，\varphi，P_a，k_b，n_b，k_{ur}$（为数值）

对于卸荷的情况，采用 E_{ur} 计算，在 E_{ur} 的表达式中，参数 n 与加荷时基本一致，而 $k_{ur}＝(1.2\sim3.0)k$，对于密砂和硬黏土，$k_{ur}＝1.2k$；对于松砂和软土 $k_{ur}＝3.0k$，一般土介于上述两者之间。所以在 Duncan-Chang 模型的参数中，不直接给出 k_{ur} 值，而是给出 k_{ur}/k 的比值。

确定加载切线模量 E_t、卸载切线模量 E_{ur} 和切线泊松比 υ_t 后，即可得到 Duncan-Chang 模型的雅克比矩阵为：

$$[D]=\frac{E_t(1-\upsilon_t)}{(1+\upsilon_t)(1-2\upsilon_t)}\begin{bmatrix} 1 & \frac{\upsilon_t}{1-\upsilon_t} & \frac{\upsilon_t}{1-\upsilon_t} & 0 & 0 & 0 \\ \frac{\upsilon_t}{1-\upsilon_t} & 1 & \frac{\upsilon_t}{1-\upsilon_t} & 0 & 0 & 0 \\ \frac{\upsilon_t}{1-\upsilon_t} & \frac{\upsilon_t}{1-\upsilon_t} & 1 & 0 & 0 & 0 \\ 0 & 0 & 0 & \frac{1-2\upsilon_t}{2(1-\upsilon_t)} & 0 & 0 \\ 0 & 0 & 0 & 0 & \frac{1-2\upsilon_t}{2(1-\upsilon_t)} & 0 \\ 0 & 0 & 0 & 0 & 0 & \frac{1-2\upsilon_t}{2(1-\upsilon_t)} \end{bmatrix}$$

$$4.40$$

4.6 本章小结

本章对路面结构材料常用本构模型进行简单介绍，主要包括弹性模型、粘弹性模型、塑性模型以及土类材料的 Duncan-Chang 模型。对于路面结构沥青混凝土材料重点阐述了 Burgers 模型、Maxwell 模型、时间硬化模型，并详细介绍了这些本构模型在 ABAQUS 有限元软件中的定义。

5 沥青混凝土路面接触分析

5.1 接触对的定义

两个表面分开的距离称为间隙(clearance)。当两个表面之间的间隙为零时,在ABAQUS便施加了接触约束。在 ABAQUS/Standard 中可以通过通用接触(General Contact)、接触对(Contact Pair)或者基于接触单元(Contact element)来模拟接触问题,但是每种方法都有其优势和缺陷。

在定义接触属性(Contact Property)时要定义两个部分:接触面之间的法向作用和切向作用。在 ABAQUS 中将法向作用即接触压力与间隙的关系定义为"硬接触"(hard contact),其含义为:接触面之间可以传递任意大小的接触压力;若接触压力是零或者负值时,两个接触面将分离,并且能自动去掉对应节点上的接触约束。另外,ABAQUS 还提供了多种"软接触"(softened contact),包括指数模型、表格模型、线性模型等。

ABAQUS 中切向作用通常利用库仑摩擦模型表示,即利用库仑摩擦表示接触面之间的摩擦特性。系统默认为无摩擦,即摩擦系数为零。库仑摩擦的计算公式:

$$\tau_{crit} = \mu \times p \qquad\qquad 5.1$$

其中,τ_{crit} 是临界切应力,μ 是接触面之间的摩擦系数,p 是法向接触压强(即 CPRESS)。在切应力达到临界应力之前,摩擦面之间不会发生相对滑移。

5.2 算例分析

问题描述:

华南某地夏季 1 天 24h 代表性气温如表 5.1 所示,其中最高气温 38℃ ,最低温 29℃ ,通过正弦函数拟合的气温随时间的变化如图 5.1 所示。路面结构初始温度为 25℃ ,平均风速取 2.8m/s,太阳日辐射量为 $2.63 \times 10^7 J/m^2$,实际有效日照时数为 11h。

表 5.1 华南某地夏季 1 天 24h 代表性气温

时刻	气温/℃	时刻	气温/℃	时刻	气温/℃	时刻	气温/℃
0.0	31.1	6.0	29.8	12.0	37.2	18.0	35.9
0.5	30.7	6.5	30.2	12.5	37.6	18.5	35.5
1.0	30.3	7.0	30.8	13.0	37.8	19.0	35.1
1.5	30.0	7.5	31.4	13.5	38.0	19.5	34.7
2.0	29.7	8.0	32.1	14.0	38.0	20.0	34.3
2.5	29.4	8.5	32.8	14.5	38.0	20.5	33.9
3.0	29.2	9.0	33.5	15.0	37.8	21.0	33.5
3.5	29.0	9.5	34.2	15.5	37.6	21.5	33.1
4.0	29.0	10.0	34.9	16.0	37.3	22.0	32.7
4.5	29.0	10.5	35.6	16.5	37.0	22.5	32.3
5.0	29.2	11.0	36.2	17.0	36.7	23.0	31.9
5.5	29.4	11.5	36.8	17.5	36.3	23.5	31.5

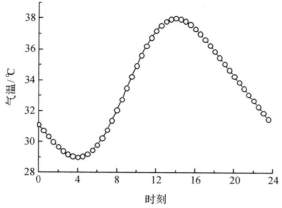

图5.1　1天24h气温变化曲线

　　将路面结构假设为4层结构体系,取面层厚度12cm,沥青混凝土面层与水泥稳定碎石基层之间设有粘结层,并利用内聚力本构模型模拟存在粘结层接触面情况下温度随路面深度变化规律。路面结构如图5.2所示,沥青混合料弹性参数如表5.2所示,其余路面材料力学参数如表5.3所示,路面温度场热力学参数如表5.4所示。

沥青混凝土 12cm
水泥稳定碎石基层 30cm
水泥稳定碎石底基层 30cm
土基

图5.2　路面结构

表5.2　路面材料力学参数

路面结构层	温度/℃	劲度模量 E/MPa	泊松比
	−25	5806	0.2
	−20	5246	0.2
	−15	4237	0.2
3号新−80沥青混凝土	−10	2969.3	0.2
	−5	1911.5	0.2
	0	629.6	0.25
	5	205	0.25
	10	100	0.25

表5.3　基层和土基力学参数

材料	回弹模量 E/MPa	泊松比
水泥稳定碎石基层	1500	0.2
水泥稳定碎石底基层	1500	0.2
土基	30	0.4

表 5.4 路面温度场热力学参数

参数	沥青混凝土	基层	底基层	土基
密度/(kg/m³)	2300	2200	2200	1800
导热系数/(J/m·h·℃)	4680	5616	5616	5616
比热容/(J/kg·℃)	924.9	911.7	911.7	1040
热膨胀系数/℃⁻¹	$2×10^{-5}$	$0.98×10^{-5}$	$0.98×10^{-5}$	$0.45×10^{-5}$
厚度/cm	12	30	30	—
太阳辐射吸收率	0.85	—	—	—
沥青面层辐射发射率	0.85	—	—	—
绝对零度值 T_z/℃	−273			
Stefan-Boltzmann 常数 σ/(J/h·m²·K⁴)	$2.041092×10^{-4}$			

5.2.1 创建部件

（1）创建 surf 部件

启动 ABAQUS/CAE，进入 Part 功能模块，点击左侧工具栏 ⬛（Create Part）按钮，弹出 Create Part 对话框，将 Name 设置为 surf，将 Modeling Space 设置为 2D Planar，Type 设置为 Deformable，Base Feature 设置为 Shell，点击 Continue... 按钮，ABAQUS 将自动进入 Sketch 绘图环境。

点击左侧工具区 ▭（Create Lines：Rectangle（4 lines）），在下方提示区中输入矩形的左上角点坐标（0，0），点击键盘中 Enter 键确认；在提示区输入矩形右下角点坐标（5，−0.12），点击键盘中 Enter 键确认，完成 surf 部件草图绘制；点击提示区 ☒ 按钮，退出矩形草图绘制；点击提示区 Done 按钮，完成 surf 部件的创建。

（2）创建 base vs soil 部件

点击左侧工具栏 ⬛（Create Part）按钮，弹出 Create Part 对话框，将 Name 设置为 base vs soil，将 Modeling Space 设置为 2D Planar，Type 设置为 Deformable，Base Feature 设置为 Shell，点击 Continue... 按钮，ABAQUS 将自动进入 Sketch 绘图环境。

点击左侧工具区 ▭（Create Lines：Rectangle（4 lines）），在下方提示区中输入矩形的左上角点坐标（0，0），在键盘中点击 Enter 键确认；在提示区输入矩形右下角点坐标（10，−4.88），点击键盘中 Enter 键确认，完成 base vs soil 部件草图绘制；点击提示区 ☒ 按钮，退出矩形草图绘制；点击提示区 Done 按钮，完成 base vs soil 部件的创建。

（3）剖分 base vs soil 部件

点击左侧工具栏 ⬌（Create Datum plane：Offset From Principal Plane）按钮，提示区显示"Principal plane from which to offset"，选择 XZ Plane，输入基层厚度距 XZ 平面距离"−0.3"，再次点击 XZ Plane，输入"−0.6"，完成 base 与 subbase、subbase 与 soil 分界辅助平面的创建。

长按左侧工具栏 ⬛，在弹出的系列图标中选择 ⬛（Partition Face：Use Datum Plane）

按钮,选择 base 与 subbase 之间的辅助平面,点击提示区中 Create Partition 按钮,完成部件的剖分;根据提示区的内容,选择需要剖分的区域(即 subbase 与 soil 同在的区域),点击提示区 Done 按钮,然后选择定位辅助平面(即 subbase 与 soil 之间的辅助平面),点击提示区 Create Partition 按钮,完成 subbase 与 soil 部件切割。

提示:为了准确模拟 surf 面层与 base 基层之间的接触关系,surf 部件和 base vs soil 部件需单独创建,而利用辅助平面剖分 base、subbase、soil 前提是 base 基层与 subbase 底基层、subbase 底基层与 soil 土基之间完全变形连续。

点击上方工具栏中按钮 ▤ 或 ▥ 可以进行视图切换,当建立辅助平面过多时可以清楚展现辅助平面创建位置。

辅助平面的删除:方法① 点击左侧工具栏 🔧(Delete Feature)按钮,选中需要删除的辅助平面,点击提示区 Yes 按钮,可以完成辅助平面的删除。方法② 点击左侧模型树,分别选择"Model-1→Parts(1)→Part-1→Features(2) →Datum plane-1",在 Datum plane-1 上点击右键,选择 Delete 即可。如图 5.3 所示。

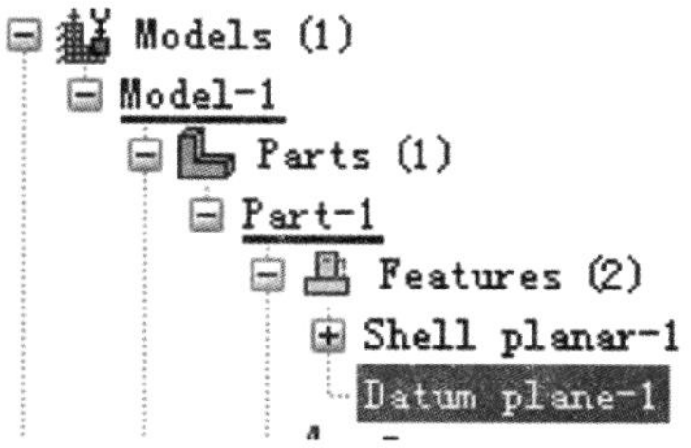

图 5.3　辅助平面的删除

辅助平面创建方法对比:点击左侧工具栏 ⇄ 图标不放,稍等片刻,会弹出一系列图标,ABAQUS/CAE 为用户提供了 6 种辅助平面创建方法:利用 XY、YZ、ZX 平面偏移;利用已创建的辅助平面偏移;三点确定辅助平面;直线加一点确定辅助平面;法向向量加一点确定辅助平面;辅助平面旋转。用户可以根据自身需求合理选择辅助平面创建方法。本算例仅讲解第一种方法。

辅助平面的修改:点击 🔧(Edit Feature),提示区提示"select a feature to edit",选择辅助平面,弹出对话框(见图 5.4),在 Offset 中输入需要修改的值即可。

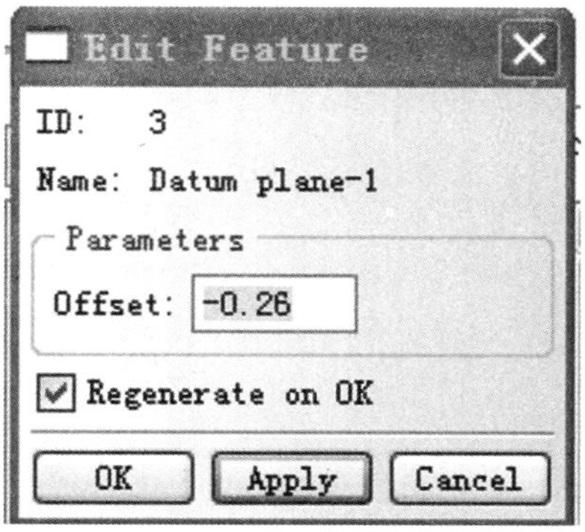

图 5.4　辅助平面特性修改

5.2.2　材料特性创建

将 ABAQUS/CAE 窗口顶部环境栏改为 **Module:** Property 模块。

点击左侧工具栏 🖉(Create Material)按钮,弹出 Edit Material 对话框,将 Name 设置为 surf,依次点击 General→Density,将 Mass Density 设置为 2300;点击 Thermal→Specific Heat,将 Specific Heat 设置为 924.9;点击 Mechanical→Elasticity→Elastic,勾选 Use temperature-dependent date,并设置沥青混凝土面层的弹性模量和泊松比,如表 5.2 和图 5.5 所示;点击 Thermal→Conductivity,将 Conductivity 设置为 4680;点击 Mechanical→Expansion,在 Expansion Coeff alpha 下输入 $2E-5$,点击 OK,完成面层 surf 材料的创建。

重复上述操作完成其他材料 base、subbase、soil 材料的创建。

点击左侧工具栏 ⚒(Create Section)按钮,弹出 Create Section 对话框,将 Name 设置

为 surf,点击 `Continue...` 。在弹出的 Edit Section 对话框中的 **Material:** 后下拉框中选择 surf,点击 `OK` 按钮,完成截面 surf 的创建。

重复上述操作完成其他截面的创建。

在顶部工具栏 **Part:** 下拉菜单中选择 surf,点击左侧工具栏 **⊒L**(Assign Section)按钮,在视图区中选择路面结构面层,再点击提示区的 `Done`,在弹出的 Edit Section Assignment 对话框中 **Section:** 后下拉框中选择 surf,点击 `OK` 按钮,完成沥青混凝土面层材料 surf 截面属性的赋予。

在顶部工具栏 **Part:** 下拉菜单中选择 base vs soil,并按照相同步骤完成其他材料截面属性的赋予。

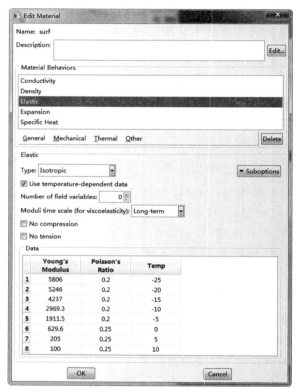

图 5.5 不同温度下沥青混合料弹性参数

5.2.3 定义装配体

在 ABAQUS/CAE 窗口顶部的环境栏 **Module:** 中选择 Assembly 模块,进行部件的组装。

点击左侧工具栏 **⌞**(Create Instance)按钮,弹出 Create Instance 对话框,只选择 surf 部件,点击 `OK`,完成面层 surf 部件的实体化。

提示:此处由于面层 surf 部件长度为 5m,路面结构长度为 10m,需要将 surf 部件实体化阵列后,得到一个完整的路面结构面层;然后再与 base vs soil 部件进行组装,可以提高建模效率。

surf 实体阵列:点击左侧工具栏 **∷∷∷**(Linear Pattern)按钮,选中视图区中 surf 实体,点击提示区 `Done` 按钮,弹出 Linear Pattern 对话框,修改对话框参数如图 5.6 所示,点击

OK 按钮完成 surf 实体阵列。

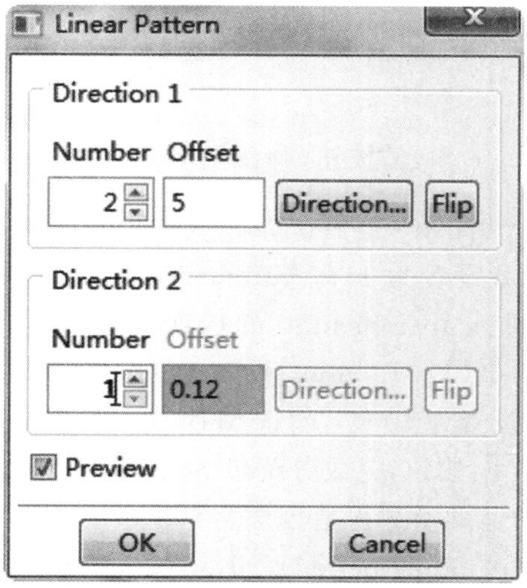

Linear Pattern

Direction 1

Number: 2
Offset: 5
Direction... Flip

Direction 2

Number: 1
Offset: 0.12
Direction... Flip

☑ Preview

OK　　Cancel

图5.6　surf实体阵列参数输入

点击左侧工具栏 ⬚(Create Instance)按钮,弹出 Create Instance 对话框,只选择 base vs soil 部件,点击 OK ,完成实体组装。

局部坐标系转换为整体坐标系:由于 surf 实体、base vs soil 实体是在其局部坐标系建立的,组装成路面结构时需要对相应部件进行平移。点击左侧工具栏 ⬚(Translate Instance)按钮,选中 base vs soil 实体,点击提示区 Done 按钮,根据提示区提示,输入 base vs soil 实体平移的参考点坐标(0,0),点击键盘 Enter 键确认,此时提示区提示用户输入参考点需平移到的终点坐标,输入(0,−0.12),点击提示区 OK 按钮,完成 base vs soil 实体的平移。

按照相同方法,点击左侧工具栏 ⬚(Translate Instance)按钮,选中 base vs soil 实体,按住 Shift 按钮,选中 surf 实体,点击提示区 Done 按钮,根据提示区提示,输入装配体平移的参考点坐标(0,0),点击键盘 Enter 键确认,此时提示区提示用户输入参考点需平移到的终点坐标,输入(−5,0),点击提示区 OK 按钮,完成装配体整体的平移,平移完成的装配体整体坐标系如图5.7所示。

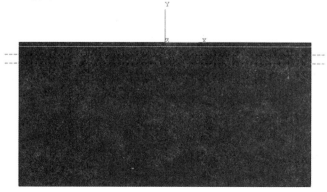

图5.7　装配体的组装

5.2.4　设置分析步

在 ABAQUS/CAE 窗口顶部环境栏 **Module:** 中选择 Step 模块，进行路面结构分析步的创建。

点击左侧工具栏 ●→■(Create Step)按钮，弹出 Create Step 对话框，将 Procedure type 设置为 General，Coupled temp-displacement，点击 Continue... 按钮，弹出 Edit Step 对话框，在 Basic 选项卡中将 Time period 设置为 144，Automatic stabilization 设置为 Specify dissipated energy fraction，0.01；进入 Incrementation 选项卡将 Type 设置为 Automatic，Increment size 中 Initial 设置为 0.0001，Minimum 设置为 1E－6，Maximum 设置为 0.1，Maximum number of increments 设置为 10000，勾选 Max. allowable temperature change per increment，输入 0.5，点击 OK 按钮，完成分析步 Step-1 的创建。

提示：相关研究表明路面结构受到周期性温度变化作用时，路面结构内部温度达到平衡需要 6 天，因此在分析步模块中 Time period 设置为 144，即 6×24。

5.2.5　划分网格

在 ABAQUS/CAE 窗口顶部环境栏 **Module:** 中选择 Mesh 模块，并将环境栏上 Object 设置为 Part，surf，即可对 surf 部件进行网格划分。

(1)surf 部件网格划分

点击左侧工具栏 （Seed Part)按钮，弹出 Global Seeds 对话框，修改 Approximate global size 为 0.03，点击 OK 按钮完成 surf 部件全局种子的布置。

点击左侧工具栏 （Seed Edges)按钮，选中视图区中矩形顶部和底部边线，点击提示区 Done 按钮，弹出 Local Seeds 对话框，设置 Method 为 By size，Approximate element size 设置为 0.1，点击提示区中 OK 按钮完成边界种子定义。

点击左侧工具栏 （Assign Mesh Controls)按钮，弹出 Mesh Controls 对话框，修改 Technique 为 Structured，点击 OK 按钮完成网格划分控制。

点击左侧工具栏 （Assign Element Type)按钮，弹出 Element Type 对话框，修改 Family 为 Coupled Temperature-Displacement，点击 OK 按钮完成单元类型的选择。

点击左侧工具栏 （Mesh Part)按钮，点击提示区 Yes 按钮，完成网格划分。

(2)base vs soil 部件网格划分

将环境栏上 Object 设置为 Part，base vs soil，即可对 base vs soil 部件进行网格划分。

点击左侧工具栏 （Seed Part)按钮，弹出 Global Seeds 对话框，修改 Approximate global size 为 0.2，点击 OK 按钮完成 surf 部件全局种子的布置。

点击左侧工具栏 （Seed Edges)按钮，选中视图区中基层顶面、底基层顶面、土基顶面、土基底面四条线，点击提示区 Done 按钮，弹出 Local Seeds 对话框，设置 Method 为 By size，Approximate element size 设置为 0.1，点击提示区中 OK 按钮完成种子定义；再次点击左侧工具栏 （Seed Edges)按钮，选中视图区中基层左边和右边、底基层左边和右边四条边线,点击提示区 Done 按钮,弹出 Local Seeds 对话框,设置 Method 为 By number, Sizing Controls 设置为 4,点击提示区中 OK 按钮完成边界种子定义;再次点击左侧工具栏 (Seed Edges)按钮,选中视图区中土基左边、右边边线,点击提示区 Done 按钮,弹出 Local Seeds 对话框,设置 Method 为 By number,Bias 设置为 Single,Sizing Controls 中 Number of elements 设置为 20,Bias ratio 设置为 5,点击 Flip bias 后方 Flip 按钮,选择边界由下到上,网格划分由疏到密,如图 5.8 所示。

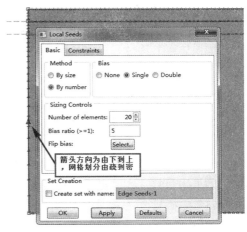

图 5.8 边界渐变种子布置

点击左侧工具栏 (Assign Mesh Controls)按钮,完全框选视图区中实体,点击提示区 Done 按钮弹出 Mesh Controls 对话框,修改 Technique 为 Structured,点击 OK 按钮完成网格划分控制。

点击左侧工具栏 (Assign Element Type)按钮,完全框选视图区中实体,点击 Done 按钮弹出 Element Type 对话框,修改 Family 为 Coupled Temperature-Displacement,点击 OK 按钮完成单元类型的选择。

点击左侧工具栏 (Mesh Part)按钮,点击提示区 Yes 按钮,完成网格划分。

(3)定义基层顶面 surface 集合

点击菜单栏 Tools→Surface→Create,弹出 Create Surface 对话框,将 Name 设置为 surf-1,Type 设置为 Mesh,点击 Continue... 按钮,框选基层顶面边线,点击提示区 Done 按钮,完成基层顶面 surface 集合定义。

提示:路面结构在使用良好情况下,面层底面与基层顶面重合,在使用过程中由于各种因素作用,面层与基层之间易出现变形不连续、相对滑移,因此在此处基层顶面 surface 集合定义时不能框选面层底面边线,可以利用显示组工具 首先移除面层,利用上述步骤完成基层顶面 surface 集合定义,再次利用显示组工具 显示整个模型。

5.2.6 相互作用模块

在 ABAQUS/CAE 窗口顶部环境栏 **Module:** 中选择 Interaction,方便定义道路与周边空气之间的热交换,以及定义面层与基层之间的内聚力本构模型。

(1)Amplitude(定义幅值曲线)

依次点击菜单 Tools→Amplitude→Create,弹出 Create Amplitude 对话框,将 Name 设置为 Amp-1,将 Type 设置为 Tabular,点击 Continue... 按钮,弹出 Edit Amplitude 对话框,在 Time/Frequency 下的空格中输入 0,在 Amplitude 下的空格中输入 31.1;同理输入第 2 行、第 3 行相应数据(输入数据如表 5.1 所示),所有数据输入完成后,点击 OK 按钮,完成幅值 Amp-1 的定义。

(2)定义接触属性

利用内聚力本构模型定义面层与基层之间的接触关系。

点击左侧工具栏 ▦(Create Interaction Property)，弹出 Create Interaction Property 对话框，将 Name 设置为 IntProp-1，Type 为 Contact，点击 Continue... 按钮，进入 Edit Contract Property 对话框，点击 Mechanical→Damage，勾选 Specify damage evolution 和 Specify damage stabilization，进入 Initiation 选项卡，将 Criterion 设置为 Maximum nominal stress，将 Normal Only 设置为 5E6，Shear-1 Only 为 5E5，Shear-2 Only 为 5E5；进入 Evolution 选项卡，将 Type 设置为 Displacement，Softening 设置为 Exponential，Total/Plastic Displacement 为 0.00447，Exponential Parameter 为 2；进入 Stabilization 选项卡，将 Viscosity coefficient 设置为 1E—5，完成损伤演化方式定义，如图 5.9 所示。

点击 Mechanical→Cohesive Behavior，勾选 Specify stiffness coefficients，Uncoupled，将 Knn 设置为 3.267E9，Kss 为 3.267E8，Ktt 为 3.267E8，完成内聚力模型参数设置，如图 5.10 所示。

点击 Thermal→Thermal Conductance，分别输入（Conductance，Clearance）参数为（255600，0）、（0，0.01），点击 OK 按钮完成接触热阻定义，如图 5.11 所示，点击 OK 按钮完成接触属性定义。

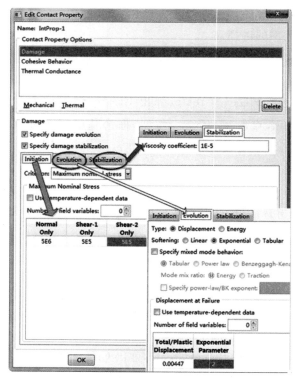

图 5.9 Damage 定义

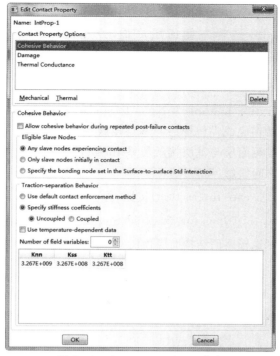

图 5.10 Cohesive Behavior 定义

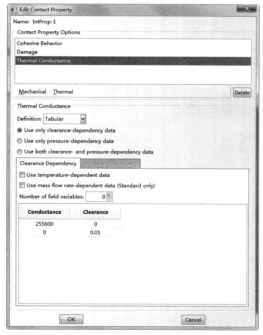

图 5.11 Thermal Conductance 定义

（3）定义各个接触面

1）定义面层与基层之间接触面

点击左侧工具栏 (Create Interaction)按钮，弹出 Create Interaction 对话框，将 Name

设置为 Int-1,Step 为 Initial,Types for Selected Step 为 Surface-to-surface contact(Standard),点击 Continue... 按钮,选择左侧面层底面,点击提示区 Done 按钮,点击提示区 Surface 按钮,并点击提示区右边 Surfaces... 按钮,弹出 Region Selection 对话框,选择 Surf-1 面集合,点击 Continue... 按钮,弹出 Edit Interaction 对话框,设置 Sliding formulation 为 small sliding,Discretization method 为 Node to surface,Contact integration Property 为 Intprop-1,点击 OK 按钮完成左侧面层与基层接触关系定义。

按照相同方法定义右侧面层与基层接触关系 Int-2(需选择右侧面层底面)。

2)定义面层与大气之间接触

点击左侧工具栏 (Create Interaction)按钮,弹出 Create Interaction 对话框,将 Name 设置为 Int-3,Step 为 Step-1,Types for Selected Step 设置为 Surface film condition,点击 Continue... 按钮,在视图区选择路面结构面层顶面(同时选中左侧和右侧面层顶面),点击提示区 Done 按钮弹出 Edit Interaction 对话框,将 Definition 设置为 User-defined,Film coefficient 为 0.85,Sink temperature 为 1,点击 OK 按钮完成路面结构面层与大气热交换过程。

按照类似步骤创建接触 Int-4,其中 Types for Selected Step 选择 Surface radiation,如图 5.12 所示。

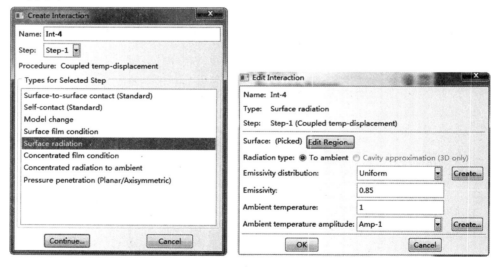

图 5.12 接触 Int-4 的定义

提示:由于路面结构初始温度设定为 25℃ ,因此面层与大气之间的热交换从分析步 Step-1 开始,而不是在 Initial 分析步中设置。

3)定义玻尔兹曼常数

选中左侧模型树 Model-1,右键选中 Edit Attributes,弹出 Edit Model Attributes 对话框,勾选 Absolute zero temperature,输入 -273;勾选 Stefan-Boltzmann constant,输入 0.0002041092,点击 OK 按钮完成玻尔兹曼常数、绝对零度参数输入。

5.2.7 荷载定义

在 ABAQUS/CAE 窗口顶部的环境栏 **Module:** 中选择 Load 模块。

（1）定义太阳辐射荷载

点击左侧工具栏 ⬛（Create Load）按钮,弹出 Create Load 对话框,在 Step 中选择 Step-1,Category 勾选 Thermal,Types for selected step 设置为 Surface heat flux,点击 Continue... 按钮,选择路面结构面层顶部（同时选中左侧和右侧面层顶面）,点击提示区 Done 按钮,弹出 Edit Load 对话框,将 Distribution 设置为 User-defined,Magnitude 为 1,点击 OK 按钮完成热通量的定义。

（2）定义边界条件

点击左侧工具栏 ⬛（Create Boundary Condition）按钮,弹出 Create Boundary Condition 对话框,将 Category 设置为 Mechanical,Types for Selected Step 设置为 Displacement/Rotation,点击 Continue... 按钮,同时选中路面结构层左侧边界和右侧边界,点击提示区 Done 按钮,弹出 Edit Boundary Condition 对话框,勾选 U1,输入 0,点击 OK 按钮完成路面结构两侧 X 方向的约束;再次点击左侧工具栏 ⬛（Create Boundary Condition）按钮,弹出 Create Boundary Condition 对话框,设置 Category 为 Mechanical,Types for Selected Step 为 Displacement/Rotation,点击 Continue... 按钮,同时选中路面结构最底部边界,点击提示区 Done 按钮,弹出 Edit Boundary Condition 对话框,勾选 U2,输入 0,点击 OK 按钮完成路面结构底部 Y 方向的约束。

（3）施加初始温度

点击左侧工具栏 ⬛（Create Predefined Field）按钮,弹出 Create Predefined Field 对话框,将 Step 设置为 Initial,Category 为 Other,Types for Selected Step 为 Temperature,点击 Continue... 按钮,在视图区框选整个路面结构模型,点击提示区 Done 按钮,弹出 Edit Predefined Field 对话框,设置 Magnitude 为 25,点击 OK 按钮完成初始温度的施加。

5.2.8 提交计算及后处理

在 ABAQUS/CAE 窗口顶部的环境栏 Module: 中选择 Job 模块,创建并提交作业。

点击左侧工具栏 🖳（Create Job）按钮,设置 Name 为 temp-EX,点击 Continue... 按钮,弹出 Edit Job 对话框,点击 General 选项卡,在 User subroutine file 后点击 Select... 按钮选择 pavement-temperature. for 文件;进入 Parallelization 选项卡,勾选 Use multiple processors,即选择双 CPU 线程计算,点击 OK 按钮完成分析步的创建。

点击左侧工具栏 🖩（Job Manager）按钮,点击对话框右侧 Submit 按钮,提交 ABAQUS/Standard 求解器计算,并生成一个 temp-EX. odb 结果文件。

将 ABAQUS/CAE 窗口顶部环境栏改为 Visualization 模块。点击左侧工具栏 🖺（Plot Contours on Deformed Shape）,将顶部场变量改为 NT11;点击左侧工具栏 🖼（Common Options）,弹出 Common Plot Options 对话框,进入 Basic 选项卡,将 Deformation Scale Factor 选为 Uniform,并将 Value 设置为 200,将 Visible Edges 选为 No edges,点击 OK,设置如图 5.13 所示,视图区中 6 个周期 14:00 时刻（T=134）路面结构温度分布如图5.14和图 5.15 所示。

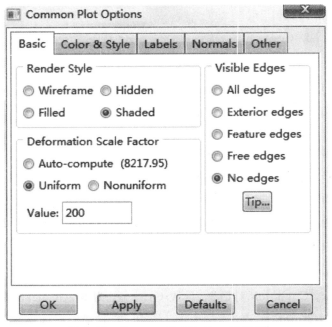

图 5.13 Common Plot Options 对话框

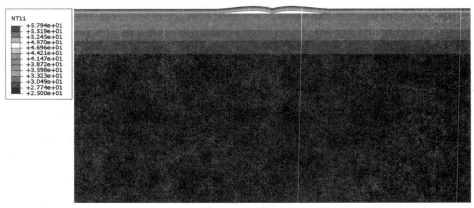

图 5.14 路面结构温度分布云图

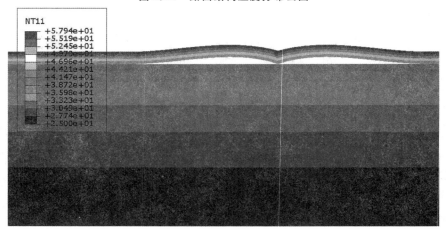

图 5.15 面层翘曲(放大 50 倍)

从图 5.14 中可以看出土基的温度维持在 25℃，路面温度为 58℃，相差 2 倍多，将模型放大 50 倍(见图 5.15)可以看出，由于面层温度升高，温度应力导致沥青面层发生翘曲。

(1)温度随深度变化

1)为路面结构深度创建 Path 路径

点击菜单栏 Tools→Path→Create，弹出 Create Path 对话框，点击 Continue，弹出 Edit Node List Path 对话框，点击下方 Add Before... 按钮，在视图区中点击路面结构的左上角顶点，点击提示区 Done 按钮，再次点击 Add After... 按钮，在视图区中点击路面结构左下角顶点，点击提示区 Done 按钮，点击 OK 完成路面结构深度方向 Path 路径创建。

2)温度随深度变化曲线

点击左侧工具栏 XY (Create XY Data)，弹出 Create XY Data 对话框，选择 Path，点击 Continue... 按钮，弹出 XY Data from Path 对话框，勾选 Include intersections，点击 Step/Frame... 按钮，将 Frame 设置为 Step Time＝144 所对应的一行(本算例对应的 Frame 为 1516)，点击 OK 按钮，点击 Save As... 按钮，弹出 Save XY Data As 对话框，将 Name 设置为 XY Data-24，点击 OK 按钮，完成第 6 个周期末温度随深度变化曲线，如图 5.16 所示。点击左侧工具栏 (XY Data Manager)，双击刚刚建立的 XY Data-24，可以显示出不同深度处温度区别，将数据拷贝到相关数据处理软件(如 excel，origin 等)，绘制不同时间温度随深度变化曲线。

按照上述步骤完成 Step Time＝122，124，…，142 对应的温度随深度变化曲线，分别代表第 6 个周期 2:00，4:00，…，22:00 时刻对应的温度随深度变化曲线。

将上述 24 组数据绘制在一张图中如图 5.17 所示。

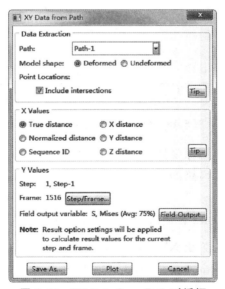

图 5.16　XY Data from Path 对话框

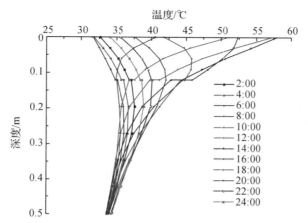

图 5.17 夏季第 6 个周期 24h 内考虑粘结状态的温度随深度的分布规律

从图 5.17 可以看出,14:00—16:00 是路面温度最高的时候,夏季高温季节由于路表吸收辐射热较大,其温度远远超过大气温度,超过大气温度 20℃ 。在考虑层间接触时,由于接触热阻的影响,热量不能很好地传递到基层,在面层底部发生温度聚集,故面层层底温度要比半刚性基层层顶温度高,在夏季高温季节,不同时刻面层与基层层顶温度差如图 5.18 所示,从图中可以看出,14:00 时刻面层层底与基层层顶温差达到 2.8℃ ,上午 8:00 时刻温差最小,为 0.1℃ 。

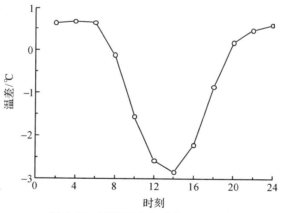

图 5.18 面层层底与基层层顶温差

(2)第 6 个周期末路面不同深度处温度随时间变化

分别将第 6 个周期末距离路面 0cm、12cm、42cm、72cm 温度随时间变化绘制在一张图中。

点击左侧工具栏 (Create XY Data),弹出 Create XY Data 对话框,选择 ODB field output,点击 Continue... 按钮,弹出 XY Data from ODB Field Output 对话框,进入 Variables 选项卡,Position 设置为 Unique Nodal,勾选 NT11,如图 5.19 所示;进入 Elements/Nodes 选项卡,点击 Edit Selection ,进入视图区选择面层左上角顶点,点击提示区 Done 按钮,点击 XY Data from ODB Field Output 对话框中 Save 按钮,保存第一组数据。

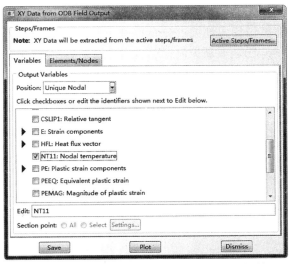

图 5.19　XY Data from ODB Field Output 对话框

按照相同方法保存剩下 3 组数据。在视图区中选择的点分别为距离面层顶部 0.12m、0.42m、0.72m,将 4 组数据绘制在一张图中,如图 5.20 所示。

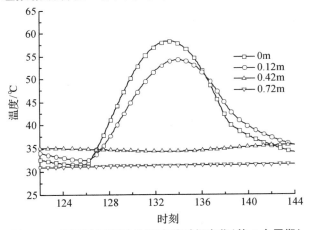

图 5.20　不同路面深度处温度随时间变化(第 6 个周期)

从图 5.20 中可以看出,随着深度的增加,温度变化幅度逐渐减小,变化相位滞后;当太阳辐射减弱,路面向空气逆辐射,路表温度会低于结构内部温度。

5.3　本章小结

本章首先介绍了路面结构分析中接触关系的定义,然后对面层、基层之间设置粘聚接触的路面结构进行热力学分析。

(1)接触分析的建模主要包括以下步骤。

1)定义接触面。

2)定义接触属性和接触,注意采用内聚力本构进行接触关系定义时离散方法(Discretization method)只能选择 Node to surface。

3)定义边界条件。

（2）周期性温度荷载作用下路面结构内部温度随时间呈正弦曲线分布，路表混凝土面层发生高温翘曲，为研究路面结构内部温度分布提供一种数值手段。

沥青混凝土路面热力学分析是研究路面结构内部温度场、温度应力分布的主要方法，可以用于沥青混凝土路面低温开裂、高温车辙行为分析，也可用于沥青混凝土路面铺筑降温研究。

附:太阳辐射、路面结构的逆辐射、对流和热传导边界条件用户子程序

```
!    定义随时间变化的外界温度（第三类边界条件）
     SUBROUTINE FILM(H,SINK,TEMP,KSTEP,KINC,TIME,NOEL,NPT,
    1 COORDS,JLTYP,FIELD,NFIELD,SNAME,NODE,AREA)

C
     INCLUDE'ABA_PARAM. INC'
C
     DIMENSION H(2),TIME(2),COORDS(3), FIELD(NFIELD)
     CHARACTER * 80 SNAME

     v=2.8                        ! v 为日平均风速
     hc=3.7 * v+9.4               ! hc 为对流系数

     H(1)=3600 * hc               ! 对流系数
     H(2)=0

     Tamax=38                     !! 日最高气温
     Tamin=29                     !! 日最低气温

     Ta=(Tamax+Tamin)/2           ! 日平均气温
     Tm=(Tamax-Tamin)/2           ! 日气温变化幅度

     ! CF=5                       ! 路面有效辐射影响的日气温变化幅值的修正量
     ! as=0.9                     ! 路面的太阳辐射吸收率

     w=0.2618                     ! 频率(pi/12)
     t0=9                         ! 气温变化时间差
     SN1=SIN(w * (TIME(1)-t0))
     SN2=SIN(2 * w * (TIME(1)-t0))
     SINK=Ta+Tm * (0.96 * SN1+0.14 * SN2) !日气温变化(两个正弦函数的组合表达)

     RETURN
     END
```

```
!    定义随时间变化的热流(第二类边界条件)
     SUBROUTINE
     DFLUX(FLUX,SOL,KSTEP,KINC,TIME,NOEL,NPT,COORDS,
1 JLTYP,TEMP,PRESS,SNAME)
C
     INCLUDE 'ABA_PARAM.INC'
C
     DIMENSION FLUX(2), TIME(2), COORDS(3)
     CHARACTER * 80 SNAME


C    user coding to define FLUX(1) and FLUX(2)

     FLUX(2)=0

     Qs=26.3E6              !! 日太阳辐射总量
     c=10.7                 !! 日照时间


     m=12.0/c
     q0=0.131 * m * Qs      ! 中午最大辐射
     w=0.2618               ! 频率(pi/12)
     pi=3.14159265


     as=0.85                !! 路面的太阳辐射吸收率


     t=TIME(1)-12
     q=q0/(m * pi)


     ak0=q0/pi
     sa0=pi/(2 * m)


     do k=1,30
     if(k==m)then
         ak=ak0 * ( sin((m+k) * sa0)/(m+k)+sa0 )
     else
         ak=ak0 * ( sin((m+k) * sa0)/(m+k)+sin((m−k) * sa0)/(m−k) )
         end if
         q=q+ak * cos(k * pi * t/12)   ! 太阳辐射(Fourier 级数表达式)
     end do
```

```
FLUX(1)＝as * q          ！进入路面的热流量

RETURN
END
```

6 基于扩展有限元法的沥青混合料开裂分析

6.1 粘弹性力学基本理论

粘弹性力学是流变学的一个重要分支，主要研究粘弹性材料的延迟弹性行为。沥青混合料具有相当复杂的内部结构，是一种典型的热粘弹性材料，其力学性能与温度变化、荷载作用时间、加载频率、加载历史均有关，其应力应变响应是一个不可逆的热力学过程，外力做功一部分转化为弹性势能储存在材料内，一部分转化为热能耗散。

6.1.1 粘弹性材料的基本特性

（1）力学响应的不可逆性

弹性固体受到外荷载作用会产生弹性变形，其变形与加载历史无关，会随着卸载而完全恢复。从能量的角度看，外力在弹性固体上做的功完全转化为弹性势能，一旦卸载，所储存的弹性势能完全释放。粘弹性材料特性不同于弹性固体，也不同于粘性流体，外力作用在粘弹性材料上，其变形一部分可恢复，而一部分不可恢复，其变形与加载历史有关，可恢复的这部分为材料变形的所储存弹性势能作用，而另外一部分不可恢复的以材料变形产生热能形式耗散。其力学响应是一个不可逆的热力学响应过程。

（2）力学响应的记忆性

考察弹性材料的变形，由于其应变响应只与当时应力状态有关，无须了解其加载历史。但是，对于粘弹性材料，在考察其变形时，需要分析当前和加载过程中的应力状态，考虑加载历史的影响。粘弹性材料的力学响应具有记忆性，即施加在粘弹性材料上的外力的时间间隔越长，对当前应力状态的影响越小。

（3）温度及时间相关性

弹性固体力学响应与温度无关，其力学性质可用弹性常数表征。但是，粘弹性材料具有很明显的温度敏感性，当粘弹性材料的温度升高时，材料会表现出与粘性流体相似的特性，当粘弹性材料的温度降低时，又会表现出与弹性固体相似的特性。

外荷载作用时间对弹性固体力学响应无影响，只要确定外力大小和作用位置，弹性固体的变形都唯一，但是粘弹性材料的应力作用时长对材料的应变影响很大。应力作用时长增加，其应变会不断增加。因此，粘弹性材料的本构方程中含有时间变量。

（4）蠕变与应力松弛特性

蠕变和应力松弛是粘弹性材料最基本的特征。给材料施加一定的应力输入，作为响应的变形或应变可能随时间不断增加，在粘弹性力学中，这种力学行为称为蠕变。给材料瞬间施加一定的变形，作为应变输入响应的应力将随时间的增加而逐渐减小，材料的这种力学行为称为应力松弛。典型的蠕变曲线如图 6.1(a)所示，典型的应力松弛如图 6.1(b)所示。

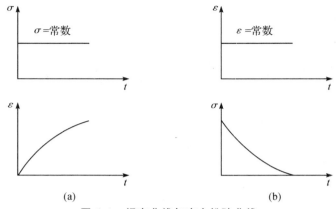

图 6.1 蠕变曲线与应力松弛曲线

粘弹性材料分别在应力和应变输入时,其响应是不同的。根据材料的力学响应不同,可将粘弹性材料分为粘弹性流体和粘弹性固体两类。对于粘弹性流体,给出一定的应力史,应变会随时间逐渐增大,并趋向于一个定值,或给出一个应变史,应力随时间增加而减少,最后趋向于 0;对于粘弹性固体,给出一个应力史,在无限长时间内应变趋向于不为零的常数,或给出一个应变史,在无限长时间内应力逐渐趋向于一个不为零的常数。

6.1.2 粘弹性本构理论

粘弹性三维本构关系包括微分方程形式的本构方程和积分方程形式的本构方程,采用各向同性粘弹性遗传积分形式,其表达式为:

$$\sigma(t) = \int_0^t 2G(\tau - \tau') \dot{e} dt' + I \int_0^t K(\tau - \tau') \dot{\varphi} dt' \qquad 6.1$$

式中,K 和 G 分别为体积模量和剪切模量,I 表示单位张量,e 和 φ 分别为偏应力张量和体积应变张量,可用 $\varphi = \varepsilon_{kk}$ 和 $e_{ij} = \varepsilon_{ij} - \frac{1}{3}\delta_{ij}\varphi$ 给出,式中 δ_{ij} 为 Kronecker 函数。缩减时间 τ 与实际时间 t 之间的关系式为:

$$\tau = \int_0^t \frac{dt'}{\alpha_T T(t')}, \frac{d\tau}{dt} = \frac{1}{\alpha_T T(t)} \qquad 6.2$$

式中,T 代表温度,α_T 代表移位因子。大量的研究表明,沥青混合料在一个较大温度范围内具有热流变材料的性质,可以利用移位因子进行时温转换:

$$-\lg\alpha_T = \frac{C_1(T - T_0)}{C_2 + (T - T_0)} \qquad 6.3$$

$$\alpha_T = \exp\left[-A\left(\frac{1}{T} - \frac{1}{T_0}\right)\right] \qquad 6.4$$

式中,T_0 为参考温度,A、C_1、C_2 为材料常数。

体积模量 K 和剪切模量 G 可用 Prony 级数进行定义:

$$K(\tau) = K_\infty + \sum_{i=1}^{n_k} K_i e^{-\tau/\tau_i^K} \qquad 6.5$$

$$G(\tau) = G_\infty + \sum_{i=1}^{n_G} G_i e^{-\tau/\tau_i^G} \qquad 6.6$$

式中,K_∞、G_∞ 分别为长期体积模量和长期剪切模量,K_i 和 G_i 分别为松弛时间 τ_i^K 和 τ_i^G 对应

的体积松弛模量和剪切松弛模量。

体积松弛模量 $K(\tau)$、剪切松弛模量 $G(\tau)$ 和泊松比 $\nu(\tau)$ 三者并不独立,具有如下关系:

$$K(\tau) = G(\tau) \frac{2(1-\nu(\tau))}{3(1-2\nu(\tau))} \qquad 6.7$$

偏应力 S 积分方程为:

$$S = \int_0^t 2\left(G_\infty + \sum_{n=1}^{n_G} G_i \exp((\tau'-\tau)/\tau_i)\right) e dt' = \int_0^\tau 2\left(G_\infty + \sum_{n=1}^{n_G} G_i \exp((\tau'-\tau)/\tau_i)\right) \frac{de}{d\tau'} dt'$$
$$6.8$$

通过推导,可得剪切松弛模量为:

$$G^T = \frac{\partial \Delta S}{\partial \Delta e} = \begin{cases} G_0\left[1 - \sum_{i=1}^n \alpha_i \frac{\tau_i}{\Delta \tau}\left(\frac{\Delta \tau}{\tau_i} + \exp(-\Delta \tau/\tau_i - 1)\right)\right], & \Delta \tau/\tau_i \geqslant 10^{-7} \\ G_0\left[1 - \sum_{i=1}^n \frac{1}{2}\alpha_i \frac{\Delta \tau}{\tau_i}\right], & \Delta \tau/\tau_i < 10^{-7} \end{cases} \qquad 6.9$$

体积松弛模量为:

$$K^T = \frac{\partial \Delta \delta\delta}{\partial \Delta \delta\varepsilon} = \begin{cases} K_0\left[1 - \sum_{i=1}^n \alpha_i \frac{\tau_i}{\Delta \tau}\left(\frac{\Delta \tau}{\tau_i} + \exp(-\Delta \tau/\tau_i - 1)\right)\right], & \Delta \tau/\tau_i \geqslant 10^{-7} \\ K_0\left[1 - \sum_{i=1}^n \frac{1}{2}\alpha_i \frac{\Delta \tau}{\tau_i}\right], & \Delta \tau/\tau_i < 10^{-7} \end{cases} \qquad 6.10$$

获得松弛模量的方法主要有两种,一种是利用松弛试验,即保持应变为一恒定值,可以利用 Maxwell 模型来描述材料的松弛特性;第二种就是蠕变试验,即保持应力为一恒定值,利用 Voight-Kelvin 模型描述蠕变行为。用这两种方法都可以获得松弛模量,但是常应力蠕变试验比常应变松弛试验容易获得。

蠕变柔量可以通过 Voight-Kelvin 模型获得:

$$D(\xi) = D(0) + \sum_{i=1}^N D_i(1 - \exp(-\xi/\tau_i)) + \frac{\xi}{\eta_v} \qquad 6.11$$

式中,ξ 为缩减时间,$D(\xi)$ 为缩减时间 ξ 的蠕变柔量,$D(0)$、D_i、τ_i、η_v 为模型参数。缩减时间 ξ 可以通过 t/a_T 计算获得,其中 t 为真实时间,a_T 为温度移位因子。模型参数可以通过不同温度下的蠕变试验获得,通过不同温度下的蠕变柔量曲线移位就可以获得蠕变柔量主曲线,移位过程中可以计算移位因子 a_T。

与上述蠕变柔量不同,松弛模量可以通过下式获得:

$$E(\xi) = \sum_{i=1}^{N+1} E_i \exp(-\xi/\tau_i) \qquad 6.12$$

式中,$E(\xi)$ 为在缩减时间 ξ 处的松弛模量,E_i、τ_i 为松弛模量主曲线的模型参数,图 4.8 给出了 N 维 Maxwell 模型图,可以在很宽的温度范围内利用 N 维 Maxwell 模型描述沥青混合料的线性粘弹性特性。

6.1.3 沥青混合料蠕变柔量与松弛模量的转换关系研究

沥青路面具有粘弹特性,在温度和车辆荷载作用下路面结构内部的应力会随着时间的增加而逐渐消散,发生应力松弛现象。在高温条件下,累积在路面结构中的应力会因松弛能力较强而很快消散;但温度较低时,沥青路面的松弛能力较差,松弛速度较慢,路面结构中存在一定的应力累积,当应力累积超过材料的容许强度时沥青路面就会发生开裂。由此可见,温度应力在其产生和发展过程中必然伴随着应力松弛现象,而松弛模量是评价沥青混合料松弛能力的重要参数,其可通过松弛试验获得。但是应力松弛试验需要给试件瞬间施加一个恒定应变,这就对仪器选择、误差控制提出严格要求,从而导致应力松弛试验相当困难。因此,有必要寻求一种易于操作的试验方法,既可以获得松弛模量,又可以避免由于非线性响应产生的误差。

已有研究表明,采用蠕变试验,利用蠕变柔量 $J(t)$ 与松弛模量 $E(t)$ 卷积公式可获得松弛模量。赵伯华利用体积蠕变柔量与体积松弛模量之间的精确与近似转换关系,提出了一种根据实测蠕变柔量计算松弛模量的数值积分方法。薛忠军等利用松弛模量与蠕变柔量的数值迭代表达式计算了基准温度下的松弛弹性模量。上述研究成果均是通过数值方法得到松弛模量,结果与数值计算精度有很大关系,当精度较低时得到的松弛模量与实际情况有很大差别。本文以蠕变试验为基础,通过线性粘弹理论推导了松弛模量 $E(t)$ 之间的函数转换关系式,并使用时温等效原理得到不同温度下的松弛模量主曲线,其可为沥青混合料低温性能分析评价提供参考。

(1)松弛弹性模量与蠕变柔量的关系

蠕变和应力松弛是沥青混合料等典型粘弹性材料的 2 种基本力学现象。蠕变是施加一恒定应力,应变随时间逐渐增加的现象;应力松弛是施加一恒定应变,应力随时间逐渐减小的现象。

蠕变柔量 $J(t)$ 与松弛模量 $E(t)$ 之间存在以下卷积:

$$\int_0^t E(t-\tau)J(\tau)\mathrm{d}\tau = t \qquad\qquad 6.13$$

式中,t 为时间(s)。

施加一个应变史 $\varepsilon(\tau) = S\tau$($S$ 为恒定应变速度斜率,常量),利用线性叠加原理可得

$$\int_0^t J(t-\tau)\frac{\partial E(\tau)}{\partial \tau}\mathrm{d}\tau = 1 - J(t)E(0) \qquad\qquad 6.14$$

式中,$E(0)$ 为瞬时松弛模量(MPa)。

令

$$J(t-\tau) = J(t) + [J(t-\tau)-J(t)] \qquad\qquad 6.15$$

将式 6.15 代入式 6.14,可得:

$$\int_0^t \{J(t) + [J(t-\tau)-J(t)]\}\frac{\partial E(\tau)}{\partial \tau}\mathrm{d}\tau = 1 - J(t)E(0) \qquad\qquad 6.16$$

对式 6.16 中 $J(t)$ 进行积分,可得:

$$E(t)J(t) = 1 - \int_0^t [J(t-\tau)-J(t)]\frac{\partial E(\tau)}{\partial \tau}\mathrm{d}\tau \qquad\qquad 6.17$$

由于 $\dfrac{\mathrm{d}E(\tau)}{\mathrm{d}\tau} > 0$,式 6.17 中的积分值一定为 0 或正值,进一步分析可得:

$$E(t)J(t) \leqslant 1 \qquad\qquad 6.18$$

可见,$E(t) \neq J(t)$,只有在特殊情况下 $E(t)$ 才与 $J(t)$ 有倒数关系。

$$E(t) = \begin{cases} 1/J(0), & t = 0 \\ 1/J(\infty), & t = \infty \end{cases} \qquad\qquad 6.19$$

式中，$J(0)$ 为瞬时蠕变柔量，反映粘弹性材料线弹性变形（MPa^{-1}）。

因此，式 6.17 中的积分为 0，即

$$\lim_{t \to 0} J(t)E(t) = J(0)E(0) = 1 \qquad 6.20$$

即

$$E(0) = 1/J(0) \qquad 6.21$$

（2）松弛弹性模量函数推导

粘弹性流体模型中，普遍认为 Burgers 模型能较好地模拟粘弹性材料的蠕变和松弛特性，其可用弹簧和粘壶组成的元件模型来描述，如图 6.2 所示。Burgers 模型蠕变柔量可记为：

$$J(t) = \frac{1}{E_1} + \frac{t}{\eta_1} + \frac{1}{E_2}(1 - e^{-\frac{E_2}{\eta_2}t}) \qquad 6.22$$

式中，E_1、E_2 均为弹簧 **H** 元件对应的弹性模量（MPa）；η_1、η_2 均为粘壶 **N** 元件对应的粘度（MPa）。

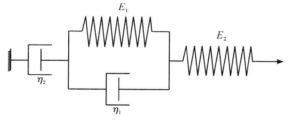

图 6.2　Burgers 模型

元件模型理论比较直观地描述了粘弹性材料的力学行为，为了更好的应用模型理论反映材料多样性的粘弹性力学行为，提出广义模型理论，即用若干个 Maxwell 模型并联组合成广义 Maxwell 模型，其元件模型如图 6.3 所示。应力松弛函数可记为：

$$E(t) = \sum_{i=1}^{n} E_i e^{-\frac{t}{\tau_i}} \qquad 6.23$$

式中，E_1、E_2、$\cdots$、E_i 均为 Maxwell 元件 **M** 内弹簧 **H** 的弹性模量（MPa）；$\tau_i = \eta_i/E_i$，其为 Maxwell 元件 **M** 内粘壶 **H** 的粘度（MPa）。

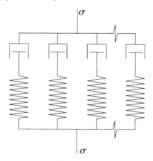

图 6.3　广义 Maxwell 模型

将式 6.22 和式 6.23 代入式 6.13 得：

$$\int_0^t \left[\sum_{i=1}^{n} E_i e^{-\frac{t}{\tau_i}} \right] \left[\frac{1}{E_1} + \frac{\tau}{\eta_1} + \frac{1}{E_2}(1 - e^{-\frac{E_2}{\eta_2}\tau}) \right] d\tau = t \qquad 6.24$$

整理得

$$\left(\frac{1}{E_1}\sum_{i=1}^{n}E_i\tau_i - \frac{1}{\eta_1}\sum_{i=1}^{n}E_i\tau_i^2 + \frac{1}{E_2}\sum_{i=1}^{n}E_i\tau_i\right) + \left[\frac{1}{\eta_1}\sum_{i=1}^{n}E_i\tau_i - 1\right]t - \frac{1}{E_1}\sum_{i=1}^{n}E_i\tau_i e^{-\frac{t}{\tau_i}} +$$

$$\frac{1}{\eta_1}\sum_{i=1}^{n}E_i\tau_i^2 e^{-\frac{t}{\tau_i}} - \frac{1}{E_2}\sum_{i=1}^{n}E_i\tau_i e^{-\frac{t}{\tau_i}} + \frac{\sum_{i=1}^{n}E_i\tau_i e^{-\frac{t}{\tau_i}}}{1-\frac{E_2}{\eta_2}\sum_{i=1}^{n}E_i\tau_i} - \frac{\sum_{i=1}^{n}E_i\tau_i e^{-\frac{E_2}{\eta_2}t}}{1-\frac{E_2}{\eta_2}\sum_{i=1}^{n}E_i\tau_i} = 0 \qquad 6.25$$

时间 t 在 $[0,\infty)$ 区间取任意值，式 6.25 恒成立，由函数的线性无关性，有

$$\frac{1}{E_1}\sum_{i=1}^{n}E_i\tau_i - \frac{1}{\eta_1}\sum_{i=1}^{n}E_i\tau_i^2 + \frac{1}{E_2}\sum_{i=1}^{n}E_i\tau_i = 0 \qquad 6.26$$

$$\frac{1}{\eta_1}\sum_{i=1}^{n}E_i\tau_i - 1 = 0 \qquad 6.27$$

$$-\frac{1}{E_1}\sum_{i=1}^{n}E_i\tau_i e^{-\frac{t}{\tau_i}} + \frac{1}{\eta_1}\sum_{i=1}^{n}E_i\tau_i^2 e^{-\frac{t}{\tau_i}} - \frac{1}{E_2}\sum_{i=1}^{n}E_i\tau_i e^{-\frac{t}{\tau_i}} + \frac{\sum_{i=1}^{n}E_i\tau_i e^{-\frac{t}{\tau_i}}}{1-\frac{E_2}{\eta_2}\sum_{i=1}^{n}E_i\tau_i} - \frac{\sum_{i=1}^{n}E_i\tau_i e^{-\frac{E_2}{\eta_2}t}}{1-\frac{E_2}{\eta_2}\sum_{i=1}^{n}E_i\tau_i} = 0$$

$$6.28$$

由式 6.28 得：

$$\sum_{i=1}^{n}E_i\tau_i = \eta_1 \qquad 6.29$$

又

$$\sum_{i=1}^{n}E_i\tau_i e^{-\frac{t}{\tau_i}} = -\int E(t)\mathrm{d}t \qquad 6.30$$

将式 6.29、6.30 代入式 6.28 中得：

$$\left(\frac{1}{E_1} + \frac{1}{E_2} - \frac{\eta_2}{\eta_2 - E_2\eta_1}\right)\int E(t)\mathrm{d}t + \frac{1}{\eta_1}\int\left(\int E(t)\mathrm{d}t\right)\mathrm{d}t = \frac{\eta_1\eta_2}{\eta_2 - E_2\eta_1}e^{-\frac{E_2}{\eta_2}t} \qquad 6.31$$

对式 6.31 化简得：

$$E(t) = \frac{\mathrm{d}^2 f(t)}{\mathrm{d}t^2} = \frac{k_3/k_1}{k_2/k_1 - E_2/\eta_2}\left(\frac{E_2}{\eta_2}\right)^2 e^{-\frac{E_2}{\eta_2}t} + \left[E(0) - \frac{k_3/k_1}{k_2/k_1 - E_2/\eta_2}\left(\frac{E_2}{\eta_2}\right)^2\right]e^{-\frac{k_2}{k_1}t}$$

$$6.32$$

其中，$\frac{1}{E_1} + \frac{1}{E_2} - \frac{\eta_2}{\eta_2 - E_2\eta_1} = k_1$，$\frac{1}{\eta_1} = k_2$，$\frac{\eta_1\eta_2}{\eta_2 - E_2\eta_1} = k_3$。

（3）实例分析

1）沥青混合料蠕变柔量试验测定

按照 JTG E20—2011《公路沥青及沥青混合料试验规程》，使用高低温弯曲蠕变仪进行蠕变试验。试验时，选取 15℃、10℃、0℃ 三种温度，荷载应力为破坏荷载的 10%，试验时间为 6000s。试验时梁的应力、应变及蠕变柔量按式 6.33～6.35 计算。

$$\sigma_0 = \frac{3pL}{2bh^2} \qquad 6.33$$

$$\varepsilon(t) = \frac{6h}{L^2}\delta(t) \qquad 6.34$$

式中：b 为小梁宽度（mm）；h 为小梁高度（mm）；L 为小梁跨距（mm）；p 为施加恒定力

（kN）；$\delta(t)$ 为跨中点变形（mm）。

由 σ_0 和 $\varepsilon(t)$ 可以计算出蠕变柔量：

$$J(t) = \frac{\varepsilon(t)}{\sigma_0} = \frac{4bh^3}{PL^3}\delta(t) \qquad 6.35$$

式中，$\varepsilon(t)$ 为不同时刻的应变值（m）；σ_0 为蠕变试验施加的恒定应力（MPa）。

不同温度下的蠕变柔量试验结果如图 6.4 所示。

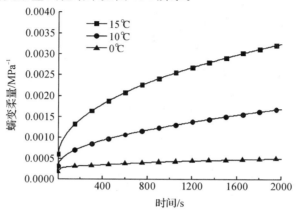

图 6.4　不同温度下的蠕变柔量曲线

2）不同温度下蠕变柔量 Burgers 模型拟合

根据 Burgers 模型，对不同温度下的蠕变柔量利用 origin 软件进行拟合，得到 Burgers 模型参数，如表 6.1 所示。

表 6.1　不同温度下 Burgers 模型参数

模型参数	0℃	10℃	15℃
E_1	3771.931	1893.139	1105.924
E_2	5996.615	1272.372	705.477
η_1	2.38E+07	4.20E+06	2.00E+06
η_2	4.97E+06	1.17E+06	4.57E+05
相关系数 R^2	0.998	0.999	0.999

3）松弛模量函数确定

将表 6.1 中的 Burgers 模型参数代入式 6.31，可以计算不同温度（0℃、10℃、15℃）对应下的松弛模量曲线（见图 6.5），如式 6.36～6.38 所示。

0℃ 条件下松弛模量函数为：

$$E(t) = 2320 \cdot \exp(-1.21 \times 10^{-3} t) + 1452 \cdot \exp(-8.99 \times 10^{-5} t) \qquad 6.36$$

10℃ 条件下松弛模量函数为：

$$E(t) = 761 \cdot \exp(-1.09 \times 10^{-3} t) + 1132 \cdot \exp(-1.55 \times 10^{-4} t) \qquad 6.37$$

15℃ 条件下松弛模量函数为：

$$E(t) = 431 \cdot \exp(-1.54 \times 10^{-3} * t) + 675 \cdot \exp(-1.89 \times 10^{-4} t) \qquad 6.38$$

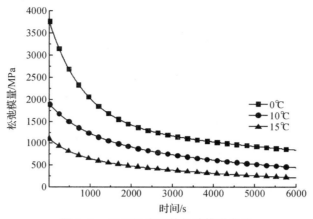

图 6.5 不同温度下的松弛模量曲线

4）松弛模量主曲线确定

为得到沥青混合料松弛模量主曲线,需定量求出对于参考温度 T_0 的各温度条件下的移位因子 $\lg \alpha_T$,其可利用具有理论依据并依赖于试验测定结果的半理论半经验公式 WLF 公式来实现。移位因子记为：

$$\lg \alpha_T = -\frac{C_1(T-T_0)}{C_2+(T-T_0)} = -\frac{C_1 \Delta T}{C_2 + \Delta T} \qquad 6.39$$

式中,C_1、C_2 均为材料参数;α_T 为移位因子;T_0 为参考温度,本文取 $T_0 = 0℃$。

不同温度下的松弛模量曲线如图 4 所示。将图 6.5 中不同温度条件下沥青混合料松弛模量向参考温度下水平移位,得到移位因子 $\lg \alpha_T$,如表 6.2 所示。

表 6.2 温度改变量对应的温度移位因子

温度 /℃	温度改变量 ΔT/℃	移位因子 $\lg \alpha_T$
0	0	0
10	10	-0.4
15	15	-1.0

将图 6.5 中不同温度下的松弛模量曲线向参考温度 $T_0 = 0℃$ 平移,可得到 $T_0 = 0℃$ 松弛模量主曲线。将 $0℃$ 下松弛模量主曲线在对数时间轴上分别平移 α_{10}、α_{15},可得到沥青混合料的松弛模量主曲线簇,如图 6.6 所示。

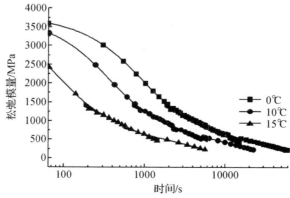

图 6.6 松弛模量主曲线簇

从图 6.5 和图 6.6 可以看出：

1) 不同温度下的沥青混合料松弛模量曲线形式相同、曲率变化不同,说明同种材料在不同温度下应力松弛变化趋势相同,只是能力有所差别。

2) 当 $t \to \infty$ 时,$E(t) \to 0$,表明沥青混合料在其工作温度范围内具有粘弹性流体特性,这与粘弹性固体松弛模量有本质区别。

3) 随着松弛时间的延长,松弛模量及松弛模量主曲线变化率将逐渐减小,0℃ 时温度最低,混合料的松弛能力最差,这符合沥青混合在温度降低过程中其材料逐渐变脆、应力松弛能力逐渐减弱的力学行为。

6.2 沥青混合料的断裂特征

学者对沥青混合料开裂研究取得了较多的成果,揭示了裂纹演化的部分行为。Majidzadenh 等采用开裂试验研究了裂纹演化规律。Abdulshafi 和 Majidzadenh 研究了圆形试件的疲劳和开裂行为。Kim 和 Hussein 等采用三点弯曲梁研究了沥青混合料的开裂行为,并预估了低温开裂刚度。Jacobs 等利用 Paris 准则研究了沥青混合料的开裂,并且研究了裂纹扩展行为。Bhurke 等利用试验分析计算了沥青混合料的断裂刚度。Castell 等通过室内试验研究了疲劳裂纹的演化,并利用 Franc 2D 分析了路面结构层的开裂。

但是,这些研究都没有考虑到沥青混合料材料的准脆性特性和粘弹性特性。由于相对于结构尺寸,开裂演化区尺寸非常大。在低温条件下沥青混合料作为一种准脆性材料,很难用线弹性断裂力学(LEFM)研究沥青混合料的断裂行为。

6.2.1 准脆性材料行为

裂纹演化区域表现出非线性软化演化特点,这是因为应力随着损伤增加而降低。非线性软化区域被非软化非线性区域所包围,这些区域的材料表现出非弹性性质。Bazant and Planas(1998)将中心材料的断裂演化区分为三种类型:脆性、韧性、准脆性,如图 6.7 所示。每种不同类型的两种非线性区域(软化区域和非软化非线性区域)与非线性区域相对大小以及整个非线性区域相对于结构尺寸大小有关。

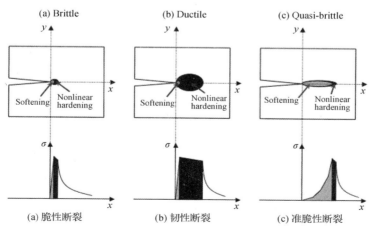

图 6.7 断裂过程区的类型

第一种断裂类型(见图 6.7(a))相比结构尺寸,整个非线性区域(包括两个非线性区域)很小,并且软化非线性区域和非软化非线性区域都非常小。因此,所有的开裂演化都将发生在裂纹尖端,线性弹性断裂力学(LEFM)具有很好的适用性。脆性材料比如玻璃、脆性陶瓷、脆性金属都表现出这种断裂类型。第二种(见图 6.7(b))和第三种(见图 6.7(c))类型的断裂行为中非线性区域相对于结构尺寸很小,因此,LEFM 方法不适用。对于第二种开裂行为,从图中可以看出,包含非弹性硬化区域(塑性屈服区)在内的非线性区域有很大一部分,并且真实裂纹演化区域(软化区域)的尺寸仍旧很小。许多韧性材料(包括柔性金属和韧性合金等)的开裂都是第二种行为方式,这种开裂行为可以利用弹塑性断裂力学(EPFM)进行分析。第三种开裂类型包含以下情况:由于微裂纹的存在、空隙的形成、界面损伤、摩擦滑移等,材料的软化损伤演化占非线性区域的很大一部分。这种软化区域被无弹性材料(塑性屈服)区域所包围,并且这种塑性屈服区域相比软化区域非常小,因此,在分析过程中,影响不大。这种行为模式叫作准脆性开裂,它包括较大的开裂演化区域,其可以通过计算得到。各种土木工程材料如混凝土、岩石、煤、水泥砂浆、粘土、木材、各种韧性陶瓷都呈现出准脆性开裂行为。

6.2.2 断裂行为中的粘弹性

如图 6.8 所示解释了基体材料为粘弹性的开裂行为,图中开裂区外缘基体材料为粘弹性材料,中间区域为粘弹性硬化区,由于基体材料的粘弹性导致的开裂行为与加载速率及温度有关。可以通过一系列的工况研究粘弹性材料的断裂行为,如改变时间和温度等控制参数。

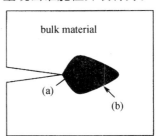

6.3 内聚力本构模型

图 6.8 材料的粘弹性开裂

内聚力(Cohesive Traction)实质上是材料中分子原子之间的相互作用力,通过对断裂过程区断裂过程中的内聚力分析,揭示界面内聚力和张开位移的非线性本构准则,为模拟断裂行为(如裂纹的萌生、演化等)的数值分析提供了很好的工具。

6.3.1 内聚力本构模型的一般性质

张开型裂纹的内聚力模型示意图如图 6.9 所示。断裂过程区 FPZ 假想出两个面,面上作用有内聚力,t_n 和 δ_n 表示法向内聚力和法向张开位移,δ_f 为裂纹尖端的张开位移,此时其内聚力为 0,从图 6.9 中可以看出,材料的真实裂尖在内聚力为 0 处,材料的虚拟裂纹在内聚力为最大值处。上节提出的断裂过程区即为内聚力区域,是介于真实裂尖和虚拟裂尖之间的区域。假想的内聚力区域主要是依靠内聚力连接在一起的,而内聚力的大小又与裂纹面的张开位移有关,当外荷载增加时,裂纹的张开位移会增大,导致内聚力增加,当内聚力达到最大值后,会单调减少直到为 0。

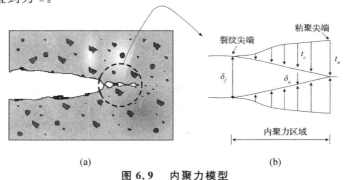

(a)   (b)

图 6.9 内聚力模型

6.3.2 内聚力模型有限元基本理论

利用内聚力单元分析裂纹的扩展可以用下式表述:

$$\int_V \sigma : D^* \, \mathrm{d}V - \int_S t \cdot \delta^* \, \mathrm{d}S - \int_S t \cdot u^* \, \mathrm{d}S = 0 \tag{6.40}$$

式中，σ 为柯西应力张量，D^* 为应变张量，$\sigma : D^*$ 表示 $\sigma_{ij} D_{ij}^*$，t 为界面上的内聚力，δ^* 为内聚区域界面张开位移，u^* 为基体材料的张开位移，S、V 分别表示内聚区张开界面和内聚区体积。

内聚力单元能量计算表达式：

$$W_{\mathrm{coh}}^* = \int_S (t_n \delta_n^* + t_s \delta_s^*) \, \mathrm{d}S \tag{6.41}$$

其中，coh 表示内聚力单元，t_n、t_s 表示法向和切向内聚力，δ_n^*、δ_s^* 表示法向和切向位移，可以通过形函数和切向、法向节点位移公式计算：

$$\delta_n^* = N \overline{\delta_n^*}, \delta_t^* = N \overline{\delta_t^*} \tag{6.42}$$

其中，N 表示计算节点到高斯积分点的形函数，$\overline{\delta_n^*}$、$\overline{\delta_t^*}$ 表示计算节点的法向和切向位移。将式 6.42 代入式 6.41 可得：

$$W_{\mathrm{coh}}^* = \int_S (T_n N \overline{\delta_n^*} + T_s N \overline{\delta_t^*}) \, \mathrm{d}S \tag{6.43}$$

因此，内聚力单元的矢量力为：

$$F_{\mathrm{coh}} = \int_S (T_n N + T_s N) \, \mathrm{d}S \tag{6.45}$$

对式 6.43 进行微分：

$$\mathrm{d}W_{\mathrm{coh}}^* = \int_S (\mathrm{d}T_n N \overline{\delta_n^*} + \mathrm{d}T_s N \overline{\delta_t^*}) \, \mathrm{d}S \tag{6.45}$$

内聚力单元的内聚力和张开位移的雅克比矩阵 $[C]$ 通过下式定义：

$$T = \left\{ \begin{array}{c} \mathrm{d}T_n \\ \mathrm{d}T_s \end{array} \right\} = [C] \left\{ \begin{array}{c} \mathrm{d}\delta_n \\ \mathrm{d}\delta_s \end{array} \right\} \tag{6.46}$$

可以得出雅克比矩阵 $[C]$ 为：

$$[C] = \begin{bmatrix} \dfrac{\partial T_n}{\partial \delta_n} & \dfrac{\partial T_n}{\partial \delta_s} \\[2mm] \dfrac{\partial T_s}{\partial \delta_n} & \dfrac{\partial T_s}{\partial \delta_s} \end{bmatrix} \tag{6.47}$$

因此，内聚力单元的刚度矩阵为：

$$[K] = \int_S [B]^T [C][B] \, \mathrm{d}S \tag{6.48}$$

其中，$[B]$ 为应变矩阵。

6.3.3 内聚力模型本构关系

（1）双线性内聚力模型

内聚力本构模型（简称 CZM）是利用内聚力区域假想面上的内聚力和界面张开位移定义的，双线性 CZM 本构如图 6.10 所示，横坐标为裂纹面的张开位移，纵坐标为假想面上的内聚力，t_c 为裂纹开裂强度，开裂强度对应的张开位移称为 δ_m^0，裂纹体受到外荷载作用时，内聚力将增加，达到开裂强度 t_c 后，就会逐渐降低，最终达到开裂位移 δ_m^f，称为失效

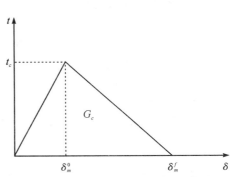

图 6.10 双线性 CZM 本构的 t-δ 曲线

位移。两段折线所包围的面积称为断裂能 G_c。双线性 CZM 假定，在内聚力上升阶段（$\delta \leqslant \delta_m^0$），材料为线弹性，当内聚力达到开裂强度 t_c 后，裂纹开始出现，在 $\delta > \delta_m^0$ 段，材料表现为线性软化行为，属于材料损伤演化阶段。

双线性 CZM 本构方程中有两个模型参数，即开裂强度 t_c 和断裂能 G_c。这里的断裂能主要指内聚力区域裂纹尖端位移从 0 增长到失效位移 δ_m^f 所消耗的能量。双线性 CZM 本构模型中，断裂能表达式为 $G_c = t_c \delta_m^f / 2$，断裂能的单位为 $\mathrm{J/m^2}$，为裂纹张开单位面积所消耗的能量，可以通过开裂试验获取。开裂强度 t_c 是材料的力学强度，对于 Ⅰ 型裂纹，沥青混合料的开裂强度为材料的抗拉强度，可以通过间接拉伸试验（Indirect tension test，IDT）获取。

在 ABAQUS 有限元软件中，双线性 CZM 本构定义中引入了损伤因子 D，用来定义裂纹开裂损伤程度，ABAQUS 有限元中 Ⅰ 型裂纹损伤因子定义为：

$$D = \frac{\delta_m^f (\delta_m^{\max} - \delta_m^0)}{\delta_m^{\max} (\delta_m^f - \delta_m^0)} \qquad 6.49$$

式中，$\delta_m^{\max}$ 为裂纹面张开位移的最大值，δ_m^f 可以通过断裂能公式求得。当损伤因子 $D = 0$，表示材料未发生损伤，当 $D = 1$ 时，表示材料已经发生断裂。在 ABAQUS 历史输出结果中，损伤因子对应于 SDEG（Scalar stiffness degradation）。

（2）指数型内聚力模型

指数型 CZM 最早由 Xu 和 Needleman 在 1994 年提出，如图 6.11 所示，界面单元的粘聚力法则由 Ortiz 和 Pandolfi、Roy 和 Dodds（2001）提出，可以总结为：

$$\boldsymbol{t} = \frac{\partial \varphi}{\partial \delta_n}(\delta_n, \delta_s, \boldsymbol{q})\boldsymbol{n} + \frac{\partial \varphi}{\partial \delta_s}(\delta_n, \delta_s, \boldsymbol{q}) \frac{\boldsymbol{\delta_s}}{\delta_s} \qquad 6.50$$

其中，n、s 分别表示法向和切向，$\boldsymbol{t}$ 为内聚力，φ 为能量，δ_n 为法向位移，δ_s 为切向滑移位移；$\boldsymbol{n}$ 为界面单元单位法向量，$\boldsymbol{q}$ 为内部变量矢量。

对于二维平面，有效位移和有效内聚力可以表示为：

$$\delta = \sqrt{\delta_n^2 + \beta^2 \delta_s^2}, t = \sqrt{t_n^2 + \beta^{-2} t_s^2} \qquad 6.51$$

式中，参数 β 表示法向最大内聚力和切向内聚力的比值。

Xu 和 Needleman 在 1994 年提出指数形式的能量公式：

$$\varphi = \exp(1)\sigma_c \delta_c \left[1 - \left(1 + \frac{\delta}{\delta_c}\right) \exp\left(-\frac{\delta}{\delta_c}\right) \right] \qquad 6.52$$

式中，σ_c 为材料的极限抗拉强度，δ_c 为 σ_c 所对应的位移张开量，指数型内聚力模型如图 6.11 所示，图中纵轴内聚力可以通过下式计算：

$$t = \frac{\partial \varphi}{\partial \delta} = \exp(1)\sigma_c \frac{\delta}{\delta_c} \exp\left(-\frac{\delta}{\delta_c}\right) \qquad 6.53$$

将式 6.51 变形，可以得到：

$$t = \frac{t_A}{\delta_A} \qquad 6.54$$

A 表示软化曲线上的任意一点，内聚力单元开裂可以用内聚力 — 张开位移所包围的面积定义：

$$G_c = \int_0^\infty t \mathrm{d}\delta = \exp(1)\sigma_c \delta_c \qquad 6.55$$

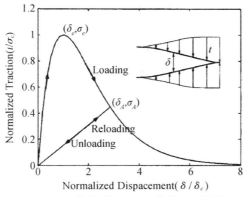

图 6.11　指数型 CZM 本构的 t-δ 曲线

（3）改进的内聚力模型

Ortiz 等基于内聚能确定的 CZM 本构已成功用于沥青混合料的裂纹扩展分析，其本构模型对于内聚力和开裂位移均采用统一的指数函数形式，指数形式的下降段能够有效模拟裂纹扩展过程。Song 等采用统一的双线性 CZM 函数形式，通过分析指出采用双线性 CZM 本构要优于 Ortiz 所给出的指数型 CZM 本构，这是由于上升段采用指数函数形式时刚度偏小，所以建议上升段采用双折线形式。但是当沥青混合料受荷载达到开裂强度后，损伤演化采用线性衰减并不合理。因此，需要对 CZM 本构进行改进，改进的 CZM 本构全曲线上升段采用线性，下降段采用指数函数形式。

对三维状态下的裂纹扩展进行分析，可得裂纹的有效张开位移和有效内聚力为：

$$\delta = \sqrt{\delta_n^2 + \delta_s^2} = \sqrt{\delta_n^2 + \delta_{s1}^2 + \delta_{s2}^2} \qquad 6.56$$

$$t = \sqrt{t_n^2 + t_s^2} = \sqrt{t_n^2 + t_{s1}^2 + t_{s2}^2} \qquad 6.57$$

式中，δ_n 为裂纹的法向张开位移，δ_{s1}、δ_{s2} 分别为平面内和平面外的滑移位移，t_n 为法向内聚力，t_{s1}、t_{s2} 分别为平面内和平面外的内聚力。

改进的 CZM 本构软化段的内聚力可以表示为 $t = t_c(1-\delta/\delta_m^f)^\alpha$，通过推导，可得改进的 CZM 本构全曲线为：

$$t = \begin{cases} t_c \delta / \delta_m^0, & \delta < \delta_m^0 \\ \sigma_c (1 - \delta/\delta_m^f)^\alpha \dfrac{1}{(1 + \delta_m^0/\delta_m^f)^\alpha}, & \delta > \delta_m^0 \end{cases} \qquad 6.58$$

式中，α 表示控制损伤演化曲线的内部变量。改进 CZM 本构中失效开裂位移 δ_m^f 通过内聚力—开裂位移曲线所包围面积计算的断裂能进行计算，断裂能由下式给出：

$$G_c = \frac{t_c \delta_m^0}{2} + \int_{\delta_m^0}^{\delta_m^f} t \, d\delta \qquad 6.59$$

在 ABAQUS 有限元软件中，需要将其提供的指数函数对改进的 CZM 本构进行参数标定，确定出损伤演化曲线的内部变量 α。

内聚力模型一般形式为：

$$t_n = \begin{cases} (1-D)\bar{t}_n, & \bar{t}_n \geqslant 0 \\ \bar{t}_n, & \text{其他} \end{cases} \qquad 6.60$$

$$t_s = (1-D)\bar{t}_s$$
$$t_t = (1-D)\bar{t}_t \qquad 6.61$$

式中, t_n 、 t_s 和 t_t 分别为内聚力单元所承担的法向力和两个切向力, $\bar{t}_n$ 、 $\bar{t}_s$ 和 $\bar{t}_t$ 分别为法向和两个切向所能承担的极限应力, D 为损伤因子。

损伤因子 D 可表示为：

$$D = 1 - \left(\frac{\delta_m^0}{\delta_m^{\max}} \right) \left[1 - \frac{1 - \exp\left(-\alpha \dfrac{\delta_m^{\max} - \delta_m^0}{\delta_m^f - \delta_m^0} \right)}{1 - \exp(-\alpha)} \right] \qquad 6.62$$

式中, $\delta_m^{\max}$ 为受荷时最大张开位移, δ_m^0 为损伤发生时的张开位移, δ_m^f 为断裂时张开的位移。

令 $\delta_m^f = n\delta_m^0, \delta = \delta_m^{\max}$ 并代入式 6.60 中可得：

$$D = 1 - \left(\frac{\delta_m^0}{\delta} \right) \left[1 - \frac{1 - \exp\left(-\alpha \dfrac{\delta - \delta_m^0}{(n-1)\delta_m^0} \right)}{1 - \exp(-\alpha)} \right] \qquad 6.63$$

S. H. Song 等采用内聚力模型分析混凝土梁时,内聚力模型的法向应力与张开位移的关系可表示为：

$$t_n = e\sigma_m^0 \frac{\delta}{\delta_m^0} e^{-\frac{\delta}{\delta_m^0}} \qquad 6.64$$

式中, σ_m^0 为损伤发生时的应力, δ_m^0 含义同前。但式 6.56 可以进一步表示为：

$$\frac{t_n}{\delta} = e \frac{\sigma_m^0}{\delta_m^0} \exp\left(-\frac{\delta}{\delta_m^0} \right) \qquad 6.65$$

损伤后的刚度 K_{mD} 和无损刚度 K_m 可分别表示为：

$$K_{mD} = \frac{t_n}{\delta}, K_m = \frac{\sigma_m^0}{\delta_m^0} \qquad 6.66$$

从而损伤因子可以表示为另外一种形式：

$$D = \frac{K_m - K_{mD}}{K_m} = 1 - e\exp\left(-\frac{\delta}{\delta_m^0} \right) \qquad 6.67$$

令 $\delta = X\delta_m^0$,式 6.63 可以转换为：

$$D = 1 - \frac{1}{X} \left(1 - \frac{1 - \exp(-\alpha(X-1)/(n-1))}{1 - \exp(-\alpha)} \right) \qquad 6.68$$

同时式 6.67 可进一步表达为：

$$D = 1 - e\exp(-X) \qquad 6.69$$

采用式 6.69 拟合式 6.68,参数 α 可以标定出来,两者拟合结果如图 6.12 所示,由图可以看出,通过调整参数 α 可以描述损伤因子的演化,改进后的 CZM 本构如图 6.13 所示。

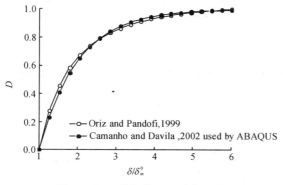

图 6.12　两种损伤因子演化规律

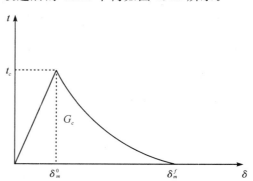

图 6.13　改进的 CZM 本构

6.4 扩展有限元法

扩展有限元法(Extended Finite Element Method，XFEM)是近年来新兴的、具有发展前途的一种处理不连续问题的数值分析方法。该方法克服了传统有限元计算断裂问题时对计算网格的依赖性；在模拟裂纹扩展问题时，无须进行网格重构，可大大提高计算效率。因此，分析处理大变形、裂纹扩展、摩擦接触等不连续问题具有明显的优势，受到了众多学者的青睐和关注。本节将对裂纹及扩展问题进行研究，围绕这一问题，主要开展以下几个方面的工作：

基于单位分解概念，XFEM 通过改进单元的形状函数使之包含问题的不连续成分，从而放松对网格密度的过分要求。水平集法是 XFEM 中常用的确定内部界面位置和跟踪其生长的数值技术，任何内部界面可用它的零水平集函数表示。本节分别介绍与 XFEM 直接相关的单位分解法(PUM)和水平集法(LSM)，以及 XFEM 的基本思想。

通过介绍 XFEM 的概念及方法，并基于断裂力学基本理论，引入模拟裂纹不连续面的跳跃函数及裂纹尖端应力集中的加强函数，应用 ABAQUS 有限元进行圆盘拉伸试验(DCT)的开裂数值分析，验证扩展有限元法在裂纹扩展方面的有效性。

6.4.1 单位分解法

单位分解法(partition of unity method，PUM)的基本思想是选择一个任意函数，它均可用域内一组局部函数进行描述：

$$\psi(x) = \sum_{I} \left[N_I(x) \varphi_I(x) \right] \qquad 6.70$$

其中，N_I 为域内插值形函数，在域内任意一点 x，插值形函数均满足：

$$\sum_{I} N_I(x) = 1 \qquad 6.71$$

根据域内插值形函数的特征，利用单位分解法对位移函数进行修改，在形函数中增加能反映局部特征的函数，用于表征局部位移的不连续特征。扩展有限元法正是基于单位分解理论而建立的用于分析不连续问题的数值技术。

采用单位分解法，扩展有限元法中位移近似解可以表述为：

$$u^h(x) = \sum_{I} N_I(x) \left(\sum_{a=1}^{M} \psi_a(x) a_I^a \right) \qquad 6.72$$

其中，$\psi_a(x)$ 为增加局部特性后的附加函数。

6.4.2 水平集法

水平集法(Level Set Methods，LSM)是一种描述界面依赖时间移动的数值技术，它将界面的变化表示成比界面高一维的水平集曲线。例如，R^2 中一维移动界面 $\Gamma(t) \subseteq R$ 可表示成：

$$\Gamma(t) = \{ x \in R^2 : \varphi(x,t) = 0 \} \qquad 6.73$$

其中，$\varphi(x,t)$ 为水平集函数。

水平集函数通常用符号距离函数表示，即

$$\varphi(x,t) = \pm \min_{x_\Gamma \in \Gamma(t)} \| x - x_\Gamma \| \qquad 6.74$$

如果 x 位于移动界面 $\Gamma(t)$ 的裂纹上方，那么式 6.74 等号右边符号取正，否则取负。

裂纹扩展演化可用 φ 的演化方程得到：

$$\varphi_t + F \| \nabla \varphi \| = 0 \qquad 6.75$$

其中，$F(x,t)$ 是移动界面上点 $x \in \Gamma(t)$ 在界面外法线方向的速度。水平集法的优点在于可以在固定的 Euler 网格上进行数值计算。

6.4.3 扩展有限元法

扩展有限元法最先由 Belytschko 和 Black(1999) 基于单位分解理论提出，属于传统有限元法的扩展。单位分解理论使得扩展有限元根据实际情况选择富集函数构建位移场，保证近似函数的形式独立于网格划分，且能够比较容易地接入到有限元形函数中，再通过定义附加自由度即可实现裂纹张开所产生的不连续。利用传统有限元法模拟裂纹扩展时，要求网格划分服从几何不连续。因此，在模拟中需要不断进行网格重构，并对裂尖区域网格进行细化，以更好地模拟裂纹尖端附近奇异渐近场。这就使得建立扩展裂纹模型更加复杂，因为在裂纹扩展过程中，网格需要不断更新，以适应几何不连续性。

利用传统有限元法模拟裂纹扩展时，需要考虑孔洞、杂质等对网格划分的影响，即单元的边须与几何形体相协调。XFEM 可以避免这些因素的影响，在裂纹扩展模拟中网格无须与边界保持协调。

XFEM 的建模分为两个部分：

① 忽略结构内部细节情况下对材料进行有限元网格划分；

② 在单元形函数中增加与内边界相关的附加函数，再通过定义附加自由度即可实现裂纹张开所产生的不连续性。

由图 6.14 可以看出裂纹的扩展演化并不依赖单元的内边界，可以穿越单元内部。

（1）位移模式

XFEM 在保留了有限元框架及一些特性（如刚度矩阵的稀疏性及对称性等）的基础上，加入了反映裂纹面不连续的裂尖渐近位移场函数。为了实现裂纹扩展分析，富集函数通常由裂尖附近渐近函数表示，用于描述裂纹尖端附近的应力奇异性，跳跃函数用于表示裂纹面处位移的跳跃。基于单元分解理论，位移矢量 u 可表示为：

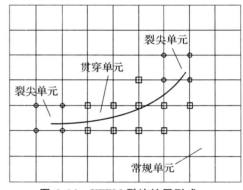

图 6.14 XFEM 裂纹扩展形式

$$u = \sum_{I=1}^{N} N_I(x) \left[u_I + H(x)a_I + \sum_{\alpha=1}^{4} F_\alpha(x)b_I^\alpha \right]$$ 6.76

其中，$N_I(x)$ 为域内任意节点 x 的位移形函数；公式等号右边第一项 u_I 代表节点 x 处的位移矢量；第二项中 a_I 为富集节点自由度矢量，$H(x)$ 为沿裂纹面的不连续跳跃函数；第三项中 b_I^α 为富集节点自由度矢量，$F_\alpha(x)$ 为裂纹尖端应力渐近函数。式中右边第一项可以用于域内所有节点，第二项只对形函数被裂纹内部切开的单元节点有效，第三项只对形函数被裂纹尖端切开的单元节点有效。

而对于沥青混合料而言，在裂尖高应力梯度场作用下，裂尖附近区域发生连续损伤开裂，该损伤区以微裂纹为先导。恰恰因为裂尖附近区域连续损伤区的存在而使沥青混合料尖端的应力奇异性消失，而裂纹的扩展是自然的一个过程，也就是说式 6.76 中右边的第三项在分析沥青混合料开裂时不存在。

如图 6.15 所示，在 XFEM 中，通过引入 Heaviside 函数来描述裂纹面的尖端跳跃位移场：

$$H(x) = \begin{cases} 1, & (x - x^*) \cdot n \geq 0 \\ -1, & \text{其他} \end{cases}$$ 6.77

式中，x 为高斯点，x^* 为距离 x 的开裂面最近的点，n 为点 x^* 处垂直于开裂面的外法线。

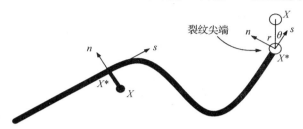

图 6.15 裂纹面法向和切向

各向同性弹性材料的裂纹尖端渐近函数 $F_a(x)$ 可表述为：

$$F_a(x) = \left[\sqrt{r}\sin\frac{\theta}{2}, \sqrt{r}\cos\frac{\theta}{2}, \sqrt{r}\sin\theta\sin\frac{\theta}{2}, \sqrt{r}\sin\theta\cos\frac{\theta}{2} \right]$$ 6.78

其中，(r, θ) 为极坐标系，中心位于裂纹尖端；裂纹尖端切线方向对应于 $\theta = 0°$。式 6.78 中 $\sqrt{r}\sin\frac{\theta}{2}$ 考虑了沿裂纹表面的间断性，裂纹尖端的渐近函数并不局限于各向同性弹性材料的裂纹模拟，相同的方法也可用于两类不同材料界面处的裂纹模拟，或紧密接触双材料界面中的裂纹模拟。然而，对于上述三种情况，裂纹尖端渐近函数的形式与裂纹位置、非线性材料变形程度有关。

（2）扩展有限元的实现

对裂纹尖端奇异性的模拟需要不断追踪裂纹扩展的位置，这个追踪过程非常复杂，因为裂纹奇异性依赖于裂纹在各向同性材料中的自由度。因此，在 ABAQUS 中只有在模拟静态裂纹时，才引入奇异渐近函数。对于动态裂纹模拟，将使用以下两种方法进行模拟。

1）粘聚段法和虚节点模拟动态裂纹

在 XFEM 框架内，存在一种基于牵引力 — 位移内聚行为的方法。这种方法可以用于 ABAQUS/Standard 中裂纹开裂和扩展的模拟。这是一种通用的模拟方法，可以用于模拟脆性或韧性断裂问题。还有另外一种模拟裂纹的方法，即基于面的内聚行为方法，此方法要求内聚面与单元边界重合，且裂纹沿着预先确定好的路径方向扩展，与上述方法不同的是，基于 XFEM 的内聚片段方法可以用于模拟基体材料中任意路径相关的裂纹萌生及扩展过程，这是因为网格中的裂纹扩展并不绑定于单元边界。在这种情况下，裂纹尖端的渐近奇异性并不需要体现，只需要考虑断裂单元中的位移跳跃。因此，裂纹每一次扩展需要通过一个完整单元，从而避免模拟过程中应力奇异性的需要。

为此引入虚节点法原理：

虚拟节点叠加于初始真实节点上，用于表示开裂单元的不连续性，如图 6.16 所示。当单元保持完整时，每一个虚拟节点完全被约束在相应的真实节点上。当单元被裂纹切开时，开裂单元被分成两部分，每一部分均由部分真实节点和虚拟节点组成（与裂纹方向有关）。每一个虚拟节点不再绑定于与其对应的真实节点上，并可以独立移动。

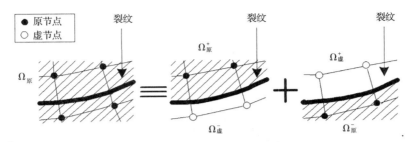

图 6.16　附加节点原理

　　裂纹分离大小由内聚定律决定,当开裂单元的内聚力强度变为 0 后,虚拟节点和真实节点可以自由移动。为了使插值基完整,断裂单元中属于真实区域 $\Omega_\text{原}$ 扩展至虚拟区域 $\Omega_\text{虚}$,真实区域中 $\Omega_\text{原}$ 的位移可以采用虚拟区域 $\Omega_\text{虚}$ 中节点的自由度插值得到。

　　2) 基于线弹性断裂力学准则和虚节点模拟动态裂纹

　　在 XFEM 中,另外一种模拟动态裂纹的方法是基于线弹性断裂力学准则的方法,这种方法更适用于脆性材料的裂纹扩展问题。与基于 XFEM 的内聚片段方法相似的是,裂纹尖端附近渐近奇异不需要考虑,只需要考虑裂纹单元的位移跳跃。因此,裂纹每一次扩展需要通过一个完整的单元,从而避免建模对应力奇异的需要。裂纹尖端处的应变能释放率采用 VCCT 方法计算(VCCT 方法通常用于沿已知或部分已知连接边界的脱层模拟),与 VCCT 方法不同的是,基于 XFEM 的线弹性断裂力学方法可以用于模拟基体材料中任意路径相关的裂纹萌生和演化扩展过程,这是因为裂纹扩展并不绑定于单元边界。

　　该方法与基于 XFEM 的内聚片段法非常相似,当满足断裂准则时,引入虚节点来代表开裂单元的不连续性。在一个富集单元中当等效应变能释放率超过临界应变能释放率后,真实节点与相应的虚节点分离。开裂单元的两个表面通过分别施加大小相等、方向相反的力以实现牵引作用。这种牵引作用会随时间的增加而衰减,用于减小收敛和网格扭曲出现的可能。

　　XFEM 中,简化裂纹追踪的关键是对于裂纹的几何描述,这是由于网格划分并不需要符合裂纹的几何性质。水平集法,作为一种强大的数值技术可以用于分析和模拟界面运动,这正符合了 XFEM 的要求,对于任意方向的裂纹增长均不需要进行网格重构。裂纹的几何性质可以通过两正交的带符号位移函数定义,如图 6.17 所示。首先,φ 用于描述裂纹面;其次,Ψ 为与上述裂纹面相垂直的面,两面相交处即为裂纹前沿。n^+ 表示裂纹面正法线方向;m^+ 代表裂纹前沿的正法线方向。每个节点的两个符号距离函数可以用于描述裂纹的几何性质。

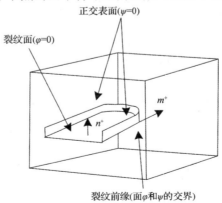

图 6.17　符号距离函数 φ 和 Ψ 表示的空间非平面裂纹

裂纹扩展分析中,基于 XFEM 内聚定律与控制内聚单元的考虑牵引力 — 位移本构行为的定律相似。这种相似性已扩展到线弹性牵引力 — 位移模型、损伤初始准则和损伤演化定律。

ABAQUS 中可用牵引力 — 位移模型描述裂纹的开裂,首先假设开裂前为线弹性,然后是损伤初始及损伤演化,线弹性行为将法向、切向应力以及法向和切向位移联系起来。法向牵引力向量 t,分量为 t_n、t_s、t_t,分别对应一个法向以及两个切向应力。相应的位移分量为 δ_n、δ_s、δ_t。

$$t = \begin{bmatrix} t_n \\ t_s \\ t_t \end{bmatrix} = \begin{bmatrix} K_{nn} & 0 & 0 \\ 0 & K_{ss} & 0 \\ 0 & 0 & K_{tt} \end{bmatrix} \begin{bmatrix} \delta_n \\ \delta_s \\ \delta_t \end{bmatrix} = K\delta \qquad 6.79$$

法向和切向刚度之间不存在耦合现象:纯法向位移并不会引起切向内聚力;纯切向滑动位移不会引起法向内聚力。K_{nn}、K_{ss}、K_{tt} 可以通过扩展单元的弹性性质计算得到。

损伤模型能够模拟单元的损伤及最终失效过程。失效机理包括两部分:损伤初始准则和损伤演化定律。先前已假设初始响应为线弹性的,一旦满足损伤初始准则后,就会根据用户自定义损伤演化定律出现损伤。图 6.18 给出了典型的线性及非线性牵引力 — 位移响应,在纯压缩状态下,扩展单元不出现损伤作用。

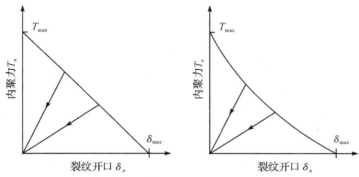

图 6.18　典型线性和非线性牵引力 — 位移特性

开裂单元中的牵引力 — 位移响应的损伤定义与裂纹开裂的内聚特征有关,当应力或应变满足用户指定的裂纹开裂准则后,裂纹开始扩展。在 XFEM 中,可使用的裂纹初始准则有:

① 最大主应力准则

最大主应力准则可表示为:

$$f = \left\{ \frac{\langle \sigma_{max} \rangle}{\sigma_{max}^0} \right\} \qquad 6.80$$

其中,σ_{max}^0 为临界最大主应力,符号 $\langle\ \rangle$ 代表 Macaulay 括号,该括号用于表示纯压缩状态不会产生初始损伤。当最大主应力比例达到某一值时,开始出现损伤。

② 最大主应变准则

最大主应变准则可表示为:

$$f = \left\{ \frac{\langle \varepsilon_{max} \rangle}{\varepsilon_{max}^0} \right\} \qquad 6.81$$

其中,ε_{max}^0 为临界最大主应变。符号〈 〉代表 Macaulay 括号,该括号表示纯压缩状态不会产生初始损伤。当最大应变比例达到某一值时,开始出现损伤。

③ 最大正应力准则

最大正应力准则可表示为:

$$f = \max\left\{\frac{\langle t_n \rangle}{t_n^0}, \frac{t_s}{t_s^0}, \frac{t_t}{t_t^0}\right\}$$ 6.82

法向牵引力向量 t 包括三个分量:t_n 垂直于可能出现的裂纹面;t_s、t_t 为两个可能出现的裂纹面上的切向分量。使用最大正应力准则时,用户需要根据实际情况制定新引入的裂纹垂直于局部坐标轴 1 还是局部坐标轴 2。默认地,裂纹垂直于局部坐标轴 1。

④ 最大正应变准则

最大正应变准则可表示为:

$$f = \max\left\{\frac{\langle \varepsilon_n \rangle}{\varepsilon_n^0}, \frac{\varepsilon_s}{\varepsilon_s^0}, \frac{\varepsilon_t}{\varepsilon_t^0}\right\}$$ 6.83

当最大正应变比例达到某一值后,假定损伤开始。

⑤ 二次名义应力准则

二次法向应力准则可表示为:

$$f = \left\{\frac{\langle t_n \rangle}{t_n^0}\right\}^2 + \left\{\frac{t_s}{t_s^0}\right\}^2 + \left\{\frac{t_t}{t_t^0}\right\}^2$$ 6.84

当各个方向的名义应力比值的平方和达到某一值时,假定损伤开始。

⑥ 二次名义应变准则

二次名义应变准则可表示为:

$$f = \left\{\frac{\langle \varepsilon_n \rangle}{\varepsilon_n^0}\right\}^2 + \left\{\frac{\varepsilon_s}{\varepsilon_s^0}\right\}^2 + \left\{\frac{\varepsilon_t}{\varepsilon_t^0}\right\}^2$$ 6.85

当各个方向的名义应变比的平方和达到某一值时,假定损伤开始。

上述 6 种损伤初始准则中,前 2 种主要用于模拟不连续体问题的损伤演化,后 4 种主要用于复合材料分层模拟。因此,本节中利用扩展有限元法模拟 DCT 试件开裂的开裂准则选择最大主应力准则。

6.5 沥青混合料 DCT 试件开裂模拟

裂缝出现后使连续介质出现间断,从而使由外界因素引起的应力得以释放,这种现象在连续铺筑的沥青路面更为普遍。在沥青路面中随处可见的横向裂缝就是由变温引起的温度应力超过相应温度条件下的抗拉强度引起损伤及宏观开裂。沥青路面的裂缝形态各异,根据形态可区分为表面裂缝和反射裂缝,虽然裂缝形态不同,但从材料学角度,裂缝起裂及扩展机理相同,模拟裂缝起裂及扩展一直是破坏力学领域的主要研究方向之一。破坏力学的研究方法包括断裂力学与损伤力学,断裂力学在沥青路面研究中依然占有一定的地位,特别是对含有裂缝的沥青路面性状分析中,赵延庆等采用断裂力学方法,以Ⅰ型和Ⅱ型应力强度因子作为表征参量分析了温度、车速、裂缝长度等的影响。李文成等将沥青混合料考虑为服从广义 Maxwell 模型,分析了半刚性沥青路面结构基层和面层均存在裂缝时变温及铺设土工布与否下的应力强度因子分布规律,并对后者的止裂效果进行了评价。宏观裂缝出现后在外界影响因素如车辆荷载和变温作用下裂缝尖端张开,在裂尖产生高应力梯度场,裂尖的主拉应力超过沥青混合料相应温度条件下的抗拉强度后,裂尖一定的区域范围内必将产生连续损伤区。王金昌等采用解耦唯象的弹性损伤力学方法,对裂缝尖端损伤因子进行了分析,并得出最大主拉应力发生在损伤区与无损伤区交界处,在该交界及原有裂缝尖端的区域内形成连续损伤区。X. J. Li 等选取底部中间含有预制裂缝的半圆形三点弯曲梁(Semi-circular bend,SCB),通过设置压电传感器,采用声发射(AE)方法对裂尖断裂过程区(FPZ)进行了研究,发现裂尖断裂过程区长度随着预制裂缝长度减小而显著增加,FPZ 长度与裂缝长度具有可比性甚至较后者还要大。裂缝尖端断裂过程区的存在说明裂尖高应力梯度场引起的损伤区域已经不是局部区,采用线弹性断裂力学方法会引起很大误差,需要采用损伤力学的方法对裂缝的起裂和扩展进行分析。为了得到裂尖的一些参量如裂纹张开量,就不能采用基于整体唯象的损伤力学方法,而需要建立裂尖区域局部损伤力学方法,目前比较成功地分析了裂缝扩展的内聚力模型就属于这种。X. J. Li 通过半圆形三点弯曲梁(SCB)在裂缝扩展路径前缘布设接触单元,接触单元本构模型服从全指数函数 CZM 本构,对竖向荷载及加载点的竖向位移分布规律进行较为深入的参数敏感性研究。Wagoner 等提出了采用局部切平的圆形试件(DCT)拉伸试验确定开裂面的断裂能,并采用双线性 CZM 本构模型对裂纹扩展过程进行了模拟,为了与试验结果进行对比,将抗拉强度折减至原来的 74%。Song 等采用双线性 CZM 本构对 DCT 试验进行了模拟,提出断裂能的修正系数为 0.70,抗拉强度的修正系数为 0.95;同时在扩展区域有限元所有边界上布置内聚力单元,对 Ⅰ 型和 Ⅱ 型复合下的三点弯曲梁扩展过程进行了模拟,并对计算方法及网格划分进行了研究,研究表明,计算结果收敛与否与网格划分有关。采用传统有限元对沥青混合料裂缝扩展过程进行模拟时,需要在有限元边界上布置内聚力单元,而裂纹的扩展也可能沿着单元边界进行,不能穿过单元内部,从而裂缝扩展具有一定的网格依赖性,采用传统有限元分析间断问题具有一定的局限性。所幸在传统有限元基础上派生出来的 XFEM 可根据具体问题的需要而选择特殊的富集函数来构建位移场,使得近似函数的形式独立于网格划分,且能够比较容易地接入到有限元形函数中,再通过定义附加自由度即可实现裂纹张开所产生的不连续性。

本节将基于改进的 CZM 模型,采用 XFEM 对 DCT 试件的裂缝扩展过程进行模拟,并与试验结果进行对比。

问题描述:

圆形拉伸试验(Disk-Shaped Compact Tension,DCT)是沥青混合料 Ⅰ 型开裂常用的试验模型,研究学者通过大量的室内试验取得了一定研究成果,本节试图采用扩展有限元法和内聚力模型对 DCT 试验进行数值模拟,并与实验结果进行对比,展示扩展有限元法在沥青混合料开裂模拟中的优势。

(1)试件尺寸

试件主要形状为圆形,直径为 150mm,中部加载洞直径为 25mm,试件宽度为 110mm,裂纹长度为 27.5mm($a/W=0.25$),因此裂纹开裂长度 $W-a=82.5$mm,试件厚度取 50mm,试件几何模型如图 6.19 所示。

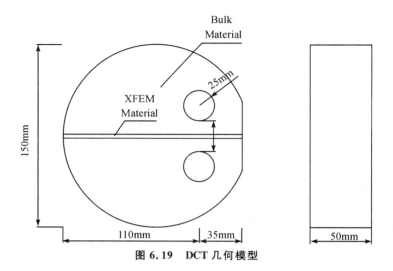

图 6.19 DCT 几何模型

（2）材料参数

沥青混合料开裂模拟基本参数如表 6.3 所示。基体材料粘弹性参数如表 6.4 所示。

表 6.3 基本参数

裂纹扩展速率 v/(mm/min)	1
试验温度 T/℃	−10
断裂能 G/(J/m²)	324

表 6.4 Maxwell 模型 Prony 级数参数

i	松弛模量参数	
	E_i/GPa	τ_i/s
1	3.4	12
2	3.4	162
3	5.9	1852
4	6.8	17476
5	6.1	465460

利用 Maxwell 模型可以计算−10℃ 沥青混合料瞬时模量 $E(0)$ 和 60s 时刻模量 $E(60)$ 分别为 25.6GPa 和 11.90GPa，泊松比 v 为 0.35。

（3）扩展有限元单元区域材料参数

扩展有限元单元（XFEM）材料参数定义属于整个模型定义的重点，具体材料参数的定义如表 6.5 所示。

表 6.5 扩展有限元单元区域材料参数定义

瞬时模量/MPa	11900
泊松比 v	0.35
材料抗拉强度 σ_{max}/MPa	3.58
最大开裂位移 δ_f/mm	1
指数模型参数 α	12

（4）模拟过程

在模型中部区域设置 4mm 的扩展有限元区域,周边基体材料考虑粘弹特性,荷载施加在加载洞位置处,控制裂纹扩展速率为 1mm/min,模拟裂纹从萌生到完全断裂失效过程。

6.5.1　创建部件

（1）导入 DXF 文件

在 ABAQUS/CAE 菜单中依次点击 File→Import→Sketch,选中本书光盘中 150mm-2.dxf 和 Crack.dxf 文件。

提示:ABAQUS 提供了 CAD 绘图接口,用户可以在 CAD 中绘制相关模型,保存为 DXF 格式文件,并通过上述步骤导入到模型中。

（2）AC 部件创建

1）AC 部件创建:点击左侧工具栏 ⬛(Create Part),弹出对话框,将 Name 设置为 AC,Modeling Space 设置为 2D Planar,Base Feature 设置为 Wire,保持其他参数不变,点击 Continue 按钮,ABAQUS/CAE 自动进入绘图环境。

在绘图环境中,点击左侧工具栏 ⬛(Add Sketch),点击刚刚导入的 DCT 草图文件,点击提示区 Done 按钮,再次点击提示区 Done 按钮,完成草图模型的导入。

2）AC 部件切割:点击左侧工具栏 ⬛(Partition Face:Sketch),选中视图区中 AC 部件,即可对 AC 部件进行切割。

点击左侧工具栏 ⬛(Create Lines:Connected),对整个模型进行划分,划分结果如图6.20所示,划分完成后点击提示区 Done 按钮,完整 AC 部件划分。

（3）crack 部件创建

点击左侧工具栏 ⬛(Create Part),在弹出的对话

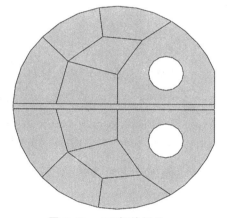

图 6.20　AC 部件划分

框中将 Name 设置为 crack,Modeling Space 设置为 2D Planar,Base Feature 设置为 Wire,点击 Continue 按钮,ABAQUS/CAE 自动进入绘图环境。

点击左侧工具栏 ⬛(Add Sketch),点击刚刚导入的 crack 草图文件,点击提示区 Done 按钮,再次点击提示区 Done 按钮,完成草图模型的导入。

6.5.2　创建材料和截面属性

（1）创建材料

1）创建基体材料

点击左侧工具栏 ⬛(Create Material),在弹出的对话框 Name 中输入 Material-bulk,点击 Mechanical→Elasticity→Viscoelastic,将 Domain 设置为 Time,Time 设置为 Prony,在下方 Date 中输入如图 6.21 所示数据;点击 Mechanical→Elastic,将 Moduli time scale(for viscoelastic)设置为 Instantaneous,在下方 Date 中将 Young's Modulus 设置为 25600,Poisson's Ratio 设置为 0.35,点击下方 OK 按钮完成设置。

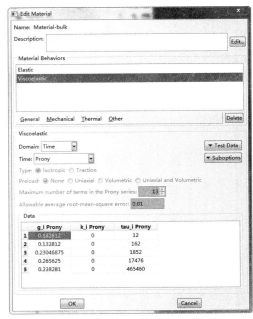

图 6.21 Edit Material 对话框

2)创建扩展有限元单元材料

点击左侧工具栏 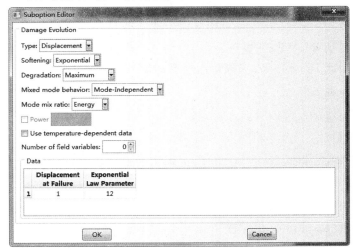（Create Material），弹出 Edit Material 对话框，将 Name 设置为 Material-XFEM，点击 Mechanical→Damage for Traction Separation Laws→Maxps Damage，在 Date 下方 Max Principal Stress 中输入 3.58，将 Tolerance 设置为 1，点击对话框中部右侧 Suboptions 按钮，选择 Damage Evolution，弹出 Suboption Editor 对话框，将 Type 设置为 Displacement，Softening 设置为 Exponential，Degradation 设置为 Maximum，Mixed mode behavior 设置为 Mode-Independent，Mode mix ratio 设置为 Energy，将下方 Date 中的 Displacement at Failure 设置为 1，Exponential Law Parameter 设置为 12，具体设置如图 6.22所示，点击 OK 按钮完成沥青混合料损伤演化的定义。

图 6.22 损伤演化定义

返回 Edit Material 对话框,点击对话框中部右侧
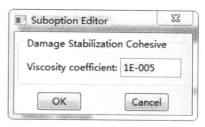
▼ Suboptions 按钮,选择 Damage Stabilization Cohesive,弹出
Suboption Editor 对话框,在 Viscosity coefficient 中输入
1E—005,点击 OK 按钮完成粘聚损伤定义,如图6.23所示。

点击 Mechanical→Elasticity→Elastic,在 Date 中将
Young's Modulus 设置为 11900,Poisson's Ratio 设置为
0.35,点击 OK 按钮完成 XFEM 区域材料参数定义。

图 6.23　Suboption Editor 对话框

(2)创建截面属性

点击左侧工具栏 📌(Create Section),在弹出的对话框 Name 中输入 Material-bulk,
Category 设置为 Solid,Type 设置为 Homogeneous,点击 Continue 按钮,弹出 Edit Section
对话框,在 Material 中选择 Material-bulk,勾选 Planestress/stain thickness,输入数据 1,点
击 OK 按钮,完成沥青混凝土界面属性创建。

按照上述步骤完成 Material-XFEM 截面属性的定义。

(3)赋予截面属性

点击左侧工具栏 📌(Assign Section),选中视图区中 bulk 实体,点击提示区 Done 按
钮,在弹出对话框中 Section 中选择 Material-bulk,点击 OK 按钮,完成基体材料 Material-
bulk 属性赋予。

按照上述步骤完成 XFEM 实体的截面属性赋予。

6.5.3　定义装配体

点击 ABAQUS/CAE 窗口顶部 Module,选中 Assembly 模块,进行装配体的创建。

创建装配体:点击左侧工具栏 📌(Instance Part),弹出 Create Instance 对话框,选中
AC 和 crack 部件,点击 OK 按钮,完成部件的实体化。

6.5.4　设置分析步

在 ABAQUS/CAE 窗口顶部 Module 中选择 Step 模
块,进行分析步的创建。

(1)分析步创建

点击左侧工具栏 📌(Create Step),在弹出对话框底部
选择 Visco 分析步,具体设置如图 6.24 所示,设置完成点
击 Continue 按钮,弹出 Edit Step 对话框,在 Basic 选项卡
中将 Time period 设置为 60,同时将 Nlgeom 设置为 On,将
Automatic stabilization 选择为 Specify damping factor,在
文本框中输入 0.0002,进入 Incrementation 选项卡中将最
大迭代次数 Maximum number of increments 设置为
100000,同时 Increment size 设置为 0.0001,1E—9,0.005,
将 Creep/swelling/viscoelastic strain error tolerance 设置
为 0.0001,保持其他参数不变,如图 6.25 所示。

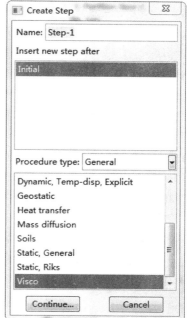

图 6.24　Create Step 对话框

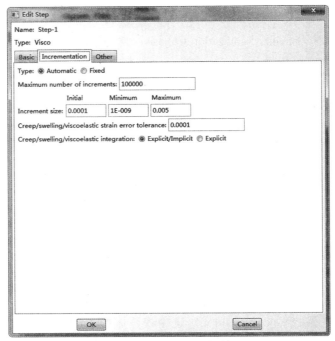

图 6.25　**Edit Step 对话框**

（2）场变量输出定义

点击左侧工具栏 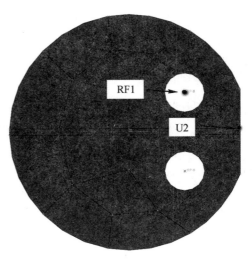（Field Output Manager），双击 Step-1 下方 Created，弹出 Edit Field Output Request对话框，在 Frequency 后面 n 中输入 30，点击 Failure/Fractur 前面黑色三角形，勾选下方 SDEG，Scalar stiffness degradation 和 PHILSM，Level set value phi 两项，点击 OK 按钮完成场变量输出定义。

（3）历史变量输出

1）定义 RF1、U2 的 Set 集合：点击菜单栏 Tools→Set→Create，在弹出对话框 Name 输入 RF1，保持其他参数不变，点击 Continue 按钮，在视图区点击参考点 RF1，点击提示区 Done 按钮，完成参考点 RF1 的 Set 集合创建。

点击菜单栏 Tools→Set→Create，在弹出对话框 Name 输入 U2，保持其他参数不变，点击 Continue 按钮，在视图区点击参考点 U2，如图 6.26 所示，点击提示区 Done 按钮，完成参考点 U2 的 Set 集合创建。

2）历史变量的定义：点击左侧工具栏 （History Output Manager），点击 Create 按钮，输入 Name 为 RF1，点击 Continue 按钮，弹出对话框，在 Domain 中选择 Set，RF1，Frequency 后

图 6.26　**参考点 RF1、U2 定义**

n 输入 20,点击 Forces/Reactions 左侧黑色三角形,点击 RF,Reaction forces and moments 前方黑色三角形,勾选 RF2,点击 OK 按钮。

点击左侧工具栏▥(History Output Manager),点击 Create 按钮,输入 Name 为 U2, 点击 Continue 按钮,弹出对话框,在 Domain 中选择 Set,U2,Frequency 后 n 输入 20,点击 Displacement/ Velocity/ Acceleration 前方黑色三角形,点击左侧 U,Translations and ro- tations 左侧黑色三角形,勾选下方 U2,点击 OK 按钮。

6.5.5 相互作用模块

在相互作用模块中,需要为中部裂纹扩展区域定义扩展有限元单元,采用扩展有限元法 可以避免裂纹扩展过程中的奇异性,不必设置过密的网格就可以预测裂纹扩展路径。

(1)荷载施加参考点,初始裂纹 Set 集合定义

1)创建辅助点

点击 Tools→Datum,弹出 Create Datum 对话框,在 Method 中选择 Offset from point, 点击上部加载洞圆心处,点击 Enter 键,再次点击 Enter 键,完成 RF1 创建,点击下部加载洞 圆心处,点击 Enter 键,再次点击 Enter 键完成 RF2 创建。

2)创建 crack 实体的 Set 集合

点击菜单栏 Tools→Set→Manager,点击 Create 按钮,在 Name 中输入参考点 1 名称 crack,点击 Continue 按钮,选中视图区中初始裂纹实体,点击提示区中 Done 按钮,完成 crack Set 集合的定义。

3)定义加载点的参考点

点击菜单栏 Tools→Reference Point,选中上部加载洞圆心处刚刚定义的参考点,点击 Enter 完成 RF1 参考点的定义。

按照上述步骤完成下部加载洞圆心处 RF2 参考点的定义。

(2)定义耦合约束

点击左侧工具栏◁(Create Constraint),弹出 Create Constraint 对话框,在 Name 后输入 RF1,选择 约束类型为 Coupling,点击 Continue 按钮,点击视图 区中上部参考点 RF1,并点击提示区中 OK 按钮,提 示区显示"Select the constraint region type",点击 Surface 按钮,选中上部加载洞边界,点击提示区 Done 键,弹出 Edit Constraint 对话框,点击 OK 按 钮,完成上部加载洞耦合约束的定义。

按照上述步骤完成下部加载洞耦合约束的定 义。参考点 RF1、RF2 选取如图 6.27 所示。

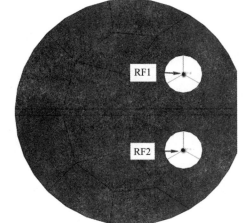

图 6.27 参考点的选取

(3)初始裂纹定义

1)扩展有限元区域定义

点击菜单栏 Tools→Set→Create,在弹出对话框 Name 中输入 XFEM,保持其他参数不 变,点击 Continue 按钮,选中如图 6.27 所示的扩展有限元区域,点击提示区中 Done 按钮, 完成 XFEM 区域 Set 集合定义。

2)初始裂纹定义

点击菜单栏 Special→Crack→create,在弹出对话框中 Type 选中 XFEM,点击 Continue 按钮,弹出 Edit Crack 对话框,勾选 Crack location,点击后面 Select 按钮,在弹出的 Region Selection 对话框中双击 crack,完成扩展有限元区域初始裂纹定义。

6.5.6 边界条件定义和荷载施加

在 ABAQUS/CAE 窗口顶部 Module 中选择 Load 模块,进行边界条件定义和荷载施加。

施加边界条件:点击左侧工具栏 按钮,弹出 Create Boundary Condition 对话框,将 Types for Selected Step 设置为 Displacement/Rotation,保持其他参数不变,点击 Continue 按钮,点击扩展有限元区域左侧边线,点击提示区 Done 按钮,弹出 Edit Boundary Condition 对话框,勾选 U1、U2,点击 OK 按钮,完成边界条件 BC-1 定义。

施加位移荷载:点击左侧工具栏 按钮,弹出 Create Boundary Condition 对话框,将 Types for Selected Step 设置为 Displacement/Rotation,Step 设置为 Step-1,保持其他参数不变,点击 Continue 按钮,点击视图区中参考点 RF1,点击提示区 Done 按钮,弹出 Edit Boundary Condition 对话框,勾选 U2,输入 0.5,点击 OK 按钮,完成边界条件 BC-2 定义。

按照上述步骤完成边界条件 BC-3 的定义,其中 U2 输入−0.5,如图 6.28 所示。

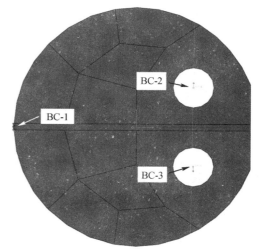

图 6.28 边界条件定义

6.5.7 划分网格

在 ABAQUS/CAE 窗口顶部 Module 中选中 Mesh 模块,为 AC 部件划分网格。

在窗口顶部环境栏中把 Object 选项设置为 Part:AC,进行模型网格划分。

1)为 AC 部件设置全局种子:点击左侧工具栏 ,在弹出的 Global Seeds 对话框中在 Approximate global size(全局单元大小)后面输入 3,点击 OK 按钮,视图区中显示出全局种子。

2)为 AC 部件设置边界种子:点击左侧工具栏 ,选中扩展有限元区域较窄边界,点击提示区中 Done 按钮,弹出 Local Seeds 对话框,将 Method 设置为 By number,Number of elements 设置为 4,点击 OK 按钮,完成扩展有限元区域边界种子定义。

3)设置网格参数:点击左侧工具栏 ,选中视图区整个模型,点击提示区 Done 按钮,弹出 Mesh Controls 对话框,在 Element Shape 中选择 Quad,在 Technique 中选择 Structured,点击 OK 按钮,弹出对话框提示"视图区中高亮显示区域不能够采用结构化网格划分技术",忽略提示,直接点击 Yes 按钮,再次点击 OK 按钮,完成网格参数设置。

4)设置单元类型:点击左侧工具栏![S4R](Assign Element Type),框选中部件所有区域,点击提示区中 Done 按钮,在弹出的 Element Type 对话框中 Family 中选择 Plane Strain,勾选 Reduced integration(减缩积分)的选择,即当前单元类型为 CPE4R,点击 OK 按钮。

5)网格划分:点击左侧工具栏![icon](Mesh Part Instance),点击提示区中 Yes 按钮,完成整个模型网格划分。

6.5.8　创建并提交作业

在 ABAQUS/CAE 窗口顶部 Module 中选择 Job 模块,方便 Job 文件创建和作业提交。

在左侧工具栏中选择![icon](Create Job),创建名为 DCT 的作业,点击窗口顶部工具栏中![icon]来保存所建模型。点击左侧工具栏![icon](Job Manager)对话框中的 Submit 来提交作业分析,等待分析完成后,点击 Results,进入 Visualization 功能模块。

6.5.9　后处理

在 ABAQUS/CAE 窗口顶部 Module 中选择 Visualization 模块,方便进行后处理。

(1)裂纹扩展云图

点击左侧工具栏![icon](Plot Contours on Deformed Shape),视图区将自动显示模型的 Mises 应力云图,此时可以查看 DCT 试件裂纹张开应力云图。点击顶部工具栏 ![icons]，可以查看裂纹张开任意时刻试件内部应力云图显示。图 6.29 给出了裂纹张开 0.42s 时刻 DCT 试件 Mises 应力云图。

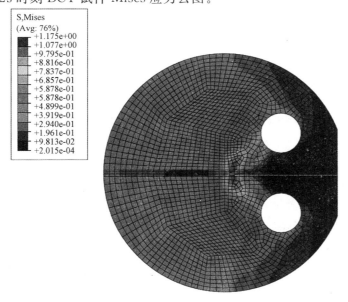

图 6.29　裂纹张开 0.42s DCT 试件 Mises 应力云图

（2）查看裂纹扩展路径

点击左侧工具栏，可以查看裂纹扩展变形后的情况，如图6.30所示，从图中可以看出，采用扩展有限元法（XFEM），不需要在裂纹扩展区域设置过密的网格，可以简化网格划分难度，并有效降低模型大小。

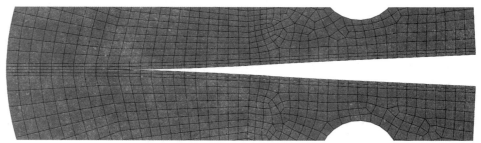

图6.30 裂纹扩展变形

提示：由于DCT试件加载1mm，整个试件就已达到完全损伤，为了更为精确显示裂纹扩展过程，可以对裂纹扩展路径进行放大。点击左侧工具栏，在Basic选项卡中Deformation Scale Factor选中Uniform，并设置放大倍数Value为100。

（3）提取力—位移曲线

1）点击左侧工具栏，点击Create按钮，在弹出的Create XY Data对话框中选择ODB field output，点击Continue按钮，弹出XY Data ODB Field Output对话框，在Variables选项卡Position中选择Unique Nodal，在下方框中RF：Reaction force中勾选RF2，选择Element/Nodes选项卡，在Method中选择Node sets，同时在右侧框中选择RF1，点击Save按钮，点击OK按钮完成DCT试验力—时间曲线图数据提取。

2）点击左侧工具栏，点击Create按钮，在弹出的Create XY Data对话框中选择ODB field output，点击Continue按钮，弹出XY Data ODB Field Output对话框，在Variables选项卡中Position中选择Unique Nodal，在下方框中U：Spatial displacement中勾选U2，选择Element/Nodes选项卡，在Method中选择Node sets，同时在右侧框中选择U2，点击Save按钮，点击OK按钮完成DCT试验位移—时间曲线图数据提取。

3）数据组合生成力—位移曲线

点击左侧工具栏，点击Create按钮，在弹出的Create XY Data对话框中选择Operate on XY data，点击Continue按钮，在弹出对话框右侧Operators下拉菜单中选择combine(X,X)，在Example：maxEnvelope中显示出combine()，此时将(X,X)替换为(("U：U2PI：AC-1 N：23" ＊ 2)，("RF：RF2 PI：ASSEMBLY N：5" ＊ 0.05))，点击Save As，点击OK按钮，完成力—位移曲线的提取。

提示：括号中"U：U2 PI：AC-1 N：23"可以通过双击XY Data框中保存的力—时间数据实现；因为位移包括U2和—U2，它们反向对称。

括号中"RF：RF2 PI：ASSEMBLY N：5"可以通过双击XY Data框中保存的力—时间数据实现；由于DCT模型采用平面应变单元，本次计算采用二维模型，降低工作计算量。为了真实模拟DCT试件的情况，此处得到的参考点RF1的Y方向力RF2需要乘以模型厚度0.05。

返回 XY Data Manager 对话框,选中刚刚提取的力—位移曲线 XY Data-1,点击 Plot 按钮,显示刚刚生成的力—位移曲线,如图 6.31 所示。

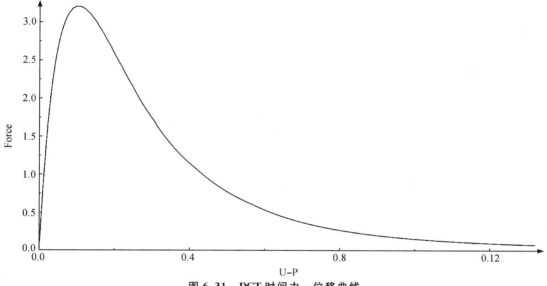

图 6.31　DCT 时间力—位移曲线

提取力—位移曲线数据,方便 EXCEL 软件、Origin 软件处理。在 XY Data Manager 对话框中双击 XYData-1,弹出 Edit XY Data 对话框,如图 6.32 所示,将表中数据全选,并利用复制、粘贴功能可以实现数据的提取。图 6.33 给出了数值计算结果与 Wagoner 试验结果对比,从图中可以看出,采用改进的内聚力模型和扩展有限元法能够很好模拟裂纹扩展。

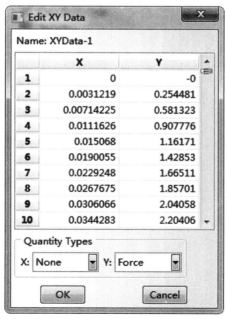

图 6.32　Edit XY Data 对话框

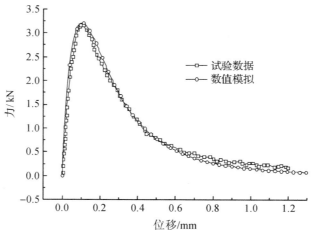

图 6.33　数值计算与试验数据对比

6.6　本章小结

（1）沥青混合料是一种典型的粘弹性材料，本章对沥青混合料的粘弹性本构理论进行简单介绍，并对沥青混合料的断裂特征进行总结，通过已有的研究表明，在温度不高时，沥青混合料的断裂行为属于准脆性断裂。因此，线弹性断裂力学和弹塑性断裂力学都不适合分析沥青混合料的断裂问题。

（2）详细介绍了 CZM 本构，结合已有文献，介绍了 CZM 有限元实现方法，对目前常用的 CZM 本构关系（双线性 CZM 本构模型和指数型 CZM 本构）进行介绍，并结合已有的研究成果，对 CZM 本构进行改进，提出了改进的 CZM 本构。

（3）扩展有限元法是迄今为止求解不连续问题最有效的数值方法，本章对这种开裂问题研究方法进行详细介绍，其优点在于克服了传统有限元模拟裂纹尖端奇异性影响，在裂纹模拟过程中也无须对网格进行重新划分。

XFEM 的建模分为两个部分：

1）忽略结构内部细节情况下对材料进行有限元网格划分；

2）在单元形函数中增加与内边界相关的附加函数，再通过定义附加自由度即可实现裂纹张开所产生的不连续性。

（4）采用改进的 CZM 本构模拟沥青混合料开裂，对比结果表明，改进的 CZM 本构的计算曲线与试验曲线更加接近，证明改进的 CZM 本构具有良好的适用性。

7 设置传力杆水泥混凝土路面分析

水泥混凝土路面具有强度高、稳定性好、耐久性好、造价适当、养护费用少、抗滑性能好等优点,是我国公路建设主要路面结构形式之一。但水泥混凝土路面热胀冷缩现象极为明显,在温度和车辆荷载耦合作用下容易出现断板、错台、翘曲等损害,且刚性路面中的传力杆一端固定于混凝土板中,而另一端以接触形式伸入到相邻混凝土板中,刚性路面在温度及车辆荷载作用下,局部的接触压力使混凝土可能发生拉伸或压缩损伤。因此确定刚性路面传力杆剪切刚度时需要考虑混凝土、钢筋及接触的非线性。

本章主要采用 ABAQUS 有限元软件,模拟设置传力杆的水泥混凝土路面温度场,分析路面结构温度分布规律,并提取温度场分析结果 ODB 文件。利用子模型建模方法,导入 ODB 文件,建立与分析步对应的温度场,对传力杆和周边混凝土做精确分析。

7.1 路面温度场分布规律

7.1.1 路面结构模型

实际路面结构经常受到气候突变的影响,如遇到持续大幅降温。分析表明,路面温度场受到气候变化影响的深度范围大约为 1m。这一影响范围远远小于路面的平面尺寸,即路面的宽度和长度,因此可将路面结构简化为平面尺寸无限大的半空间层状结构,并且假设在同一时刻同一水平面上的温度处处相等。

另一方面,假设路面材料是分层各向同性材料,且路面未出现任何裂缝和损伤,因此层状半空间的任何一条铅垂线均为一条对称轴,层状半空间的任意一个铅垂面均为一对称面,由此可根据对称性原理推论,无论路面温度场随深度变化和随时间变化具有何种复杂的形式,路面结构中的剪应力 τ_{xz}、τ_{yz}、τ_{xy} 之和恒等于零。

7.1.2 温度场模型

根据上述推论,在进行路面温度应力计算时,完全没有必要将整个路面结构作为一个整体进行分析,而只需要将拟分析的点所在的水平面从原结构中分离出来,然后根据该平面位置的温度变化特征,单独进行温度应力计算。另一方面,由大量的试验及理论研究成果得知,路面温度变化幅度随着距路表深度的增加而衰减,也就是说,路表的温度变化幅度最大,从路表往下越深,温度变化的幅度越小。可见,对基层未开裂的情况,路表的温度应力最大,是最容易也是最早产生温度开裂的部位。

7.1.3 沥青路面温度场研究成果

路面温度场的分析由来已久,各国对沥青路面和水泥路面的温度分布状况进行了大量试验研究,我国主要采用半刚性基层沥青路面结构,所以对该种路面结构温度场分布及其引起的温度应力进而导致路面开裂的研究较多。

大气的温度随四季和昼夜发生周期性的变化,而路面直接处于大气环境中,其亦随四季和昼夜相应地发生变化。据调查分析,沥青路面路表温度与大气气温之间还存在一个差值,这个差值最高可达 23℃ ,路表温度与大气温度的差值受风速影响较大。在降温幅度较大时,若风速较大,则路表温度与大气温度差值较大。由于路面与大气温度之间时刻进行着热能量交换,而要准确描述路面结构体的温度分布规律及温度随时间的变化是很困难的。由于受沥青路面各结构层体的传热系数的影响,故向路面深度处传递时需要一定时间,且在能量的传递过程中由于能量耗散,不同深度处的温度是各不相同的,与路表有一定的温差。为了分析温度场变化对路面结构产生的应力作用,需对温度场进行适当的简化。在大幅度急剧降温的过程中,沥青路面表面会产生较大的温度收缩应力,一旦表面产生的温度收缩应力超过沥青混凝土的极限抗拉强度,沥青路面表面就会产生温度收缩裂缝。所以研究在温度场的作用下路面结构的受力状况显得尤为必要,其中确定沥青路面结构温度场的变化是解决问题的关键。

(1)已有研究成果

严作人对层状路面体在周期热力作用下传热问题进行了分析,利用传热学原理,推导出了在气候条件下路面温度场的解析解,为路表温度计算特别是不同基层对路面温度的影响提供了理论依据。

吴赣昌基于大量的实测资料进行了理论分析,并提出当路表发生变温时,温度沿路面结构深度变化的指数衰减函数,该公式简洁,参数易于确定。该公式显示了路表发生变温时,变温沿不同深度方向的衰减规律:

$$\Delta T(y) = P_i \exp(-b_i(y-h_i)), i = 1,2,3,4 \qquad 7.1$$

式中,P_i 为路面结构第 i 层表面的变温,h_i 为第 i 层表面的 y 坐标值,b_i 为控制温度差随深度变化速度的因子,一般取 $b = 5$,其他 $b_i + 1 = b_i - 1$。且有:

$$P_{i+1} = P_i \exp(-b_i g_i) \qquad 7.2$$

式中,g_i 为第 i 层的厚度。

郑健龙、周志刚通过室内试验测得了沥青混合料热粘弹性本构模型的参数,并利用三维空间热粘弹性理论得到了沥青路面温度应力的计算公式,并计算了沥青路面低温状态下的温度应力;分析认为降温速率对沥青路面的温度应力有一定的影响,虽然沥青路面初始温度对路面温度应力有一定影响,但是影响很小可以忽略。

黄晓明等引入了路面结构实际温度场,编写 ABAQUS 用户子程序模拟沥青路面结构在外界周期性温度变化下的温度场,并进行了变温蠕变分析。

孙丽娟等基于半刚性基层考虑基面层之间的粘结本构关系,利用 ABAQUS 模拟分析沥青路面结构在外界温度变化下的温度场及温度应力,考虑了大气温度、风速、日最高气温及最低气温、面层及基层的传热系数、接触热阻等影响。

(2)ABAQUS 有限元模型建立

依据路面结构模型理论,在进行路面温度应力计算时,完全没有必要将整个路面结构作为一个整体进行分析,而只需要将拟分析的点所在的水平面从原结构中分离出来,然后根据该平面位置的温度变化特征,单独进行温度应力计算。因此,利用 ABAQUS 有限元软件模拟沥青路面温度场分析可建立二维平面应变模型。连续变温下路面结构温度场模型建立如图 7.1 所示。

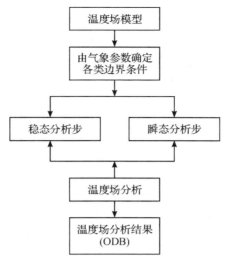

图 7.1　连续变温沥青路面温度场分析

　　沥青路面温度场模拟时要重点考虑太阳辐射、气温、对流热交换和路面有效辐射的影响。

7.2　混凝土材料的损伤塑性模型

　　混凝土破坏表现为混凝土的拉伸开裂和压缩破碎。屈服或破坏面的演化由两个强化变量 $\tilde{\varepsilon}_t^{\mathrm{pl}}$ 和 $\tilde{\varepsilon}_c^{\mathrm{pl}}$ 控制,这两个强化变量分别引入到拉伸和压缩荷载作用下的破坏力学中去。$\tilde{\varepsilon}_t^{\mathrm{pl}}$ 和 $\tilde{\varepsilon}_c^{\mathrm{pl}}$ 分别表示拉伸和压缩等效塑性应变。该模型假定混凝土的单轴拉伸和压缩行为由损伤塑性来描述,如图 7.2 和图 7.3 所示。

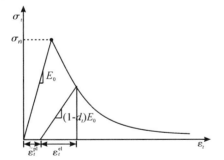

图 7.2　混凝土单轴拉伸下的应力与应变关系

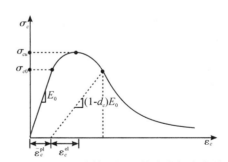

图 7.3　混凝土单轴压缩下的应力与应变关系

　　单轴拉伸下的应力应变关系在达到破坏应力 σ_{t0} 前为线弹性。该破坏应力相当于混凝土材料的微裂纹开始。超过破坏应力后,出现的微裂纹群宏观表现为软化的应力应变,这引起混凝土结构的应变的局部化。单轴压缩变形达初始屈服应力值 σ_{c0} 之前为线性。在塑性区,变形为应变强化,超过极限应力 σ_{cu} 后为应变软化。这种表示某种程度上讲过于简化,但其抓住了混凝土的主要变形特征。

　　假定单轴应力应变曲线可以转化为应力与塑性应变关系曲线,故有:

$$\sigma_t = \sigma_t(\tilde{\varepsilon}_t^{\mathrm{pl}}, \dot{\tilde{\varepsilon}}_t^{\mathrm{pl}}, \theta, f_i)$$

$$\sigma_c = \sigma_c(\tilde{\varepsilon}_c^{\mathrm{pl}}, \dot{\tilde{\varepsilon}}_c^{\mathrm{pl}}, \theta, f_i) \qquad 7.3$$

式中,下标 t 和 c 分别表示拉伸和压缩;$\tilde{\varepsilon}_t^{pl}$ 和 $\tilde{\varepsilon}_c^{pl}$ 分别为等效塑性应变;$\dot{\tilde{\varepsilon}}_t^{pl}$ 和 $\dot{\tilde{\varepsilon}}_c^{pl}$ 分别为等效塑性应变率;θ 表示温度;$f_i(i=1,2,\cdots)$ 为其他预定义的场变量。

当混凝土试件从应力应变关系曲线的软化段上卸载时,卸载段被弱化了,材料的弹性刚度发生损伤(或弱化)。弹性刚度的软化可通过两个损伤变量 d_t 和 d_c 表示,这两个损伤变量假定为塑性应变、温度和场变量的函数,即有:

$$d_t = d_t(\tilde{\varepsilon}_t^{pl},\theta,f_i),0 \leqslant d_t \leqslant 1$$
$$d_c = d_c(\tilde{\varepsilon}_c^{pl},\theta,f_i),0 \leqslant d_c \leqslant 1 \qquad 7.4$$

损伤因子的取值范围从 0(表示无损材料)至 1(表示完成损伤材料)。

如果 E_0 为材料的初始(无损)弹性刚度,单轴拉伸和压缩荷载作用下的应力应变关系分别为:

$$\sigma_t = (1-d_t)E_0(\varepsilon_t - \tilde{\varepsilon}_t^{pl})$$
$$\sigma_c = (1-d_c)E_0(\varepsilon_c - \tilde{\varepsilon}_c^{pl}) \qquad 7.5$$

"有效"拉伸和压缩内聚应力为:

$$\bar{\sigma}_t = \frac{\sigma_t}{(1-d_t)} = E_0(\varepsilon_t - \tilde{\varepsilon}_t^{pl})$$

$$\bar{\sigma}_c = \frac{\sigma_c}{(1-d_c)} = E_0(\varepsilon_c - \tilde{\varepsilon}_c^{pl}) \qquad 7.6$$

在钢筋混凝土中,后继破坏行为一般是指后继破坏应力为开裂应变 $\tilde{\varepsilon}_t^{ck}$ 的函数。开裂应变为总应变减去无损材料时的弹性应变,即

$$\tilde{\varepsilon}_t^{ck} = \varepsilon_t - \varepsilon_{0t}^{el} \qquad 7.7$$

式中,$\varepsilon_{0t}^{el} = \sigma_t/E_0$,如图 7.4 所示。

在素混凝土或少筋混凝土中,定义应变软化行为会导致分析结果具有网格敏感性,也就是说,当网格重新进行划分后,分析结果并不收敛于唯一解,这是由于网格细划后

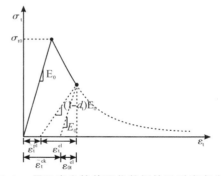

图 7.4　用于定义拉伸强化数据的开裂应变分析

导致裂纹带变窄。如果结构中出现一些离散裂纹,网格敏感性问题就会出现;网格重新划分并不会增加额外的裂纹。如果裂纹均匀分布(因为钢筋单元的存在或者稳定弹性材料如平面弯曲问题),网格敏感性问题就不会突出。

对实际钢筋混凝土进行计算时,划分后每个单元包含钢筋。钢筋和混凝土间的相互作用趋向于减少网格敏感性,在混凝土模型中引入合理的拉伸强化来模拟二者的相互作用。拉伸强化效应必须先进行预估,这种效应与钢筋的密度、钢筋与混凝土间的粘结质量、混凝土骨粒与钢筋直径的相对尺寸和网格有关。对于采用相对详细的网格划分相对重量大的钢筋混凝土结构来说,合理的起始点为破坏后应变软化点。发生应变软化后,当应变达到破坏时应变的 10 倍时,应力线性减小至零。标准混凝土的典型破坏应变为 10^{-4},根据前面所述,在拉伸强化段的应变为 10^{-3} 时,应力衰减为零。

拉伸强化模型参数的选取尤为重要,因为更大的拉伸强化容易获得数值计算结果。太小的拉伸强化导致混凝土局部开裂诱使整个模型的反应不稳定。很少的工程设计表现出这样

的行为,分析模型这类响应的出现表示拉伸强化过低。

单轴下的素混凝土,可以定义弹性范围之外的应力应变变形行为。压缩应力定义为非弹性应变(或压碎)$\tilde{\varepsilon}_c^{in}$ 的函数,如果需要的话也可同时定义为应变率、温度和场变量的函数。对于压缩应力和应变应该定义为正(绝对值)值。超过极限应力后,应力应变关系曲线就进入软化区域。

强化数据由非弹性应变 $\tilde{\varepsilon}_c^{in}$ 给出,而不是塑性应变 $\tilde{\varepsilon}_c^{pl}$。压缩非弹性应变为总应变减去无损材料的弹性应变,即

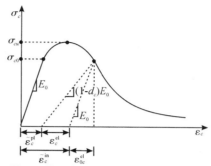

$$\varepsilon_c^{in} = \varepsilon_c - \varepsilon_{0c}^{el} \qquad 7.8$$

式中,$\varepsilon_{0c}^{el} = \sigma_c / E_0$,如图 7.5 所示。

混凝土力学性能参数的确定:

(1)混凝土受压的峰值应变为:

$$\varepsilon_{cp} = (700 + 172\sqrt{f_c}) \times 10^{-6} \qquad 7.9$$

图 7.5 用于压缩强化数据定义的压缩非弹性应变分析

式中,f_c 为混凝土棱柱体抗压强度(N/mm²)。

而棱柱体抗压强度和立方体抗压强度之间存在如下关系:

$$f_c = 0.8 f_{cu} \qquad 7.10$$

式中,f_{cu} 为立方体混凝土抗压强度(N/mm²)。

混凝土单轴受压时在受压应力与极限应力之比小于 0.5 时为微裂缝相对稳定期,受压时塑性应变为零的应力取为极限压应力的 50%,应力达到极值时塑性应变取为 0.001,混凝土归一化后单轴拉伸应力和开裂位移关系如图 7.6 所示,拉伸损伤因子与开裂位移关系如图 7.7 所示。

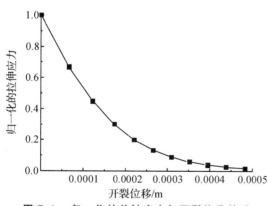

图 7.6 归一化的单轴应力与开裂位移关系

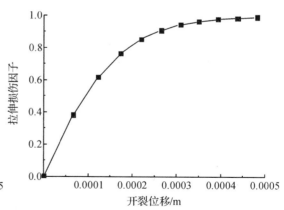

图 7.7 拉伸损伤因子与开裂位移关系

由以上分析可知,只要通过室内试验确定出不同混凝土标号时的立方体抗压强度和单轴抗拉强度就可以标定出考虑塑性、拉伸损伤等本构模型对应的参数,从而可以进行下一步计算。

沈金安给出了根据抗拉强度和抗压强度计算粘聚力 c 和内摩擦角 φ:

$$\begin{cases} c = \dfrac{1}{2}\sqrt{[\sigma_c][\sigma_t]} \\ \varphi = \arcsin\left(\dfrac{[\sigma_c]-[\sigma_t]}{[\sigma_c]+[\sigma_t]}\right) \end{cases} \qquad 7.11$$

式中,$[\sigma_c]$ 为抗压强度(取正值),$[\sigma_t]$ 为抗拉强度。

根据混凝土的抗压强度和抗拉强度,可以确定混凝土的内摩擦角,当采用相关联流动法则时,剪胀角和内摩擦角相等。

7.3 接触本构模型

为了模拟张开裂缝面不能承受拉应力而闭合时能够承受剪压应力这种效应,需在裂缝面间引入接触单元。

接触问题是一个高度非线性行为,处理接触问题时需要解决两个问题:① 确定接触区域以及接触面间的接触状态;② 接触面的接触行为本构模型。

三结点可以用来模拟点面和面面的接触状态,点面接触单元由目标面和接触面构成。使用这类接触单元,不需要预先知道确切的接触位置,接触面之间也不需要保持一致的网格,并且允许有大的变形和大的相对滑动。

三结点接触单元,如图 7.8 所示,I-J 为目标面,由两结点构成,接触面通过结点 N 来表达,在外荷载作用下,结点 N 相对于 I-J 目标面发生相对滑动,结点 N 移动过程中就会与不同的目标面发生脱离和接触,从而能够模拟相邻接触面间的相对滑动。

接触单元的本构模型采用弹塑性库仑摩擦模型,接触面上的剪切应力和法向应力关系如图 7.9 所示,剪切应力与法向应力的函数关系为:

$$\tau = \begin{cases} K_s w, w < w_s \\ \mu P, w \geqslant w_s \end{cases} \qquad 7.12$$

式中,τ 为剪切应力;P 为法向应力;w 为接触面间的相对位移;μ 为接触面间的摩擦系数;w_s 为弹性极限相对位移。从图中可以看出,剪切应力的发挥与摩擦系数和法向应力相关,所以对考虑接触效应的沥青路面结构进行分析时,必须考虑初始应力场的影响。

对几何模型进行网格划分时采用了四边形八结点等参单元、三角形六结点等参单元。这两种类型单元每个结点有两个位移自由度,适用于平面应力、平面应变以及轴对称问题的分析。其中三角形六结点单元具有如下优点:

1)对边界的适应性强。

2)由于引入了边结点,其位移形函数取的是完备的二次多项式,坐标方向上,单元的应变和应力均呈线性变化,因而比三角形三结点常应变单元的精度高。

3)将该单元的边结点向前移动到 1/4 位置时便形成了奇异单元,可以用来计算应力强度因子。

但三角形六结点单元划分完成以后的网格图不如四边形八结点单元划分的网格图规则,故分析无损沥青路面结构时采用四边形八结点单元,表面含有裂缝和反射裂缝的沥青路面结构则采用三角形六结点单元进行划分。

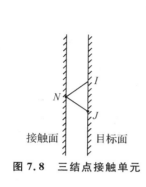

图 7.8　三结点接触单元

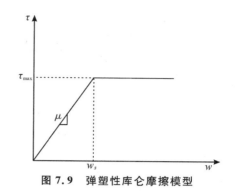

图 7.9　弹塑性库仑摩擦模型

7.4　子模型基本知识

对完整的路面结构进行模拟分析,此模型称为"整体模型"(Global Model),在整体模型分析结果基础上,切割出局部部位,称为"子模型"(Submodel),使用细化网格对局部模型进行进一步分析,从而以较小的计算代价得到更为精确的结果。

子模型边界(Submodel Boundary):在整体模型中切割子模型的边称为子模型的边界。子模型分析过程中需在边界上施加整体模型计算得到的边界条件,因此整体模型中对应子模型边界上位移结果是否准确将直接影响子模型计算结果,因此子模型边界应该尽量选取在位移变化较小的位置。

驱动变量(Driven Variable):一般是位移。整体模型在子模型边界上的位移结果,被作为边界条件引入子模型。如果整体模型和子模型在子模型边界的节点分布不同,子模型计算过程中会对全局模型在此处的位移结果进行插值处理。

子模型分析步骤:

(1)完成对整体模型分析,并保存整体模型计算结果 ODB 文件。

(2)创建子模型,定义子模型边界条件。子模型是从整体模型切割出来的,子模型坐标系须与整体模型统一,此时全局模型所施加的边界条件、荷载、接触、约束都保持不变。

(3)设置各个分析步中的驱动变量。

(4)提交对子模型的分析,检查分析结果。

7.5　整体模型建立

为了研究设置传力杆的刚性路面在使用过程中的变形情况,需要建立设置传力杆的路面结构模型,但是由于传力杆尺寸与整个路面结构尺寸差别达到几千、几万倍,为了精确分析传力杆与周围混凝土的接触情况,本节主要介绍设置传力杆的整体模型和子模型的建立。其中建立的整体模型主要用于分析外荷载作用下,路面结构内部的应力应变规律;建立的子模型主要分析在这种应力应变条件下,传力杆与周边混凝土的接触行为。

问题描述:

某地区代表性路面结构如表 7.1 所示。冬天某日代表性气温如表 7.2 所示,分析得到 24h 内最低温出现在早晨 6:00 时刻,不同深度下温度分布如图 7.10 所示。

表 7.1 水泥混凝土路面结构形式

结构	代号	厚度/m
水泥混凝土面层	CC	0.26
水泥稳定碎石基层	base	0.3
水泥稳定碎石底基层	subbase	0.3
土基	soil	—

表 7.2 某地冬天某日 24h 代表性气温

时刻	气温/℃	时刻	气温/℃	时刻	气温/℃	时刻	气温/℃
0.5	−12.47	6.5	−16.92	12.5	−7.97	18.5	−6.05
1	−13.02	7	−16.72	13	−7.13	19	−6.53
1.5	−13.57	7.5	−16.38	13.5	−6.4	19.5	−7.05
2	−14.12	8	−15.91	14	−5.79	20	−7.58
2.5	−14.65	8.5	−15.23	14.5	−5.31	20.5	−8.13
3	−15.17	9	−14.57	15	−4.98	21	−8.68
3.5	−15.65	9.5	−13.73	15.5	−4.78	21.5	−9.23
4	−16.09	10	−12.82	16	−4.72	22	−9.77
4.5	−16.45	10.5	−11.85	16.5	−4.78	22.5	−10.31
5	−16.73	11	−10.85	17	−4.97	23	−10.85
5.5	−16.92	11.5	−9.85	17.5	−5.25	23.5	−11.39
6	−16.98	12	−8.88	18	−5.61	24	−11.93

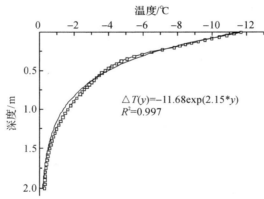

图 7.10 6:00 时刻不同深度温度分布

（1）尺寸参数

纵向取 5 块水泥混凝土板，每块板长 5.0m，宽 4.0m，厚 0.26m，基层和底基层厚度均为 0.3m，宽度为 4.0m，长度为 25m。土基模型宽度取 16m，长度取 25m，厚度为 5.0m。路面结构几何模型如图 7.11 所示。在水泥混凝土板之间设置长度为 0.5m、直径为 30mm 的传力杆，传力杆平面布置如图 7.12 所示，深度位于面层中部 0.13m 处。

图 7.11 路面结构几何模型

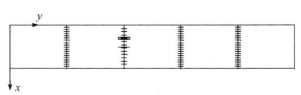

图 7.12 传力杆平面布置

（2）路面材料参数

路面材料参数如表 7.3 所示。

表 7.3　路面材料参数

材料名称	材料代号	厚度/m	弹性模量/MPa	泊松比 υ	密度/(kg/m³)
钢筋	steel	—	210000	0.3	2500
水泥混凝土面层	CC	0.26	30000	0.2	2500
水稳碎石基层	base	0.3	1200	0.3	2500
水稳碎石底基层	subbase	0.3	1000	0.35	2500
压实土基	soil	—	30	0.35	2500

（3）荷载类型

分析水泥混凝土面层与基层之间的摩擦时,需要考虑重力的作用,同时考虑路面结构上的行车荷载,荷载采用 BZZ-100 标准轴载,胎压 0.707MPa。荷载施加方式如图 7.13 所示。

（4）接触关系

5 块水泥混凝土板之间设置接触连接,所有接触连接采用摩擦系数为 0.6。考虑到水泥混凝土路面设计中在路面面层与基层之间设置了下封层,对面层与基层之间的摩擦系数,根据《公路水泥混凝土路面设计规范》(JTG D40-2011)选择混凝土面层与基层之间摩擦系数取值为 13。

综上考虑,本节利用整体模型和子模型分析设置传力杆的水泥混凝土路面在温度荷载和行车荷载作用下钢筋与混凝土之间相互作用。

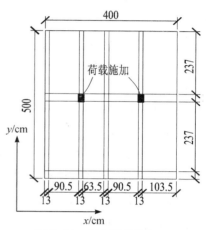

图 7.13　行车荷载施加

7.5.1　创建部件

将 ABAQUS 窗口环境设置为 Part 模块 Module: Part ,可以按照下述分别建立 CC、base、subbase、steel、soil 等部件。

（1）创建 soil 部件

在 ABAQUS/CAE 环境下,点击左侧 (Create Part)按钮,弹出 Create Part 对话框,将 Name 设置为 soil,将 Modeling Space 设置为 3D Planar,Type 设置为 Deformable,Base Feature 设置为 Soild、Extrusion,默认 Approximate size 为 200,点击 Continue... ,ABAQUS 自动进入 Sketch 绘图环境。

点击左侧工具栏 (Create Lines:connected)按钮,在提示区输入(0,0)按 Enter 键确认,继续在提示区分别输入(16,25),按 Enter 键确认,并设置 Z 坐标方向深度为 5,点击 Done 确定。当草图模型建立完成以后,按 ESC 键,再点击提示区中的 Done 按钮,弹出 Edit Base Extrusion 对话框,在 Depth 中输入 5,点击 OK 按钮,结束 soil 部件创建。

为 soil 部件设置辅助平面:在 soil 部件里切除面层、基层、底基层所在区域,需要为 soil 部件设置辅助平面。点击左侧工具栏 (Create Datum Plane:Offset From Principal Plane),选择 XY Plane ,并在下方提示框中输入 4.14,点击 Enter 确认,同理分别将 YZ 平面分别偏移 4m 和 10m,完成 soil 部件辅助平面的创建。

切割 soil 部件:点击左侧工具栏按钮,提示区显示"Select a plane for the extrude cut ",选择 Auto-Calculate,并点击平面中 XZ 平面,提示区显示"Select an edge or axis that will appear",继续选择"vertical and on the right",并点击实体中任意平行于 Z 轴的直线,ABAQUS 将自动进入绘图环境。

点击左侧工具栏按钮,在提示区输入(−8,2.5),按 Enter 键确认,继续在提示区中分别输入(−2,−2.5)、(−2,−1.64)、(2,−1.64)、(2,−2.5)、(−2,−2.5),将所有点连接为一个闭合区域,可以将需要切割的区域排除在外,并点击![Done]退出绘图环境。此时 ABAQUS 界面弹出 Edit Cut Extrusion 对话框,如图 7.14 所示,选择 Through All,完全贯穿实体,点击![OK],完成 soil 部件的切割。

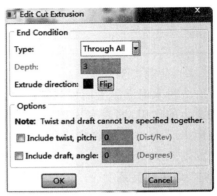

图 7.14　Part 实体切割

(2)创建 base 部件

同理创建 base 部件,尺寸为(X,Y,Z)=(4,25,0.6),创建完成后进行辅助平面创建,点击左侧工具栏,提示区显示"Principal plane from which to offset",选择 XY Plane,输入偏移距离 0.3,完成辅助平面的创建。进行 base 部件的切割,点击,提示区显示"Select a datum plane",选择刚刚定义的辅助平面,点击提示区中的![Create Partition],完成 base 部件的划分。

提示:在 ABAQUS/CAE 中利用辅助平面切割部件是为了分别建立 base 和 subbase,简化后期部件组装的步骤。

(3)CC 部件创建

同理创建 CC 部件,尺寸为(X,Y,Z)=(4,5,0.26)。

(4)steel 部件创建

在 ABAQUS/CAE 环境下,点击左侧按钮,弹出 Create Part 对话框,将 Name 设置为 steel,将 Modeling Space 设置为 3D Planar,Type 设置为 Deformable,Base Feature 设置为 Wire,Planar,默认 Approximate size 为 200,点击![Continue...],ABAQUS 自动进入 Sketch 绘图环境。

点击左侧工具栏按钮,在提示区输入(0,0),按 Enter 键确认,继续在提示区输入(0.5,0),按 Enter 键确认,点击![Done]确定,ABAQUS 自动退出绘图环境,并建立 steel 部件。

7.5.2　创建材料和截面属性

点击窗口左上上角的 Module 列表,选择 Property,进入特性模块,并分别为材料定义材料和赋予截面属性。

（1）创建材料

点击左侧工具栏中的 （Create Material），弹出 Edit Material 对话框，在 Name 后输入 steel，点击对话框中的 Mechanical→Elasticity→Elastic，在表格中设置 Young's Modulus 为 210000E6，Poisson's Ratio 为 0.3，点击 General→Density，在表格中设置 Mass Density 为 2500，点击 OK 按钮完成 steel 的材料定义。

按照上述步骤完成其他材料（CC、base、subbase、soil）的创建。

（2）创建截面属性

1）steel 截面属性的定义：点击左侧工具区 （Create Section），弹出 Create Section 对话框，将 Name 设置为 steel，将 Category 设置为 Beam，Type 设置为 Beam，点击 Continue。在弹出的 Edit Beam Section 对话框中 Profile name 后点击 Create，弹出 Create Profile 对话框，将 Shape 设置为 Circular，点击 Continue，弹出 Edit Profile 对话框，在 r 后输入 0.015，点击 OK 按钮，退出 Edit Profile 对话框，并在 Profile Name 后显示出刚才定义的 Profile-1，然后在 Edit Beam Section 对话框 Basic 中 Material name 中选中 steel，保持其他参数不变，点击 OK 按钮，完成 steel 截面属性的定义。

为 steel 部件定义局部坐标系。点击 Assign→Beam Section Orientation，点击 steel 部件，点击提示区 Done 按钮，提示区显示"Enter an approximate n1 direction"，保持默认不变，点击 Enter 键确认，点击提示区 OK 按钮，完成局部坐标系方向定义。

提示：钢筋截面属性定义中，将钢筋看作梁单元，因此需要为梁单元定义梁的半径，在 Edit Profile 对话框中输入 0.015 即为定义的钢筋半径。

2）CC 截面属性的定义：点击左侧工具区 （Create Section），弹出 Create Section 对话框，在 Name 后输入 steel，将 Category 设置为 Solid，Type 设置为 Homogeneous，点击 Continue，弹出 Edit Section 对话框，在 Material 下拉菜单中选中 CC，点击 OK 按钮，完成 CC 截面属性定义。

按照同样步骤，创建 base、subbase、soil 等材料的截面属性。

（3）给部件赋予截面属性

点击左侧工具区 （Assign Section）按钮，提示区显示"Select the regions to be assigned a section"，在视图区中点击相应区域，弹出 Edit Section Assignment 对话框，在 Section 框中选中相对应区域的名称，点击 OK 按钮，完成材料属性的赋予。

提示：所谓在相应区域内完成相应材料的截面属性赋予，即在左上角 Part 下拉菜单中选中 CC，点击 Assign Section 按钮，进行上述操作，即可完成 CC 材料的截面属性赋予。当需要完成 steel 材料截面属性赋予时，需要将左上角 Part 中改为 steel 材料，点击 Assign Section，进行上述操作，才能完成 steel 材料的截面属性赋予。

当成功赋予截面属性后，部件会变为浅绿色。

7.5.3 定义装配体

由于建立的部件较多，将所有部件组装成一个完整的路面结构是一个烦琐过程，需要进行多个步骤。点击窗口左上角 Module 列表，选择 Assembly 模块，进入装配体组装界面。

（1）组装 base、subbase 和 soil 部件

1)组装 base 部件和 soil 部件：点击左侧工具栏 按钮，弹出 Create Instance 对话框，如图 7.15 所示，在 Parts 中选中 base、soil，保持其他参数不变，点击 OK 按钮，视图区显示土基 soil、底基层 subbase 和基层 base。

2)移动 base 部件到土基顶面：点击左侧工具栏 按钮，提示区显示"Select the instances to translate"，选中 base 部件后点击 Done 按钮，提示区显示"Select a start point for the translation vector—or enter X，Y，Z"，提示在视图区中选择移动参考点还是输入移动参考点的坐标，当采用第一种方式时，选择模型的角点如图 7.16 所示，选择参考点 1 后，提示区显示"Select an end point for the translation vector—or enter X，Y，Z"，点击参考点 2，如图 7.16 所示，点击 Enter 键确认，同时查看移动位置是否正确，确认无误后，点击提示区中的 OK 按钮，完成 base 部件的移动。

图 7.15　**Create Instance 对话框**　　　　图 7.16　**base 部件移动参考点选择**

3)组装 CC 部件：点击左侧工具栏 按钮，弹出 Create Instance 对话框，在 Parts 中选中 CC，保持其他参数不变，点击 OK 按钮，完成 CC 部件的组装。按照上述步骤将 CC 部件移动到相应位置。

点击 按钮，并选中视图区中的 CC 部件，提示区显示"Select the instances to pattern"，点击 Done 确认，弹出 Linear Pattern 对话框。输入如图 7.17 所示的数据，点击 OK 按钮，完成 CC 部件阵列。

提示：①CC 部件组装过程中可以利用 进行模型旋转，方便部件选择。

②进行 CC 部件阵列可以在 Linear Pattern 对话框中选择 Flip 键进行阵列方向选择。

4)组装 steel 部件：为了方便 steel 部件的组装和阵列，首先将已组装部件进行平移，将图 7.18 所示参考点移至(0,0,0)位置。具体步骤如下：点击左侧工具栏 按钮，提示区显示"Select the instances to translate"，选中已组装所有实体后点击 Done 按钮，提示区显示"Select a start point for the translation vector—or enter X，Y，Z"，提示在视图区中选择移动参考点还是输入移动参考点的坐标，当采用第一种方式时，选择模型的角点如图 7.18 所示，选择参考点 1 后，提示区显示"Select an end point for the translation vector—or enter X，Y，Z"，在提示区中输入"0,0,0"，点击提示区中 Done 按钮,完成已组装装配体的平移。

①组装 steel 部件:点击左侧工具栏 (Instance Part)，按钮,弹出 Create Instance 对话框,在 Parts 中选中 steel,保持其他参数不变,点击 OK 按钮,完成 steel 部件的组装。

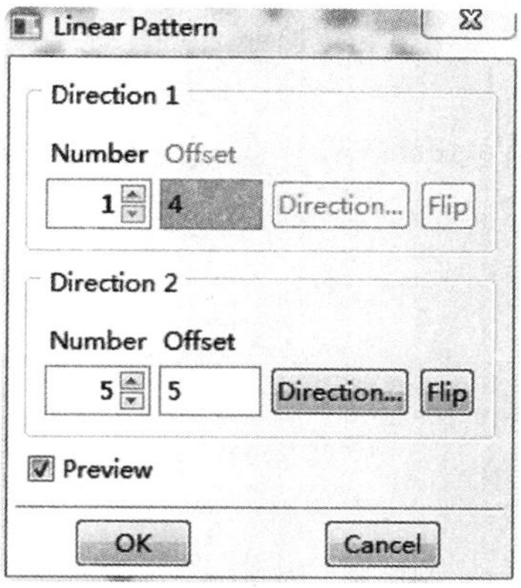

图 7.17　Linear Pattern 数据输入

图 7.18　装配体参考点 1 选择

②旋转 steel 部件:点击左侧工具栏 (Rotate Instance)按钮,提示区显示"Select the instances to rotate",选择装配体中的钢筋实体,点击提示区中 Done 按钮,提示区显示 "Select a start point for the axis of rotation—or enter X，Y，Z",输入(0,0,0),指定旋转的基点,点击 Enter 键,提示区显示"Select an end point for the axis of rotation—or enter X，Y，Z",输入(0,0,-1),点击 Enter 按钮,提示区显示"Angle of rotation",输入-90,点击 Enter 键,可以将钢筋按照右手螺旋法则绕 Z 轴旋转至与 Y 轴平行。

提示:(a)由于钢筋实体仅为一条线,为了方便在整个装配体中选择钢筋实体,在工具栏中长按 ,读者可以从中自由选择框选实体的形式。

(b)旋转 steel 部件坐标系的定义以及坐标输入问题是根据 steel 部件坐标系进行选择的。如图 7.19 所示,steel 部件为梁单元,方向沿 X 方向,将梁截面单独截取出来,其局部坐标系如图 7.20 所示,steel 部件选择其实是局部坐标与整体坐标转换的关系。结合图 7.19 和图 7.20 可知,1 轴与 x 轴夹角为 90°,1 轴与 y 轴夹角为 90°,1 轴与 z 轴夹角为 180°,由此可知,在 steel 部件选择旋转基点时,首先选择(0,0,0)基点,并按照(cos90°,cos90°,cos180°)旋转,旋转角度为 90°(±选项,读者可以根据实际情况进行选择),即可完成 steel 部件旋转。

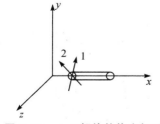

图 7.19　steel 部件整体坐标系

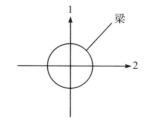

图 7.20　steel 部件局部坐标系

③steel 部件移动:点击左侧工具栏 (Translate Instance)按钮,提示区显示"Select the instances to translate",选中装配体中 steel 部件,点击 Done 按钮,提示区显示"Select a start point for the translation vector—or enter X，Y，Z"，提示在视图区中选择移动参考点还是输入移动参考点的坐标，输入(0,0.25,0)，点击 Enter 键确认，提示区显示"Select an end point for the translation vector—or enter X，Y，Z"，提示区中输入(0.2,5,−0.13)，点击 Enter 键确认，并点击提示区 OK 按钮，完成 steel 部件的平

④steel 部件阵列：点击 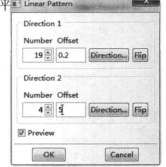 (Linear Pattern)按钮，并选中视图区中的 steel 部件，提示区显示"Select the instances to pattern"，点击 Done 确认，弹出 Linear Pattern 对话框。输入如图7.21所示的数据，点击 OK 按钮，完成 steel 部件阵列。

图 7.21　Linear Pattern 数据输入

7.5.4　划分网格

进入 Mesh 功能模块，在 Module 列表中选择 Mesh 功能模块，在窗口顶部的环境栏中将 Object 选项设为 Part，可以分别对所有 Part 进行网格划分。

1)部件切割

为了方便网格划分和荷载施加，避免网格划分畸形，对 CC 部件和 soil 部件进行切割，切割形式如图 7.22 所示。

点击左侧工具栏 (Create Datum Plane：Offset From Principal Plane)，点击提示区 YZ Plane 按钮，输入 0.13，再次点击 XY Plane，输入 1.035，重复操作，分别输入 1.165、1.8、1.93、2.835、2.965，点击 ESC 键完成 YZ 方向辅助平面创建。

点击左侧工具栏 (Create Datum Plane：Offset From Principal Plane)，点击提示区 YZ Plane 按钮，输入 0.26，再次点击 XY Plane，输入 2.63，重复操作，输入 2.89，点击 ESC 键完成 XZ 辅助平面创建。

点击左侧工具栏 (Partition Cell：Use Datum Plane)，选中视图区中的任意辅助平面，点击 Create Partition，即可完成辅助平面所在平面的部件划分，第二次部件切割需要选中视图区中任意实体，点击提示区中 Done 按钮，选中需要切割的辅助平面，点击 Create Partition 即可完成此辅助平面位置的部件切割，依次完成所有辅助平面下部件切割。

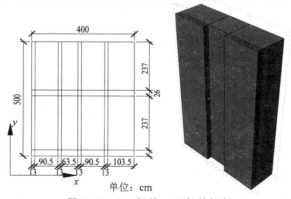

图 7.22　CC 部件、soil 部件切割

2)soil 部件网格划分

①布置全局种子:点击工具栏 (Seed Part),弹出 Global Seeds 对话框,输入参数如图 7.23 所示,点击 OK 按钮,完成全局种子布置。

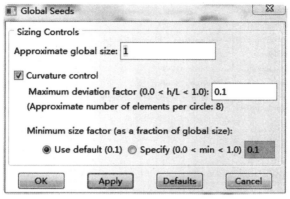

图 7.23 全局种子设置

②设置网格参数:点击左侧工具栏 (Assign Mesh Controls),在视图区选择整个模型,点击提示区 Done 按钮,弹出 Mesh Controls 对话框,参数设置如图 7.24 所示,点击 OK 按钮,点击提示区中 Done 按钮,完成整个网格参数设置。

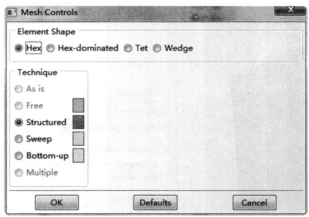

图 7.24 Mesh Controls 对话框

③指定单元类型:点击左侧工具栏 (Assign Element Type)按钮,在视图区选择整个模型,点击提示区 Done 按钮,弹出 Element Type 对话框,Family 设置为 3D Stress,点击 OK 按钮完成设置,如图 7.25 所示。

④划分网格:点击左侧工具栏 (Mesh Part)按钮,点击提示区 Yes 按钮,完成整个网格划分。完成网格划分的 soil 部件如图 7.26 所示。

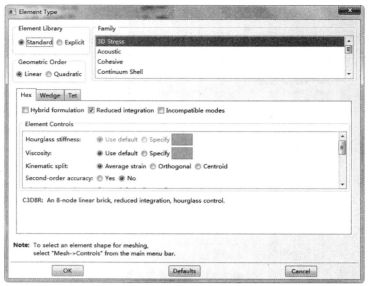

图 7.25　Element Type 对话框

3)CC 部件网格划分

①为 CC 部件布置全局种子:点击工具栏 (Seed Part),弹出 Global Seeds 对话框,输入参数如图 7.27 所示,点击 OK 按钮,完成全局种子布置。

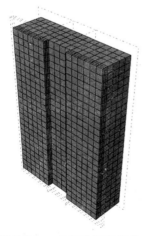
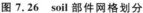

图 7.26　soil 部件网格划分

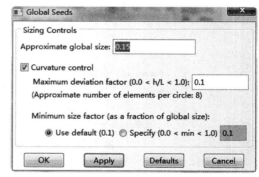

图 7.27　CC 部件全局种子布置

②布置边界种子:如图 7.22 所示,将 y 轴方向长度为 2.37m 所有边设置边界种子,点击左侧工具栏 (Seed Edges),提示区显示"Select the regions to be assigned local seeds",在视图区选中 CC 部件所有长度为 2.37m 的边,点击 Enter 键确认,具体设置参数如图7.28所示。

按照上述步骤为边长 0.26m 边界布置种子,具体设置如图 7.29 所示。

按照上述步骤为边长 0.13m 边界布置种子,具体设置如图 7.30 所示。

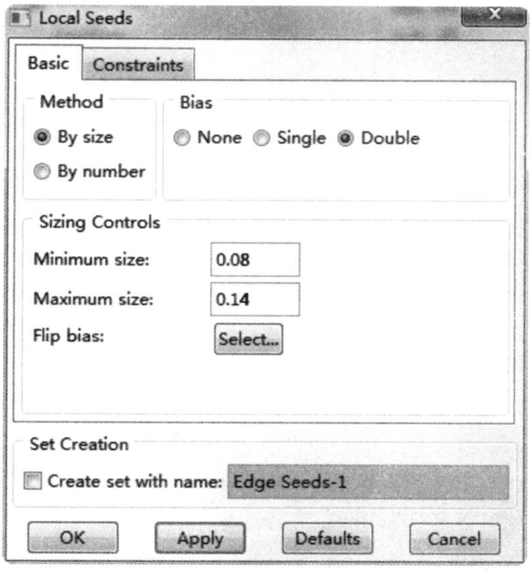

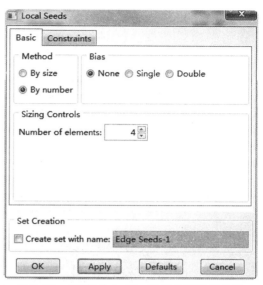

图 7.28 CC 部件 2.37m 边长边界种子设置

图 7.29 CC 部件 0.26m 边长边界种子设置

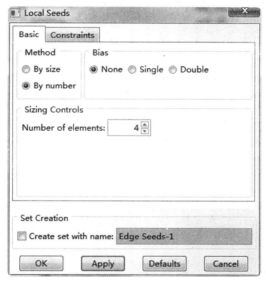

图 7.30 CC 部件 0.13m 边长边界种子布置

③设置网格参数:按照 soil 部件网格参数设置完成 CC 部件网格参数设置。

④指定单元类型:按照 soil 部件单元类型设置完成 CC 部件单元类型设置。

⑤网格划分:按照 soil 部件网格划分完成 CC 部件网格划分。划分完成的 CC 部件如图 7.31 所示。

4)base 部件网格划分

按照 soil 部件网格划分方式对 base 部件进行网格划分。全局种子布置如图 7.32 所示。网格划分结果如图 7.33 所示。

图 7.31 CC 部件网格划分

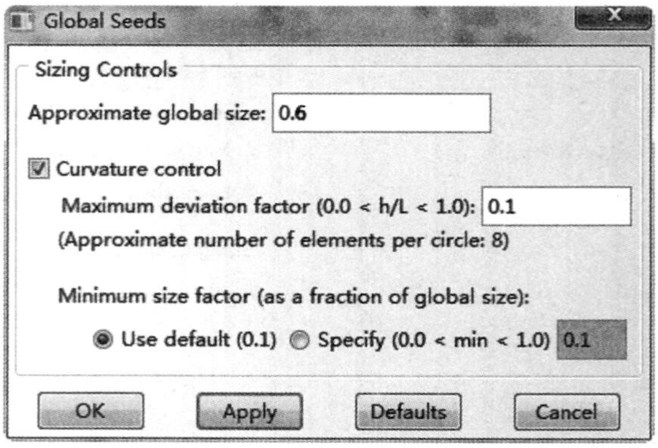

图 7.32　base 部件全局种子布置

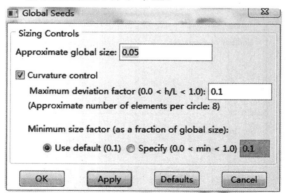

图 7.33　base 部件网格划分

5)steel 部件网格划分

点击工具栏![icon](Seed Part),选中 steel 部件,弹出 Global Seeds 对话框,全局种子布置如图 7.34 所示,点击 OK 按钮完成全局种子布置。

图 7.34　steel 部件全局种子设置

点击左侧工具栏![icon](Assign Element Type),选中 steel 部件,弹出 Element Type 对话框,设置参数如图 7.35 所示,点击 OK 按钮,完成 steel 部件单元类型设置。

点击左侧工具栏![icon](Mesh Part),点击提示区 Yes 按钮,完成 steel 部件网格划分。

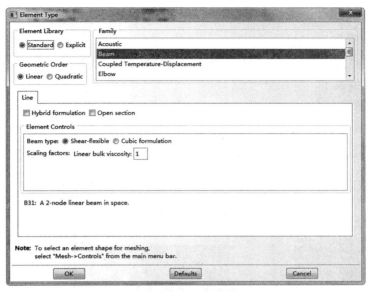

图 7.35　steel 部件单元类型设置

7.5.5　设置分析步

下面将创建两个分析步，分别用来施加重力荷载和车辆荷载。

(1)创建第一个分析步

在 Module 列表中选择 Step 功能模块，点击左侧工具栏中的 ⊕▪■(Create Step)，弹出 Create step 对话框，保持参数不变，点击 Continue 按钮，在弹出的 Edit Step 对话框中，保持各参数不变，点击 OK 按钮完成 Step-1 分析步的创建。

(2)创建第二个分析步

再次点击 ⊕▪■(Create Step)，弹出 Create step 对话框，保持参数不变，点击 Continue 按钮，在弹出的 Edit Step 对话框中，保持各参数不变，点击 OK 按钮完成 Step-2 分析步的创建。

完成两个分析步创建后点击左侧工具栏 ▦(Step Manager)查看已设置的分析步，如图 7.36 所示。

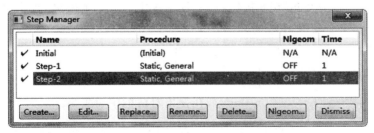

图 7.36　Step Manager 对话框

(3)设置场变量输出结果

点击左侧工具栏 ▦(Field Output Manager)，在弹出的 Field Output Requests Manager 对话框中可以看到，ABAQUS/CAE 已经创建了一个名为 F-Output-1 的场变量输出控制，它在分析步 Step-1 中开始起作用，自动延续到分析步 Step-2 中。双击 Step-1 下方 Created，点击 Thermal 前面的黑色箭头，在下拉菜单中勾选 NT，Nodal temperature，以方便分析中输出温度场变化数据。

7.5.6 定义接触关系

下面将定义面层与基层、底基层与土基之间的接触关系,以及混凝土中嵌入钢筋定义。

(1)钢筋嵌入混凝土

1)单独显示钢筋实体

点击顶部工具栏 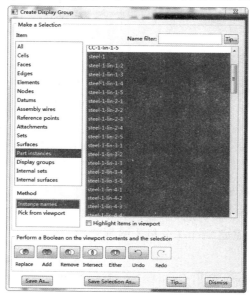(Create Display Group),在弹出的对话框 Item 中选择 Part instances,在右边框中选择所有定义的钢筋部件(共 95 根),如图 7.37 所示,点击 ⬭,然后点击 Dismiss 按钮结束操作,可以在视图区中单独显示所有钢筋实体。

图 7.37 钢筋实体单独显示定义

2)为所有钢筋定义 Set 集合

点击菜单栏 Tools→Set→Manager,弹出 Set Manager 对话框,在对话框中点击 Create,将 Name 改为 steel,点击 Continue 按钮,选中视图区中所有钢筋实体,点击提示区中 Done 按钮,完成钢筋 Set 集合定义。

定义完成后点击顶部工具栏 ⬤(Replace All)按钮,此时在视图区中显示整个模型。

3)钢筋嵌入混凝土定义

点击左侧工具栏 ◁(Create Constraint),在弹出对话框中设置 Name 为 steel vs CC,点击 Continue 按钮,在右下方提示区点击 Sets... 按钮,弹出 Region Selection 对话框,选中刚才定义的 steel Set 集合,点击 Continue,下方提示区显示"Select method for host region",选中 Whole Model,弹出 Edit Constraint 对话框,保持参数不变,点击 OK 按钮,完成钢筋嵌入定义。

(2)定义面层与基层接触关系

1)定义面层 CC 与基层 base 之间接触关系

点击左侧工具栏 ▤(Create Interaction Property),在弹出的对话框中将 Name 设置为

IntProp-surf vs base,保持其他参数不变,点击 Continue 按钮,在弹出的对话框中点击 Mechanical→Tangential Behavior,将 Friction formulation 设置为 Penalty,并在下方 Friction Coeff 下方输入 13,具体操作如图 7.38 所示。

2)定义底基层 subbase 与土基 soil 之间接触关系

按照上述方法定义底基层 subbase 与土基 soil 之间的接触关系,具体操作如图 7.39 所示。

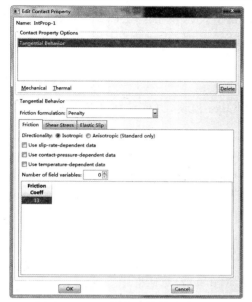
图 7.38 面层与基层接触关系定义

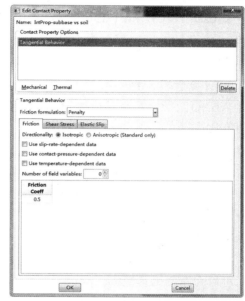
图 7.39 底基层与土基接触关系定义

3)搜索接触面

点击菜单栏 Interaction→Find contact pairs→Search domain,设置参数如图 7.40 所示,点击 Find Contact Pairs 按钮,会在列表中显示出已搜索到的接触面,点击 OK 按钮,完成搜索。

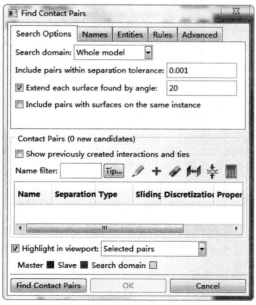
图 7.40 搜索接触面

4)修改接触面的接触参数

在前两步分别定义了面层与基层、底基层与土基的接触关系,需要对所有搜索到的接触面的接触关系进行修改。

点击左侧工具栏▦(Interaction Manager),弹出对话框,对话框中点击任何接触面 Initial 下方的 Create,弹出 Edit Interaction 对话框,将 CP-4-base-CC-1、CP-5-base-1-CC-1-lin-1-2、CP-6-base-1-CC-1-lin-1-3、CP-7-base-1-CC-1-lin-1-4、CP-8-base-1-CC-1-lin-1-5 的 Contact interaction property 修改为 IntProp-surf vs base,点击 OK 按钮,点击 Dismiss 按钮完成接触面的修改

7.5.7 边界条件定义和荷载施加

在 ABAQUS/CAE 窗口顶部 Module 中选择 Load 模块,以便完成边界条件的定义和荷载的施加。

(1)定义边界条件

点击左侧工具栏 ▦(Create Boundary Condition),在弹出对话框中将 Name 设置为 U1,将 Types for Selected Step 设置为 Displacement/Rotation,点击 Continue 按钮,选择整个模型与 YZ 平面平行的边界,点击提示区 Done 按钮,在弹出的 Edit Boundary Condition 对话框中勾选 U1,点击 OK 按钮,完成 X 方向边界条件定义。

同理分别将 Y 方向两个边界、Z 方向底面边界条件定义为 U2、U3。完成所有边界条件定义后可以在左侧工具栏▦(Boundary Condition Manager)对话框中查看已完成的边界定义,如图 7.41 所示。

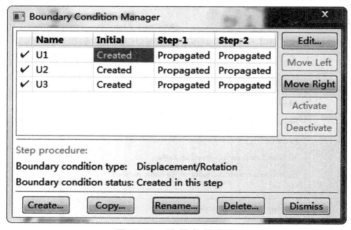

图 7.41 边界条件定义

提示:由于模型被切割成多个小方块,为了 X 方向边界选择,可以点击上方工具栏▦(Apply Front View)按钮,此时显示出 XY 平面,然后点击上方工具栏▦(Select Entities Inside the Drag Shape)按钮,框选左侧边界,按住 Shift 键同时点击右侧边界,如图 7.42 所示,可以完成 X 方向两个边界的选取。其他边界选取方法相同,采用这种选取方法可以大大减少边界选取步骤。

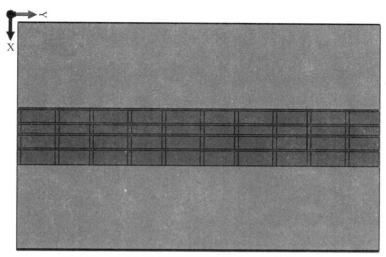

图 7.42　X 方向边界选择(顶边和底边为边界选择)

(2)施加外部荷载

在模型荷载施加中首先在 Step-1 中施加重力荷载,然后在 Step-2 中施加车辆荷载,从而完成整个模型外部荷载的施加。

1)重力荷载施加

点击左侧工具栏 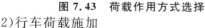(Create Load),弹出对话框,在 Step 后面下拉菜单中选择 Step-1,Types for Selected Step 选择 Gravity,保持其他参数不变,如图 7.43 所示,点击 Continue 按钮,选择整个模型,点击提示区 Done 按钮,弹出 Edit Load 按钮,在 CF3 中输入－10,如图 7.44所示,点击 OK 按钮,完成重力荷载施加。

图 7.43　荷载作用方式选择

图 7.44　重力荷载施加

2)行车荷载施加

点击左侧工具栏 ▙(Create Load),弹出对话框,在 Step 后面下拉菜单中选择 Step-2,Types for Selected Step 选择 Pressure,保持其他参数不变,点击 Continue 按钮,选择荷载施加区域如图 7.22 所示,施加板块位于 5 块板正中间一块(即第三块),点击提示区 Done 按钮,弹出 Edit Load 按钮,在 Magnitude 中输入 700000,点击 OK 按钮,完成行车荷载施加。

(3)施加温度荷载

点击左侧工具栏,弹出 Create Predefined Field 对话框,Step 选择为 Initial,保持其他参数不变,点击 Continue 按钮,选择视图区整个模型,点击提示区中 Done 按钮,弹出 Edit Predefined Field 对话框,点击 Distribution 后方 Create 按钮,弹出 Create Expression Field 对话框,在对话框中输入－11.68 * exp(2.15 * Z),如图 7.45 所示,点击 OK 按钮完成温度衰减函数的定义。

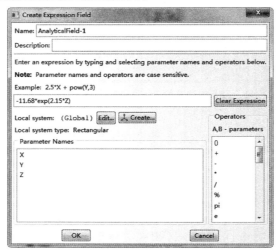

图 7.45　温度衰减函数定义

温度衰减函数定义完成后,返回 Edit Predefined Field 对话框,将 Distribution 设置为刚刚定义的衰减函数 AnalyticalField-1,幅值 Magnitude 设置为 1,具体设置如图 7.46 所示,点击 OK 按钮,完成温度荷载的施加。

图 7.46　温度荷载施加

7.5.8　创建并提交分析

在 ABAQUS/CAE 窗口顶部 Module 选择 Job 模块,创建并提交作业。

点击左侧工具栏,在弹出的对话框中将 Name 改为 whole,并点击 Continue 按钮,弹出 Edit Job 对话框,保持参数不变,点击 OK 按钮,完成作业的创建。

点击左侧工具栏,弹出 Job Manager 对话框(见图 7.47),点击对话框右侧的 Submit 按钮,提交作业分析。点击 Monitor 按钮,可以实时监控作业的运行状态。

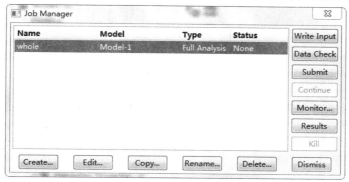

图 7.47　Job Manager 对话框

7.5.9　后处理

计算完成后,将 ABAQUS/CAE 窗口顶部 Module 选择 Visualization 模块,进入后处理。

(1)查看水泥混凝土板弯拉应力

点击左侧工具栏按钮,可以查看整个模型的应力云图。

点击顶部工具栏,弹出 Create Display Group 对话框,点击 Item 中 Part instances,并选中右侧 CC-1、CC-LIN-1-2、CC-LIN-1-3、CC-LIN-1-4、CC-LIN-1-5,点击下方按钮,点击 Dismiss 按钮,视图区中仅显示 5 块水泥混凝土板的应力云图。

点击上方顶部后处理下拉菜单,选中 Primary、S、S11,可以查看水泥混凝土板横向应力分布,如图 7.48 所示。

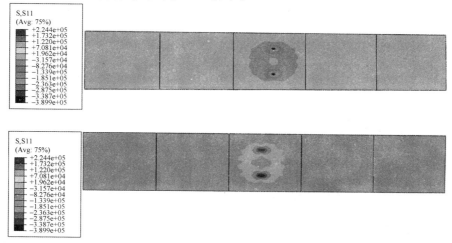

图 7.48　水泥混凝土板横向弯拉应力云图(顶面十底面)

从图中可以看出在标准轴载和温度荷载作用下,水泥混凝土板最大横向弯拉应力值达到 0.224MPa。

(2)查看路面结构温度分布

1)温度云图分布查看

点击工具栏后处理下拉菜单,选中 Primary ▼ NT11 ▼,可以查看水泥混凝土路面温度随深度分布规律,如图 7.49 所示。

图 7.49 温度荷载随深度分布云图

2)温度随深度分布数据提取

①深度方向 Path 路径建立:点击菜单栏 Tools→Path→Manager,点击 Create 按钮,保持默认参数不变,点击 Continue 按钮,弹出 Edit Node List Path 对话框,在 Part Instance 下拉菜单中选择 soil-1,并点击 Add After... 按钮,提示区显示"Select nodes to be inserted into the path",点击平行于 Z 轴方向边界角点,提示区显示"Select nodes to be inserted into the path",点击 Z 轴负方向底部角点,如图 7.50 所示,点击 Done 按钮,返回 Edit Nodes List Path 对话框,点击 OK 按钮,完成深度方向 Path-1 路径建立。

②温度随深度变化数据提取:点击左侧工具栏 ▦(Create XY Date),在弹出的对话框中选择 Path,点击 Continue 按钮,进入 XY Date from Path 对话框,Path 选中 Path-1,勾选 Include intersections,保持其他参数不变,如图 7.51 所示,点击 Plot 可以显示温度随深度分布规律,如图 7.52 所示,点击 Save As... 按钮,可以将温度数据保存在系统中,方便用户进行提取。

图 7.50 Path 路径选择

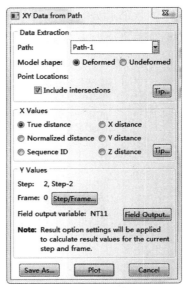

图 7.51 XY Date from Path 对话框

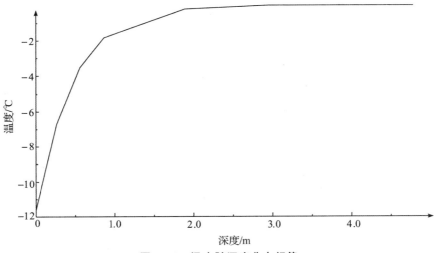

图 7.52 温度随深度分布规律

点击左侧工具栏▦(XY Date Manager),在弹出的对话框中可以看到刚才保存的温度数据文件 XYDate-1,双击即可弹出 Edit XY Date 数据框,用户可以利用复制、粘贴等功能进行数据提取和处理。

7.6 子模型建立

子模型的建立即从整体模型中抽出单独的传力杆,对传力杆局部位置钢筋与混凝土之间的相互作用进行分析。

模型建立和分析过程中需要注意:①子模型的整体坐标系必须与整体模型坐标系一致;②分析过程中所有定义参数必须相同;③为了准确分析钢筋与周围混凝土的相互作用,子模型中建立的 steel 部件为实体单元,而不是整体模型中的梁单元;④ 整体模型分析得到的 whole.odb 文件需要作为子模型分析边界条件。

7.6.1 创建部件

从整体模型中抽出单独传力杆,子模型在整体模型中的位置及尺寸如图 7.53 和图7.54 所示。

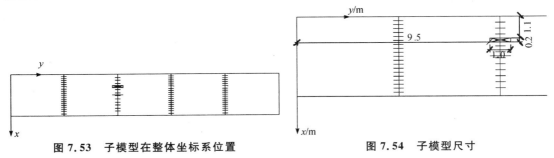

图 7.53 子模型在整体坐标系位置　　　　图 7.54 子模型尺寸

(1)创建 soil 部件

1)soil 部件创建:点击左侧工具栏▥(Create Part),在 Name 后输入 soil,保持其他参数默认,点击 Continue 按钮,ABAQUS/CAE 自动进入绘图环境。

在绘图环境点击左侧工具栏中(Create Lines: Rectangle (4 Lines)),输入坐标(0,0)、(0.2,1),点击 Enter 键确认,点击 ESC 键结束矩形框的绘制,点击提示区 Done 按钮,弹出 Edit Base Extrusion 对话框,在 Depth 中输入 4.74,点击 OK 按钮,完成 soil 部件创建。

2)soil 部件切割:为了减少建模工作量,本模型利用辅助平面剖分出基层 base 和底基层 subbase 实体。

点击左侧工具栏(Create Datum Plane: Offset From Principal Plane),点击提示区 XY Plane 按钮,输入 4.44,点击 Enter 键确认,再次点击 XY Plane,输入 4.14,点击 Enter 键确认,点击 ESC 键完成辅助平面创建。

点击左侧工具栏(Partition Cell: Use Datum Plane),选中视图区中前方辅助平面,点击提示区 Create Partition 按钮,即可完成 base 部件切割,点击视图区中后方实体,点击提示区中 Done 按钮,并点击实体内部辅助平面,点击提示区中 Create Partition 按钮,即可完成 subbase 部件切割。

(2)CC 部件创建

1) CC 部件创建:点击左侧工具栏(Create Part),在 Name 后输入 CC,保持其他参数默认,点击 Continue 按钮,ABAQUS/CAE 自动进入绘图环境。

在绘图环境点击左侧工具栏中(Create Lines: Rectangle (4 Lines)),输入坐标(0,0)、(0.2,0.5),点击 Enter 键确认,点击 ESC 键结束矩形框的绘制,点击提示区 Done 按钮,弹出 Edit Base Extrusion 对话框,在 Depth 中输入 0.26,点击 OK 按钮,完成 CC 部件创建。

2)CC 部件切割:点击左侧工具栏(Create Datum Plane: Offset From Principal Plane),点击提示区 XZ Plane 按钮,输入 0.25,点击 Enter 键确认,点击 ESC 键完成辅助平面创建。

点击左侧工具栏(Partition Cell: Use Datum Plane),选中视图区中辅助平面,点击提示区 Create Partition 按钮,即可完成 CC 部件切割。

点击左侧工具栏(Create Cut:Circular Hole),点击提示区中 Blind 按钮,提示区显示“Select a plane for the hole”,点击与 XZ 平面平行的顶部平面,提示区显示“Arrow shows the direction for the holes”,查看视图区中定义的方向,保证切割方向为实体内部方向,确认完成后点击提示区中 OK 按钮,提示区显示“Select the first edge from which to locate the hole”,选择顶部平面与 X 轴平行的任意边,在提示区中输入 0.13,提示区显示“Select the second edge from which to locate the hole”,点击顶部平面与 Z 轴平行的任意边,在提示区中输入 0.1,然后在提示区中输入切割圆形直径 0.03,在提示区中输入切割深度 0.25,点击 Enter 键完成柱形孔切割。

(3)steel 部件创建

点击左侧工具栏(Create Part),在 Name 后输入 steel,保持其他参数默认,点击 Continue 按钮,ABAQUS/CAE 自动进入绘图环境。

在绘图环境点击左侧工具栏中 ⊙（Create Circle：Center and Perimeter），输入坐标（0，0）、（0.015，0），点击 Enter 键确认，点击 ESC 键结束矩形框的绘制，点击提示区 Done 按钮，弹出 Edit Base Extrusion 对话框，在 Depth 中输入 0.5，点击 OK 按钮，完成 steel 部件创建。

7.6.2　创建材料和截面属性

由于子模型是在整体模型中切割出来的，所有的部件包括 CC、base、subbase、steel、soil 材料创建与整体模型相同，截面属性赋予也同整体模型中相同，为节约篇幅此处不再累赘叙述。

此处需要注意，子模型中 steel 部件定义为实体，并不是梁单元，在模型建立过程中不需要定义 steel 部件的直径、局部坐标系等内容，因此 steel 部件的截面属性定义与 CC 等其他实体单元定义相同。

7.6.3　创建装配体

在 ABAQUS/CAE 窗口顶部 Module 中选择 Assembly 模块，方便装配体的创建。

（1）装配 CC 部件和 soil 部件

1）CC 部件和 soil 部件组装：点击左侧工具栏 ⬚（Instance Part），在弹出对话框中选择 CC 和 soil，点击 OK 按钮。

2）soil 部件移动到原坐标：点击左侧工具栏 ⬚（Translate Instance），在视图区选择 soil 实体，点击提示区 Done 按钮，选择如图 7.55 所示参考点 1，然后在提示区输入（0，0，0），点击提示区 OK 按钮，完成 soil 部件的移动。

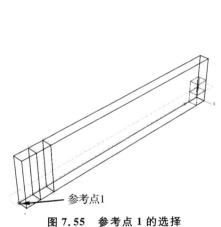

图 7.55　参考点 1 的选择

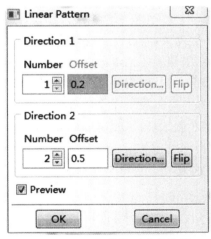

图 7.56　CC 部件阵列参数选择

3）CC 部件的阵列：点击左侧工具栏 ⬚（Linear Pattern），选择视图区中 CC 部件，点击提示区中 Done 按钮，输入如图 7.56 所示参数，点击 OK 按钮，完成 CC 部件阵列。

4）所有组装部件移动到（0，0，0）坐标：点击左侧工具栏 ⬚（Translate Instance），在视图区选择 soil 实体，点击提示区 Done 按钮，选择如图 7.57 所示参考点 1，然后在提示区输入（0，0，0），点击提示区 OK 按钮，完成所有组装部件的移动（此处移动主要是为方便新阵列得到的实体旋转）。

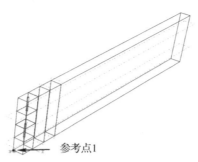

参考点1

图 7.57　参考点 1 选择位置

5)阵列后的 CC-1-lin-1-2 部件旋转:点击左侧工具栏(Rotate Instance),选择阵列新得到的 CC-1-lin-1-2 部件,点击提示区中 Done 按钮,在提示区中输入(0.1,0.75,0),点击 Enter 键,输入(0.1,0.75,−0.26),点击 Enter 键,输入旋转角度 180°,点击 Enter 键,点击提示区 OK 按钮,完成新阵列得到的实体 CC-1-lin-1-2 的旋转。

(2)组装 steel 部件

点击左侧工具栏(Instance Part),在弹出对话框中选择 steel,点击 OK 按钮。

1)steel 部件旋转:点击左侧工具栏(Rotate Instance),旋转 steel 部件,点击提示区中 Done 按钮,在提示区中输入(1,0,0),点击 Enter 键,输入(−1,0,0),点击 Enter 键,输入旋转角度 90°,点击 Enter 键,点击提示区 OK 按钮,完成 steel 实体的旋转。

2)steel 部件移动:点击左侧工具栏(Translate Instance),选中 steel 部件,点击提示区中 Done 按钮,在提示区中输入(0,0,0),点击 Enter 键确认,输入(0.1,0.25,−0.13),点击 Enter 键确认,点击提示区 OK 按钮完成 steel 部件的移动。

(3)已组装实体整体平移

在之前介绍过,为了保证计算准确性,子模型坐系必须与整体坐标系位置一一对应。因此,需要对已组装实体进行整体平移。

点击左侧工具栏(Translate Instance),框选所有已组装实体,点击提示区 Done 按钮,在提示区输入(0,0,0),点击 Enter 键确认,输入(1.1,9.5,0),点击 Enter 键确认,点击提示区 OK 按钮完成整个模型的移动。

7.6.4　划分网格

(1)为 soil 部件划分网格

在 ABAQUS/CAE 窗口顶部 Module 中选择 Mesh 模块,同时在环境栏中将 Object 选项设置为 Part:soil。

点击(Seed Part),把 Approximate global size 设置为 0.1。

点击(Assign Element Type),选中整个模型,在弹出的对话框中保持参数默认不变,点击 OK 按钮。

点击(Mesh Part),点击提示区 Yes 按钮,得到如图 7.58 所示网格。

图 7.58　soil 部件网格划分

（2）为 CC 部件划分网格

在窗口顶部环境栏中把 Object 选项设置为 Part：CC，与上面的操作类似，将全局单元大小设置为 0.021，将单元类型设置为 C3D8R，得到如图 7.59 所示网格。

（3）为 steel 部件划分网格

点击窗口顶部环境栏，把 Object 选项设置为 Part：steel，与上面操作类似，将全局单元设置为 0.0042，单元类型设置为 C3D8R，得到如图 7.60 所示网格。

图 7.59　CC 部件网格划分　　　　**图 7.60　steel 部件网格划分**

7.6.5　设置分析步

（1）创建第一个分析步 Step-1

点击 ⊷ (Create Step)，Name 默认为 Step-1，类型默认为 Static，General，点击 Continue，弹出 Edit Step 对话框，保持参数不变，点击 OK 按钮，完成第一个分析步的创建。

（2）创建第二个分析步 Step-2

按照上述步骤完成第二个分析步的创建。

7.6.6　定义接触

在 ABAQUS/CAE 窗口顶部 Module 中选择 Interaction 模块，进行接触关系定义。

（1）接触属性定义

点击左侧工具栏 ▦ (Create Interaction Property)，在弹出的对话框中将 Name 设置为 IntProp-surf vs base，保持其他参数不变，点击 Continue 按钮，在弹出的对话框中点击 Mechanical→Tangential Behavior，将 Friction formulation 设置为 Penalty，并在下方 Friction

Coeff 下方输入 13。

点击左侧工具栏![icon](Create Interaction Property)，在弹出的对话框中将 Name 设置为 IntProp-steel vs surf，保持其他参数不变，点击 Continue 按钮，在弹出的对话框中点击 Mechanical→Tangential Behavior，将 Friction formulation 设置为 Penalty，并在 Friction Coeff 下方输入 0.5，完成接触系数的定义。

（2）定义所有接触面之间的接触关系

1）搜索接触面：点击菜单栏 Interaction→Find contact pairs→Search domain，保持默认参数不变，点击 Find Contact Pairs 按钮，会在列表中显示出已搜索到的接触面，点击 OK 按钮完成搜索。

2）修改接触面接触参数：修改接触面参数如表 7.4 所示，具体修改方式参照整体模型接触面参数修改。

表 7.4　接触面参数修改

接触面名称	接触关系
CP-1-soil-1-CC-1	IntProp-surf vs base
CP-2- CC-1-CC-1-lin-1-2	IntProp-steel vs surf
CP-3-CC-1-steel-1	IntProp-steel vs surf
CP-4-CC-1-steel-1	IntProp-steel vs surf
CP-5-soil-1-CC-1-lin-1-2	IntProp-surf vs base
CP-6-CC-1-lin-1-2-steel-1	IntProp-steel vs surf
CP-7-CC-1-lin-1-2-steel-1	IntProp-steel vs surf

7.6.7　边界条件定义和荷载施加

在 ABAQUS/CAE 窗口顶部 Module 中选择 Load 模块，方便荷载施加和边界条件定义。

（1）荷载施加

由于子模型是从整体模型中单独抽出来的，而整体模型已经施加了行车荷载和温度荷载，同时得到了整体模型下的应力应变关系数据，因此，子模型的定义中无须再次施加行车荷载和温度荷载。

（2）边界条件施加

边界条件施加是子模型创建的重点，在此处需要调用整体模型中对应位置的应力应变关系数据。

1）为除顶面外剩下 5 个面设置 Set 集合：点击菜单栏 Tools→Set→Manager，点击 Create，在 Name 后输入 BC-1，保持其他参数不变，点击 Continue 按钮，选中模型中除顶面外剩下 5 个边界，点击提示区 Done 按钮，完成 5 个边界 Set 集合的定义。

2）边界条件调用整体模型计算结果：点击左侧工具栏（Create Boundary Condition），在弹出的对话框中 Step 下拉菜单中选择 Step-1，Category 选择 Other，Types for Selected Step 选择 Submodel，如图 7.61 所示，点击 Continue 按钮，点击提示区右下角 Sets... 按钮，选择刚刚定义的 BC-1 Set 集合，点击 Continue 按钮，弹出 Edit Boundary Condition 对话框，在 Degrees of freedom 中输入 1，2，3，在 Global step number 中输入 2，Scale 中输入 1，点击 OK 按钮，完成边界条件的施加，如图 7.62 所示。

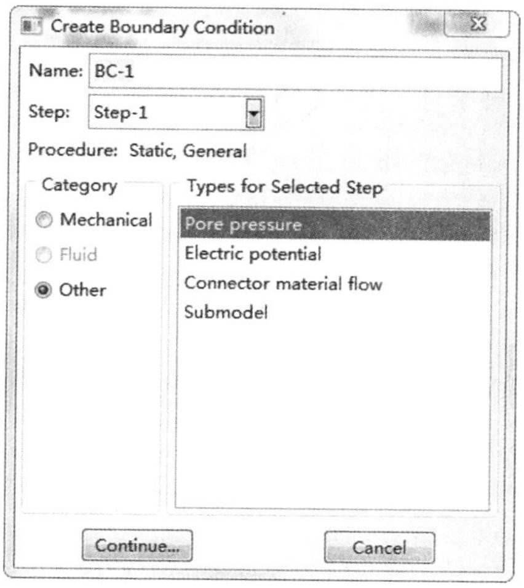

图 7.61　**Create Boundary Condition** 对话框 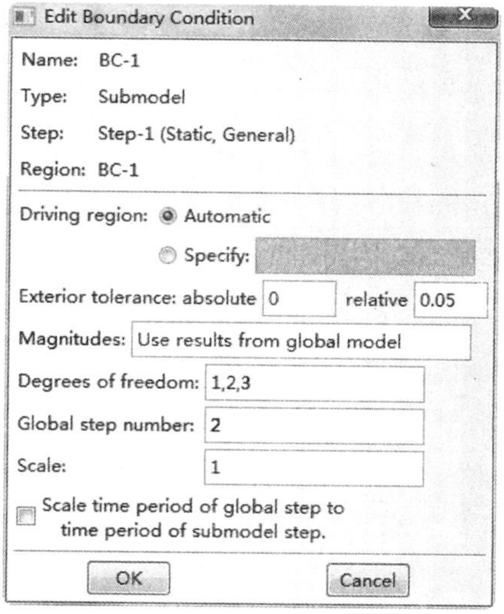　　　图 7.62　**Edit Boundary Condition** 对话框

7.6.8　创建并提交作业

在 ABAQUS/CAE 窗口顶部 Module 中选择 Job 模块,创建并提交作业。

点击菜单栏 Model→Edit Attributes→Model-1,弹出 Edit Model Attributes 对话框,点击 Submodel 选项卡,勾选 Read date from job,并在后面空格中输入整体模型计算结果 whole.odb 文件所在位置的路径(如:G:\temp\whole.odb),点击 OK 按钮,完成整体模型计算结果的调用。

点击左侧工具栏 (Create Job),弹出对话框,在 Name 后输入 sub,点击 Continue 按钮,弹出 Edit Job 对话框,保持默认参数不变,点击 OK 按钮,完成作业的创建。

点击左侧工具栏 (Job Manager),弹出 Job Manager 对话框,点击对话框右侧 Submit 按钮,提交作业。在计算过程中可以点击 Monitor 按钮,实时监控作业的运行状态。

计算完成后,点击 Results 按钮,ABAQUS 将自动进入 Visualization 模块,可以进行后处理。

7.6.9　后处理

(1)混凝土板竖向位移云图

点击顶部场变量输出结果 Primary U U3 ,同时点击左侧工具栏 (Plot Contours on Deformed Shape),可以查看传力杆所在位置处最大竖向位移为 $6.469E-3m$,如图 7.63 所示。

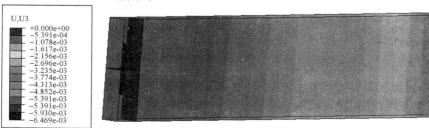

图 7.63　混凝土板竖向位移云图

（2）钢筋与混凝土接触压力云图

点击顶部场变量输出结果 Primary CPRESS 。

点击顶部工具栏 （Create Display Group），利用显示组来隐藏 CC 部件和 soil 部件，仅显示 steel 部件。可以查看传力杆与混凝土之间的接触压力出现在钢筋两端的底部，最大接触压力达到 31.18MPa，如图 7.64 所示。

图 7.64　传力杆与混凝土之间接触压力云图

（3）混凝土之间接触压力云图

点击顶部场变量输出结果 Primary CPRESS 。

1）混凝土界面提取：点击顶部工具栏 （Create Display Group），利用显示组来隐藏 steel 部件、soil 部件和一个 CC 部件，仅显示另一个 CC 部件。点击顶部工具栏 ，选中两处混凝土相交的界面，点击顶部工具栏 按钮，可以仅显示混凝土之间的界面，如图 7.65 所示。

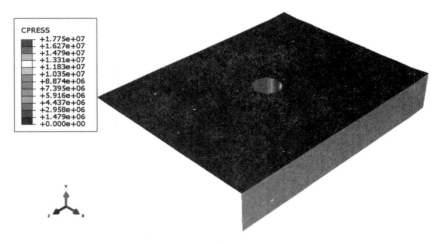

图 7.65　混凝土界面提取

2）抠出传力杆与混凝土之间界面：在图 7.65 处理基础上，点击顶部工具栏 ⬚，选中与混凝土界面相交的单元，点击顶部工具栏 ⬭ 按钮，可以排除这些单元，抠出完成的混凝土界面云图如图 7.66 所示，从图 7.66 中可以看出，混凝土界面之间的最大接触压力为0.089 MPa，混凝土板块之间不会因为荷载过大而压碎。

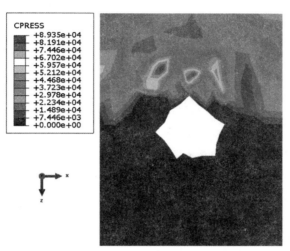

图 7.66　混凝土界面云图

7.7　本章小结

刚性水泥混凝土路面是作用在弹性地基上的复杂结构体系，并且在交通荷载、温度变化综合作用下，使得路面受力非常复杂。对路面结构进行整体模型分析不能精确分析传力杆局部范围受力状况。本章利用整体模型对刚性水泥混凝土路面进行建模，并使用子模型对整体模型的局部做进一步分析，从而以较小的计算代价得到更为精确的结果。

子模型分析包括以下基本步骤：

（1）完成对整体模型的分析；

（2）建立子模型，确定子模型边界条件；

（3）设置各个分析步中的驱动变量；

（4）设置子模型的边界条件、载荷、接触和约束条件；

（5）提交对子模型的分析，检查分析结果及后处理。

8　玄武岩纤维沥青路面动态有限元分析

采用弹性层状体系理论分析沥青路面的设计时,假定路面作用荷载为均布静力荷载,但实际路面受力特性非常复杂。随着高速公路以及汽车工业的发展,汽车行驶速度普遍提高,路面在车辆荷载作用下,承受很大的动力效应。且沥青混合料具有明显的流变特性,其应力和变形随荷载作用时间、温度的变化而变化,采用静力荷载分析沥青路面结构的力学响应将不可避免产生较大的误差。路面所受动力荷载主要包括两种:对路面特定位置,在车辆荷载作用下,其所受荷载大小随时间的变化而变化;对路面某一特定路段,在行驶车辆作用下,其所受荷载随荷载作用位置变化而变化。

目前对玄武岩纤维沥青混凝土的研究主要集中在室内试验研究,包括玄武岩纤维沥青胶浆和玄武岩沥青混合料的路用性能研究,对玄武岩纤维沥青路面结构的分析较少。本章以玄武岩纤维沥青路面结构为研究对象,考虑沥青层材料的流变特性,利用 ABAQUS 有限元软件建立玄武岩纤维沥青路面有限元模型,分析在周期荷载和移动荷载作用下玄武岩纤维沥青路面的受力特性和时程响应。

8.1　路面交通荷载模拟方法

车辆在路面上行驶时,作用于路面上的荷载随时间变化,每个车轮行驶通过时,都可以当作一个荷载脉冲,这种作用时间非常短,为 $0.01 \sim 0.1s$,在路面以下一定深度持续时间虽然略长,但也十分短暂。车辆荷载对路基作用时间与汽车行驶速度有直接关系,随着车速增加,路基承受荷载的时间减少。虽然车轮行驶通过路面作用时间短,但在路面结构整个寿命周期内,累计作用时间也是非常长的,路面疲劳损伤问题较为突出。

我国现行路面设计规范中,主要考虑静荷载对路面的作用。但汽车在道路上行驶过程中,由于路面不平整和车身的振动,汽车行驶过程中是不断地跳动的,对路面产生振动冲击荷载,因此将行车荷载简化为静力荷载进行路面结构设计是不符合实际道路运行情况的。

按照作用方式不同,车辆荷载模拟方法主要分为三种:简化为恒载、移动恒载作用、振动移动荷载作用。

8.1.1　简化为恒载

以恒载的形式来代替实际荷载,即在路面上直接作用恒载 0.7MPa,当不考虑时间间隔时,为一连续的恒载。即当汽车为停驻状态对路面作用为静力荷载,其大小为作用在车轮上的荷载,如图 8.1 所示。

图中 D(或 d)为线源分布长度,当 D(或

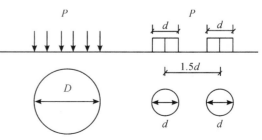

图 8.1　行车静力荷载模型

d)很小的时候,P 就会变为集中荷载。我国《公路沥青路面设计规范》《城镇道路路面设计规范》中定义 d 为双圆当量圆直径,同时采用双轮组单轴轴载 100kN(BZZ-100)作为轮胎接地压力,基于弹性层状体系理论计算路面结构受力。这种形式的荷载计算简便,模拟时相当于在路面直接作用静载,在车辙模拟中也很常见,但这种方法的精度较差。

8.1.2 移动恒载作用

移动恒载车辆行驶通过路面时,对与路面接触任意时刻一点来说,虽然速度很快,但是还是有一定承受荷载的时间,通常是 0.01～0.1s,在路面以下不同深度处,应力作用时间还要略长,若车速为 40km/h,则车辆通过路面上一点实际已经通过了 0.11～1.1m 的距离。因此完全可以把车辆通过路面上的"点"转化为"线",即把路面分成若干个小段,以此来模拟移动恒载作用的情况。此时荷载大小不变,而作用位置随时间变化,对应的是一辆车开过道路的情形,是交通荷载一次性作用。这种情况下荷载大小跟长期均布荷载作用的大小相同。

移动恒载值虽然与静力荷载值大小相同,但是无法反映车辆荷载在行驶过程中产生的变化。研究学者针对移动恒载进行了大量的研究,虽然较恒定荷载已有很大的进步,但仍然有很大的局限性,随着道路建设技术以及交通工具的发展,越来越不能满足工程实际需要。

当考虑轮载时间间隔时,荷载为矩形波荷载形式,如图 8.2 所示,这种荷载简化方式不考虑车轮的横向分布情况下与实际车轮荷载较为符合,荷载形式可用 Heaviside 函数表示:

$$\sigma = \sigma_0 \left\{ \text{Heaviside} \left[\cos\left(\frac{\pi(-2t + t_0)}{T} \right) - \cos\left(\frac{\pi \cdot t_0}{T} \right) \right] \right\} \qquad 8.1$$

式中,T 为矩形波的周期;t_0 为每个周期内的荷载作用时间。

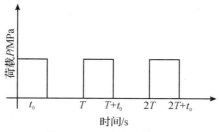

图 8.2 矩形波荷载形式

8.1.3 振动移动荷载

振动移动荷载是以一定振动幅值、频率的周期性动载来模拟交通荷载。这种模拟方式能较好地反映车辆动力荷载特性,并可以通过改变振型规律方式进行不同交通量、不同轴载的模拟。

目前常见的振动荷载拟合方式大致分为两类:稳态正弦波振动和随机振动两种形式。随机振动荷载是最接近实际情况的动力荷载,但是路面不平整本身就是随机的,加上车辆、车型、车速以及实际形式荷载的随机性,导致这种荷载模拟方式具有瞬态随机性,借助统计学对不同随机情况进行实际测定、分类及统计,方可建立相关模型,这种借助统计学分析方法要经过一系列烦琐工作,耗费大量计算资源,得到的结论也具有一定局限性。

(1)简化为三角波荷载

根据 Barksdale 的研究,行车荷载作用时间取决于车速 V 和轮胎接触面积的半径 r。合理的假设是,当荷载离某点的距离 $\geq 6r$ 时,认为荷载对该点没有影响,所以单次荷载的作用时间可以表示为：

$$t = \frac{12r}{V} \qquad\qquad 8.2$$

式中，V 为行车速度（m/s）；r 为轮胎接触长度（m）；t 为单次荷载作用时间（s）。

荷载作用形式如图 8.3 所示，这种荷载形式考虑了车轮在纵向上的一个分布情况，与实际车轮荷载较为符合。

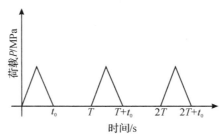

图 8.3　三角波荷载形式

（2）简化为正弦或余弦荷载

正弦余弦波荷载和三角波荷载类似，只是在考虑荷载纵向的影响时是以余弦形式来表示的，这种余弦波能更好地描述实际的车轮荷载。在不考虑行车荷载作用时间间隔时，余弦波荷载形式如图 8.4 所示，其荷载形式可以用余弦函数表示。

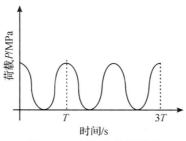

图 8.4　余弦波荷载形式

当考虑荷载作用时间间隔时，荷载作用形式一般采用半正弦荷载形式，如图 8.5 所示。这种荷载形式能较好地描述实际车轮荷载，但是如果循环次数较多时，计算比较麻烦。

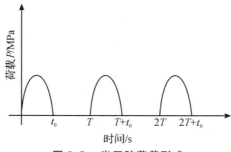

图 8.5　半正弦荷载形式

随着道路工程研究、设计、施工技术的进步，路面行驶状况得到了一定改善，其对路面产生的荷载变化一般都具有较好的规律性，可以将车辆荷载变化近似看作周期性函数变化，通过研究表明两种荷载变化函数对计算结果影响很小。

8.2 车轮荷载确定方法

8.2.1 汽车轴型轴载

（1）轴型

货车的前轴为了转向方便多为单轴单轮组；货车后轴有单轴、双轴、三轴三种。后轴采用双轮组（两对双轮）和三轮组，如图8.6所示。

从图中可以看出：若一辆汽车总重为Q，单后轴单轮组、单后轴双轮组，轴载和轮载分配有所不同。

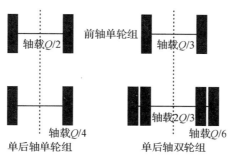

图8.6 汽车轴型及轮组

（2）标准轴载

道路上汽车种类繁多，汽车轴重大小对路面的作用影响很大，为了便于管理，各国对汽车的轴限均有明确规定，世界上采用100kN为标准轴载的国家最多。我国采取强行管制措施限制超载，仍以双轮组单轴100kN作为标准轴重（我国标准车：黄河JN150）。设计中各级轴载均换算成BZZ-100。

8.2.2 轮胎接触面积确定

轮胎接触面积是路面结构分析模拟必要参数，在路面结构分析中，一般首先假定轴载在接触面积上均匀分布，接触面积大小，则取决于接触压力。一般来说，低压轮胎接触压力要高于胎压，而高压轮胎的接触压力则小于胎压。由于重型轴载一般都采用高压轮胎，因此线性模拟中一般都以胎压作为接触压力。

轮胎和路面接触形状近似于椭圆，因其长轴和短轴差别不大，工程设计中往往以圆形接触面积来表示，将车轮荷载简化为当量圆形均布荷载。Sadd等对路面结构层进行三维分析时，采用矩形荷载，实际车轮与路面接触形状为矩形和两个半圆形，可进一步简化为矩形荷载。

（1）圆形均布荷载

车轮轴载通过轮胎作用于地面，轮胎与地表接触，由于轮胎的新旧、花纹不同影响接触压力的分布，路面设计中可简化这些因素，将轮廓近似为椭圆接地的面积，在我国规范、工程设计中以圆形接触面积表示，当量圆半径δ可按下式计算：

$$\delta = \sqrt{\frac{P}{\pi p}} \qquad\qquad 8.3$$

式中，P为作用在车轮上的荷载（kN）；p为轮胎接触压力（kPa）；δ为接触面当量圆半径（m）。

对于双轮组车轴，若每一侧的双轮用一个圆表示，称为单圆荷载；如用两个圆表示，则称为双圆荷载。双圆荷载的当量圆直径 d 为：

$$d = \sqrt{\frac{4P}{\pi p}}$$ 8.4

我国现行路面设计规范中规定的标准轴载BZZ-100的轮载 $P = 100/4\text{kN}$，$p = 700\text{kPa}$，用式8.3、式8.4计算，可分别得到相应的当量直径 $d = 0.213\text{m}$。我国《公路沥青路面设计规范》《城镇道路路面设计规范》规定标准轴载计算参数如表8.1所示。

表8.1　标准轴载计算参数

标准轴	标准轴载 PH(kN)	单轮荷载 P(kN)	轮胎接地压强 p(MPa)	单轮传压当量圆直径 d(cm)	两轮中心距 RL(cm)
BZZ-100	100	25	0.70	21.30	31.95

（2）矩形均布荷载

Sadd 等对路面结构层进行三维分析时，采用矩形荷载，实际车轮与路面接触形状为矩形和两个半圆形，可进一步简化为矩形荷载，Yoder and Witczak 给出了计算公式：

$$L = \left(\frac{A}{0.5226}\right)^{1/2}$$ 8.5

式中，L 为行车方向轨道长度。

双圆荷载等效示意图如图8.7所示，等效以后矩形荷载长度为19.2cm，宽度为18.4cm，间距13.5cm。

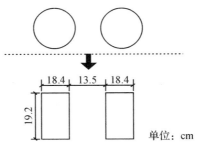

图8.7　矩形荷载

8.3　动力学分析基本理论

工程结构设计、分析中，通常需要考虑两类荷载的作用——静力荷载和动力荷载。对于路面结构分析也是同样的，当仅考虑路面结构承受荷载后的长期响应，采用静力分析就能解决问题，我国相关路面设计规范也是基于静力学分析，采用相关计算理论和一般通用程序解决问题的。但是，路面结构在使用过程中动力荷载作用也是普遍存在的，如考虑移动荷载等对路面结构的影响，进行静力分析就不能满足工程使用要求。

动力荷载是大小、方向或作用点随时间而改变的荷载，在动力荷载作用下路面结构响应如位移、内力、应力及应变均是随时间而改变的。由于荷载和响应均是随时间变化的，显然动力分析不像静力分析那样具有唯一解，而必须建立相应于时程中感兴趣的全部时间的一系列解答，因此动力分析要比静力分析更加复杂。

在动力平衡方程中，惯性力是不能被忽略的。为了方便起见，一般将惯性力一项单独隔离出来，因此表达式为：

$$M\ddot{u} + I - P = 0$$ 8.6

其中，M 为系统的质量矩阵(一个不随时间改变的常量)；$\ddot{u}$ 为系统的加速度矩阵；I 为系统的内力矩阵；P 为所施加的外力矩阵。

因为 I 和 P 是与位移和速度有关的向量，而与对时间的更高阶导数无关。因此系统是一个关于时间二级倒数的平衡系统，而阻尼和耗能的影响将在 I 和 P 中体现。可以定义为：

$$I = Ku + C\dot{u} \tag{8.7}$$

如果其中刚度矩阵 K 和阻尼矩阵 C 为常数，系统的求解将是一个线性的问题；否则将需要求解非线性系统。可见线性动力问题的前提是假设 I 与节点位移和速度线性相关。

如果将式 8.7 代入式 8.6 中，则有：

$$M\ddot{u} + Ku + C\dot{u} - P = 0 \tag{8.8}$$

上述平衡方程是动力学中最一般的通用表达式，适合于描述任何力学系统的特征，并且包含了所有可能的非线性影响。如果方程中的第一项(即惯性力)足够小，趋于 0，则方程简化为静力平衡方程的形式。由此可见，是否包含惯性力($M\ddot{u}$)是动力分析和静力分析最主要的区别。两者另外一个不同在于内力的定义，动态分析内力源于运动(阻尼等)和结构变形；而静力分析中内力仅由结构的变形引起。

8.3.1 固有频率和模态

振动分析中最简单的动力问题是单自由度振动系统，如图 8.8 所示。

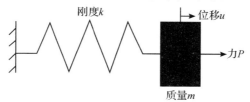

图 8.8 单自由度振动系统

弹簧的内力为 ku，代入式 8.6 中，得到运动方程为：

$$m\ddot{u} + ku - P = 0 \tag{8.9}$$

因此，质量 — 弹簧系统的固有频率为：

$$\omega = \sqrt{\frac{k}{m}} \tag{8.10}$$

若质量块被移动后再释放，它将以这个频率振动。假若以此频率施加一个动态外力，位移的幅度将剧烈增加 —— 出现共振现象。

实际的结构具有多个固有频率。因此，在设计结构时要避免使各固有频率与可能的荷载频率过分接近。固有频率可以通过分析结构在无荷载(动力平衡方程中的 $P = 0$)时的动态响应而得到。此时，运动方程变为：

$$M\ddot{u} + I = 0 \tag{8.11}$$

对于无阻尼系统，$I = Ku$，代入式 8.11 中，则方程变为：

$$M\ddot{u} + Ku = 0 \tag{8.12}$$

这个方程的解的形式为：

$$u = \varphi e^{i\omega t} \tag{8.13}$$

将式 8.13 代入运动方程中得到的特征值问题方程为：

$$k\varphi = \lambda M\varphi \tag{8.14}$$

式中,$\lambda = \omega^2$。

该系统具有 n 个特征值,此处 n 是有限元模型中的自由度数,记 λ_j 为第 j 个特征值。它的平方根 ω_j 是结构的第 j 阶固有频率,并且 φ_j 是相应的第 j 阶特征向量。特征向量就是模态(也称为振型),因为它是结构在第 j 阶振型下的变形状态。

通过使用振型分解法求得振型和频率,就能够很容易求得任何线性结构的响应。而且通常在实际问题中,只需要考虑前面几个振型就能够获得相当精度的解。结构动力学的实际问题涉及面很广,对于只有几个自由度的力学模型,只需要考虑一个或两个自由度就能求解动力响应的近似解,而对于具有几百个甚至上千个自由度的高度复杂有限元模型,就需要考虑十个甚至上百个振型对响应的影响。为了适应不同问题的需要,逐渐产生了各种求解特征值问题的技术。

在 ABAQUS 中,频率提取程序用来求解结构的振型和频率。这个程序使用起来十分简单,只需要给出所需振型的数目和所关心的最高频率即可。

8.3.2 振型叠加

对于多自由度系统,如果考虑粘性阻尼,则其受迫振动的微分方程为:

$$M\ddot{u} + C\dot{u} + Ku = f(t) \qquad\qquad 8.15$$

解此类方程一般有两种方法:一是直接积分法,就是按时间历程对上述微分方程直接进行数值积分,即数值解法;二是振型(模态)叠加法,下面重点介绍振型叠加法。

在线性问题中,结构在荷载作用下的动力响应可以用固有频率和振型来表示,即结构的变形可以采用振型叠加的技术由各振型的组合得到,每一阶模态都要乘以一个标量因子。模型中位移矢量 u 定义如式 8.16 所示。

$$u = \sum_{i=1}^{\infty} \partial_i \varphi_i \qquad\qquad 8.16$$

式中,∂_i 为振型 φ_i 的标量因子。

这一技术旨在模拟小变形,在线弹性材料及无接触条件情况下是有效的,即必须是线性问题。在结构动力学问题中,结构的响应往往取决于相对较少的几阶振型,这使得振型叠加方法在计算这类系统的响应时特别有效。考虑一个含有 10000 个自由度的模型,则对运动方程的直接积分需要在每个时间点上求解 10000 个联立方程组。但若结构的响应采用 100 阶振型来描述,那么每个时间步上只需要求解 100 个方程。更重要的是振型方程是解耦的,而原来的运动方程是耦合的。虽然在计算振型和频率时需要花费一些时间作为代价,但在计算响应时将节省大量的时间。

如果在模拟中存在非线性,那么在分析中固有频率会发生明显的变化,因此振型叠加法将不再适用。在这种情况下,需要对动力平衡方程直接积分,这将比振型分析要花费更多的时间。

具有下列特征的问题才适于进行线性瞬态动力学分析:

1)系统是线性的 —— 具有线性材料特性,无接触条件,无非线性几何效应。

2)响应只受较少频率支配。当响应中各频率成分增加时,如冲击,振型叠加方法的效果将大大降低。

3)荷载的主要频率在可得到的固有频率范围内,可确保对荷载描述足够精确。

4)由任何突加荷载所产生的初始加速度能用特征模型精确描述。

5)系统阻尼不大。

8.3.3 阻尼

系统结构特征值和振型的求解是在无阻尼情况下得到的,而在动力学问题中,任意结构都存在或大或小的阻尼,阻尼的大小将会对系统动力学响应产生一定影响。

当系统做无阻尼自由振动时,由于没有能量输入和输出,系统机械能守恒,系统的振幅为常数。然而在实际结构中,这种无阻尼自由振动并不存在。结构运动时能量耗散,振幅将逐渐减小直至停止振动,这种能量耗散被称为阻尼(Damping)。

通常假定阻尼为粘性的,其大小正比于速度,方向与速度相反。有阻尼结构系统的动力学方程可以写为:

$$M\ddot{u} + I - P = 0 \qquad\qquad 8.17$$
$$I = Ku + C\dot{u} \qquad\qquad 8.18$$

式中,C 为结构阻尼矩阵;$\dot{u}$ 为结构的速度。

能量耗散来源于几个因素,其中包括结构连接处的摩擦和局部材料的迟滞效应。阻尼对于表征结构吸收能量是一个很方便的方法,它包含了重要的能量吸收过程,而不需要模拟耗能的具体机制。

在 ABAQUS 中,可针对非阻尼系统计算其振型。然而大多数工程问题都包含某种阻尼,尽管可能阻尼很小。对于每一振型,有阻尼固有频率和无阻尼固有频率之间关系为:

$$\omega_d = \omega\sqrt{1 - \zeta^2} \qquad\qquad 8.19$$

式中,ω_d 为有阻尼固有频率;$\zeta = c/c_c$ 为临界阻尼;c 为该振型的阻尼;c_0 为该振型的临界阻尼比。

当临界阻尼比 ζ 取值较小时($\zeta < 0.1$),有阻尼系统的特征振型和特征向量与无阻尼系统非常接近;随着 ζ 的增加,采用无阻尼系统求得的特征频率就会开始变得不准确;当 ζ 接近 1 时,无阻尼特征频率和特征向量就失效了。但是,大多数用线性动力学分析的结构问题只有很小的阻尼,因而可以采用无阻尼特征频率。

当结构处于临界阻尼比即 $\zeta = 1$ 时,施加一个扰动后,结构不会振荡,而会尽可能迅速地恢复到它的初始静止构形,如图 8.9 所示。

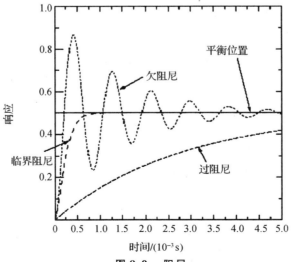

图 8.9 阻尼

（1）ABAQUS 中阻尼定义

在 ABAQUS 中，为了进行瞬时模态分析，可以定义不同类型的阻尼：直接模态阻尼（Direct Modal Damping）、瑞利阻尼（Rayleigh Damping）、复合模态阻尼（Composite Modal Damping）和结构阻尼（Structure Damping）。

阻尼是针对模态动力学分析而定义的，用 *MODAL DAMPING 选项来定义阻尼，阻尼是包含在分析步定义内的一部分，每阶模态可以定义不同量值的阻尼。

1）直接模态阻尼

采用直接模态阻尼可以定义对于每阶振型的阻尼比 ζ，其典型的取值范围为 1% ～ 10%。直接模态阻尼允许用户精确定义系统的每阶振型的阻尼。

*MODAL DAMPING 选项中的 MODAL = DIRECT 参数，表示采用直接模态阻尼，如对于前 10 阶振型的阻尼定义为 4% 的临界模态阻尼，11 ～ 20 阶振型的阻尼为 5% 的临界阻尼，则在分析步（STEP）中定义为：

```
* MODAL DAMPING, MODAL = DIRECT
1,10,0.04
11,20,0.05
```

2）瑞利阻尼

在瑞利阻尼中，假设阻尼矩阵可表示为质量矩阵的线性组合，即

$$C = \alpha M + \beta K \qquad\qquad 8.20$$

其中，α 和 β 是用户根据材料特性定义的常数。

尽管假设阻尼正比于质量和刚度没有严格的物理基础，但是实际上我们对于阻尼分布的真实情况知之甚少，就不能保证其他更为复杂的模型是否正确。通常瑞利阻尼模型对于大阻尼系统，即阻尼值超过 10% 临界阻尼时是不可靠的。

使用瑞利阻尼有许多方便，例如系统的特征频率与对应的无阻尼特征值一致；相对于其他形式的阻尼，可以精确地定义系统每阶模态的瑞利阻尼；各阶模态的瑞利阻尼可转换为直接模态阻尼，在 ABAQUS 中可将瑞利阻尼转换为直接模态阻尼进行动力学计算。

对于一个给定模态 i，临界阻尼比为 ζ，而瑞利阻尼系数 α 和 β 的关系为：

$$\zeta = \frac{\alpha_i}{2\omega_i} + 2\beta_i\omega_i \qquad\qquad 8.21$$

其中，ω_i 为第 i 阶振型的固有频率。式 8.21 表明瑞利阻尼的质量比例阻尼部分在系统响应的低频段起主导作用，刚度比例阻尼部分在高频段起主导作用。

ABAQUS 在模态动力分析步骤内定义瑞利阻尼，对应的文件输入为：

```
* MODAL DAMPING, RAYLEIGH
m₁,m₂,α,β
```

参数 RAYLEIGH 指定阻尼形式为瑞利阻尼，m_1、m_2 的含义与直接模态阻尼定义相同。α 和 β 分别为振型质量、刚度比例系数。如对前 10 阶振型定义 $\alpha = 0.2525$ 和 $\beta = 2.9 \times 10^{-3}$，对于 11 ～ 20 阶振型定义 $\alpha = 0.2727$ 和 $\beta = 3.03 \times 10^{-3}$，则可以在分析步骤中定义：

```
*MODAL DAMPING, RAYLEIGH
1,10,0.2525,2.9E − 3
11,20,0.2727,3.03E − 3
```

3）复合阻尼

在复合阻尼中，对应于每种材料的阻尼定义一个临界阻尼比，这样就得到了对应于整体结构的复合阻尼值。如果结构由多种材料组成，那么采用复合阻尼来描述系统的阻尼特性是非常简便有效的。

在大多数线性动力学问题中，恰当地定义阻尼对于获得精确的结果是十分重要的。但是阻尼只是对结构吸收能量这种特性的近似描述，而不是去仿真造成这种效果的物理机制。所以，确定分析中所需要的阻尼数据是困难的。有时，可以从动力试验中获得这些数据，但是在多数情况下，需要通过经验或参考资料获得数据。这些情况下，就要仔细分析计算结果，应该通过参数分析评价阻尼系数对于模拟的敏感性。

事实上，ABAQUS 的所有单元均可用于动力分析。选取单元的一般原则与静力分析相同。但是在模拟冲击和爆炸载荷时，应选用一次单元。因为它们具有集中质量公式，在模拟应力波效果方面优于采用二次单元的一致质量公式。

在动力分析中，剖分网格需要考虑响应中将被激发的振型，网格剖分应能充分反映那些振型。因为能满足静态模拟要求的网格，不一定能计算高频振型的动态响应。

8.3.4　瞬态动力学

瞬态动力学分析需要求解半离散的方程组。离散是指结构由离散的结点描述；半离散是指在方程的导出过程中，每个时刻都要满足平衡。在瞬态分析中，连续的时间周期分为许多时间间隔，并且只有在离散的时间上才能得到解。

对于线性动力学问题，动力学行为由两个独立的特性决定：线弹性（动力）结构行为和施加的动力载荷。

因此，求解动力学问题的一种方法是：首先可不考虑施加的载荷进行结构动力分析（即模态分析）来确定特征值；其次基于结构的特征值和特征模态计算给定载荷历程的结构动力响应。这一过程称为模态分析或模态叠加法。由于高阶模态不准确，因而比较成功的应用大都在于有低频范围的激振的结构。

另一种方法是，动力学方程可以作为施加载荷的函数而直接积分。积分方法有很多种，重要的一点就是稳定性和精度。这些方法可以用于短波长问题，只要有限元网格足够细，就能够描述这些局部的现象。

用于瞬态动力分析的运动方程和通用运动方程相同：

$$M\ddot{u} + C\dot{u} + Ku = F(t) \hspace{4em} 8.22$$

这是瞬态分析的最一般形式，载荷可为时间的任意函数；对于线性问题矩阵 M、C 和 K 均与 u 及其时间导数无关。

基于求解方法，ABAQUS 允许在瞬态动力分析中包括各种类型的非线性 —— 大变形、接触问题及塑性材料等。常用的求解方法如图 8.10 所示。

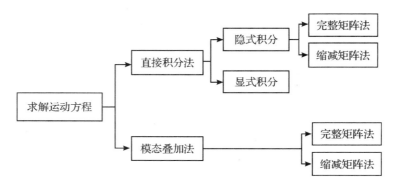

图 8.10 瞬态动力学求解方法

其中减缩矩阵和完全矩阵的主要区别为：

（1）减缩矩阵

用于快速求解；根据主自由度写出 K、C 和 M 等矩阵，主自由度是完全自由度的子集；缩减的 K 是精确的，但缩减的 C 和 M 是近似的。此外，还有其他一些缺陷。

（2）完全矩阵

不进行减缩；采用完整的 K、C 和 M 矩阵。

8.4 周期荷载作用下玄武岩纤维沥青路面粘弹性响应

8.4.1 路面结构

半刚性基层玄武岩纤维沥青混凝土路面结构如表 8.2 所示，其中沥青上面层采用掺有玄武岩纤维的沥青混合料 AC-13C，厚度为 4cm，中面层采用 Sup-20 改性沥青混合料，厚度为 6cm，下面层采用重交沥青混合料 Sup-25，厚度为 8cm，沥青层总厚度为 18cm，基层为水泥稳定碎石，厚度为 38cm，垫层为级配碎石，厚度为 20cm。

表 8.2 路面结构

结构层	材料名称	代号	厚度/cm
上面层	玄武岩纤维沥青混合料	AC-13C	4
中面层	改性沥青混合料	Sup-20	6
下面层	重交沥青混合料	Sup-25	8
基层	水泥稳定碎石	CSM	38
垫层	级配碎石	GM	20
土基	压实土	SG	—

8.4.2 材料参数

沥青混合料具有粘弹性性质，其应力和应变表现有时间、温度依赖性，在较低的温度下以弹性特性为主，而在较高的温度时表现为粘性性质。沥青混合料的粘弹性性质对沥青路面的性能有较大的影响，粘弹性材料在外荷载作用下的变形部分是可恢复的，部分是不可恢复的，而沥青混合料的不可恢复变形在重复荷载作用下逐渐积累，随着荷载作用时间和作用次数的增加，沥青路面的变形也越来越大。在 ABAQUS 有限元软件中，材料的粘弹性是通过松弛模量的 Prony 级数来定义的，当采用输入剪切试验或体积压缩试验数据时，ABAQUS 内部根据约束控制方程采用 Prony 级数进行参数拟合，然后进行计算分析。

沥青面层材料粘弹性参数可以由蠕变试验获得，沥青上面层参数如表 8.3 所示，中面层和下面层沥青粘弹性参数如表 8.4 所示。

本节主要分析行车荷载作用下沥青面层材料的粘弹性,忽略基层和土基的粘弹性或粘弹塑性,所以假定其他各层材料为弹性,各结构层材料参数如表 8.5 所示。

表 8.3　沥青上面层广义 Maxwell 模型拟合参数

参数	回归参数/MPa	输入参数	A
E_0		1.159E+03	
E_1	781.24	0.673	
E_2	330.29	0.285	
E_3	35.48	0.031	
E_4	11.90	0.010	20110
τ_1	0.85	0.85	
τ_2	10.34	10.34	
τ_3	1259.53	1259.53	
τ_4	1.75E+04	1.75E+04	
相关系数	0.941	0.941	

表 8.4　面层材料的 Prony 级数

项数	t_i	E_i(MPa)			
		Sup-20		Sup-25	
		回归参数/MPa	输入参数	回归参数/MPa	输入参数
1	0.000002	1769	0.09333	2228	0.10241
2	0.00002	2857	0.15075	3306	0.15681
3	0.0002	4086	0.21561	4410	0.21202
4	0.002	4473	0.23601	4663	0.23541
5	0.02	3303	0.17426	3502	0.16681
6	0.2	1578	0.08328	1742	0.08494
7	2	550	0.02902	599	0.03022
8	20	176	0.00929	170	0.00756
9	200	62	0.00325	49	0.00248
10	2000	24	0.00128	16	0.00083
11	20000	11	0.00059	6	0.00032
12	200000	3	0.00017	3	0.00016
13	2000000	9	0.00048	1	0.00003

注:表中输入参数即为回归参数归一化的结果,同时输入到 ABAQUS 中的回归参数之和一定要小于 1。

表 8.5　结构层材料参数

结构层	回弹模量 E/MPa	泊松比	质量密度/(kg/m³)
面层	—	0.3	2300
基层	1500	0.2	2300
垫层	450	0.3	2100
土基	45	0.4	1850

8.4.3　荷载形式

实际路面的荷载是动态的,对于路面上一点,其荷载的形式也不是恒定的,而是随着时间不断变化,在每个车轮行驶通过该点时,都可以当作一个荷载脉冲,荷载的大小、形状和作用时间与车辆轮载的大小、行车速度以及应力分布深度等因素有关,行驶脉冲一般有半正弦和三角波,本节采用三角形荷载分布行驶,行车荷载的作用时间与车速及轮胎接触长度有关。依据 8.1.3 节式 8.2 可计算荷载作用时间。

单轮矩形荷载分布大小为 $B \times L = 0.184\text{m} \times 0.192\text{m}$，两轮中心距为 0.319m，取车辆行驶速度 $v = 41.5\text{km/h}$，由式 8.2 计算荷载作用时间：$t = 12 \times L/v = (12 \times 0.192)/(41.5/3.6) = 0.2\text{s}$

取荷载周期为 2s，分析步时间取 60s，则循环 30 次，荷载随时间变化曲线如图 8.11 所示。

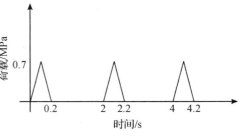

图 8.11　周期荷载随时间变化曲线

8.4.4　路面结构有限元模型

利用 ABAQUS 有限元软件建立循环荷载作用下沥青路面有限元模型，考虑结构和荷载的对称性，选取路面结构 1/2 建立模型。路面结构的水平方向和深度方向取有限尺寸，模型宽度 2.5m，深度方向取 3m。各层之间接触关系为完全连续，对称轴处为对称约束；与对称轴平行且远离对称轴方向约束 X 方向的位移，底边完全约束，路面结构几何模型如图8.12所示。

有限元网格采用 CPE4R(平面应变 4 节点减缩积分单元)进行划分，网格划分的原则为靠近荷载处的网格较密，远离荷载作用网格逐渐增大。

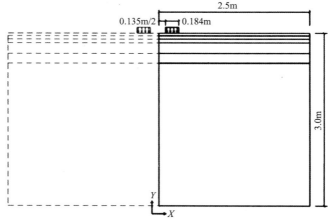

图 8.12　路面结构几何模型

8.4.5　周期荷载作用下玄武岩纤维沥青混凝土路面粘弹性响应模拟

(1)创建部件

1)创建 Pavement 部件

启动 ABAQUS/CAE，进入 Part 模块，点击左侧工具栏 ▣(Create Part)按钮，弹出 Create Part 对话框，将 Name 设置为 Pavement，将 Modeling Space 设置为 2D Planar，Type 设置为 Deformable，Base Feature 设置为 Shell，点击 Continue... 按钮，ABAQUS 将自动进入 Sketch 绘图环境。

点击左侧工具栏 ▢(Create Lines：Rectangle(4 line))，在下方提示区中输入矩形的左上角顶点(0,0)，点击键盘中 Enter 键确认；根据提示区输入矩形右下角点坐标(2.5,3)，点击键盘中 Enter 键确认，点击提示区 X 按钮，退出矩形草图绘制，点击提示区 Done 按钮，完成 Pavement 部件的创建。

2）创建辅助平面

点击左侧工具栏 （Create Datum plane：Offset From Principal Plane）按钮，提示区显示"Principal plane from which to offset"，选择 XZ Plane，输入距离 3，按 Enter 键确认，完成第一辅助平面创建（Y＝3 平面）。

点击顶部工具栏 （Turn Perspective Off），关闭角度视图。

长按 ，弹出 选择窗，选择 （Create Datum Plane：Offset From Plane），提示区显示"Select a plane from which to offset"，选择顶部第一辅助平面，提示区显示"How do you want to specify the offset?"，点击 Enter Value 按钮，视图窗口如图 8.13 所示，此图中箭头表示第一辅助平面偏移方向为上，因此点击 Flip 按钮，此时图中箭头改变方向为下，点击提示区 OK 按钮，提示区显示"Offset"，输入距离 0.04，完成第二辅助平面创建。

提示：利用辅助平面偏移创建新的辅助平面。

再次点击第二辅助平面，重复上述操作，分别输入距离 0.06、0.08、0.38、0.20，完成第三辅助平面、第四辅助平面、第五辅助平面、第六辅助平面创建。其中每一个辅助平面均为路面结构各层分界线，如图 8.14 所示。

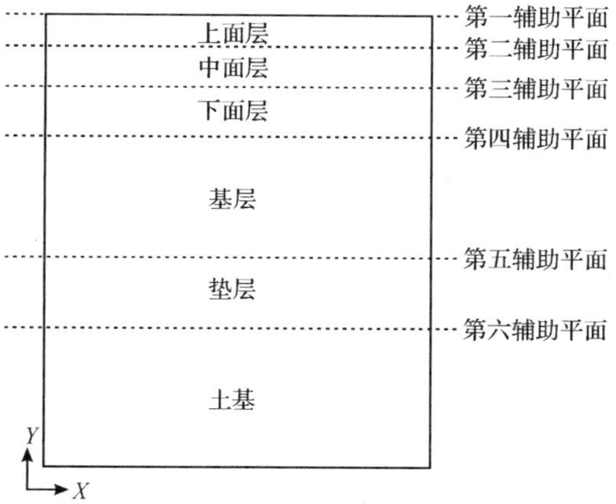

图 8.13　辅助平面偏移

上面层　　第一辅助平面
中面层　　第二辅助平面
下面层　　第三辅助平面
　　　　　第四辅助平面
基层
　　　　　第五辅助平面
垫层
　　　　　第六辅助平面
土基

Y
X

图 8.14　辅助平面的创建

第六辅助平面创建完成后，点击提示区 X 按钮，退出辅助平面创建环境。

3）剖分 Pavement 部件

长按左侧工具栏 X 按钮，弹出 ，选择 （Partition Face：Use Datum Plane），提示区显示"Select a datum plane"，选择第二辅助平面，提示区显示"Partition definition complete"，选择 Create Partition 按钮，完成上面层 AC-13C 的剖分。

此时提示区显示"Select the faces to partition",选中剖分 AC-13C 后剩下的部分,点击提示区 Done 按钮,提示区显示"Select a datum plane",选择第三辅助平面,点击提示区 Create Partition 按钮,完成中面层 Sup-20 的剖分。

重复上述操作,分别剖分下面层 Sup-25、基层 CSM、垫层 GM。

(2)创建材料和赋予截面属性

1)创建材料

将 ABAQUS/CAE 窗口顶部环境栏改为 Property 模块。

①创建上面层材料

点击左侧工具栏 (Create Material)按钮,弹出 Edit Material 对话框,将 Name 设置为 AC-13C,依次点击 Mechanical→Elasticity→Elastic,将 Moduli time scale(for viscoelasticity)设置为 Instantaneous,将 Young's Modulus 设置为 1.159E9,将 Poisson's Ratio 设置为 0.3;点击 General→Density,将 Mass Density 设置为 2300;点击 Mechanical→Elasticity→Viscoelastic,将 Domain 设置为 Time,将 Time 设置为 Prony,并在下方 Data 中输入如图 8.15 所示数据。

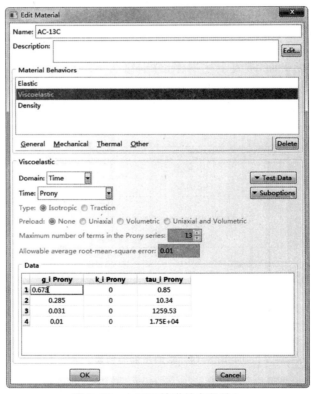

图 8.15　上面层粘弹性参数输入

提示:(a)在图 8.15Data 中输入完一组数据,按 Enter 键,或输入完一组数据后,在左侧序号上点击右键,选择"Insert Row After",均可弹出第二组数据输入框。

(b)关于 ABAQUS 有限元程序中单位尺寸定义,如表 8.6 所示。

（c）图 8.15 与表 8.3 输入差别即是单位统一后存在的差别。

表 8.6　ABAQUS 有限元软件常用尺寸单位

量	国际单位制	国际单位制	英制单位	英制单位
长度	m	mm	ft	in
力	N	N	lbf	lbf
质量	kg	$t(10^3 kg)$	slug	$lbf\ s^2/in$
时间	s	s	s	s
应力	$Pa(N/m^2)$	$MPa(N/mm^2)$	lbf/ft^2	$psi(lbf/in^2)$
能量	J	$mJ(10^{-3}J)$	ft lbf	in lbf
密度	kg/m^3	t/mm^3	$slug/ft^3$	$lbf\ s^2/in^4$

②创建中面层材料

再次点击左侧工具栏![icon](Create Material)按钮，弹出 Edit Material 对话框，将 Name 设置为 Sup-20，依次点击 Mechanical→Elasticity→Elastic，将 Moduli time scale（for viscoelasticity）设置为 Instantaneous，将 Young's Modulus 设置为 1.454E9，将 Poisson's Ratio 设置为 0.3；点击 General→Density，将 Mass Density 设置为 2300；点击 Mechanical→Elasticity→Viscoelastic，将 Domain 设置为 Time，将 Time 设置为 Prony，并在下方 Data 中输入如图 8.16 所示数据。

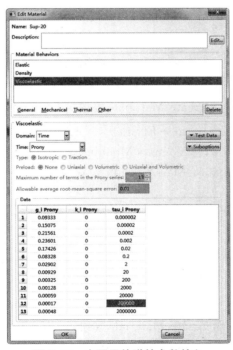

图 8.16　中面层粘弹性参数输入

③创建下面层材料

再次点击左侧工具栏![icon](Create Material)按钮，弹出 Edit Material 对话框，将 Name 设置为 Sup-25，依次点击 Mechanical→Elasticity→Elastic，将 Moduli time scale（for viscoelasticity）设置为 Instantaneous，将 Young's Modulus 设置为 1.592E9，将 Poisson's Ratio 设置为 0.3；点击 General→Density，将 Mass Density 设置为 2300；点击 Mechanical→Elasticity→Viscoelastic,将 Domain 设置为 Time,将 Time 设置为 Prony,并在下方 Data 中输入如图 8.17 所示数据。

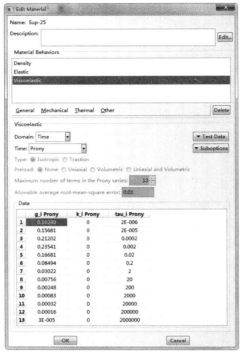

图 8.17　下面层粘弹性参数输入

④创建基层材料

再次点击左侧工具栏（Create Material）按钮,弹出 Edit Material 对话框,将 Name 设置为 CSM,依次点击 Mechanical→Elasticity→Elastic,将 Moduli time scale(for viscoelasticity)设置为 Long-term,将 Young's Modulus 设置为 1.5E9,将 Poisson's Ratio 设置为 0.2;点击 General→Density,将 Mass Density 设置为 2300。

⑤创建垫层材料

再次点击左侧工具栏（Create Material）按钮,弹出 Edit Material 对话框,将 Name 设置为 GM,依次点击 Mechanical→Elasticity→Elastic,将 Moduli time scale(for viscoelasticity)设置为 Long-term,将 Young's Modulus 设置为 0.45E9,将 Poisson's Ratio 设置为 0.3;点击 General→Density,将 Mass Density 设置为 2100。

⑥创建土基材料

再次点击左侧工具栏（Create Material）按钮,弹出 Edit Material 对话框,将 Name 设置为 SG,依次点击 Mechanical→Elasticity→Elastic,将 Moduli time scale(for viscoelasticity)设置为 Long-term,将 Young's Modulus 设置为 0.045E9,将 Poisson's Ratio 设置为 0.4;点击 General→Density,将 Mass Density 设置为 1850。

提示:做静态分析可以不用定义材料密度,但是动态分析必须定义。

2)创建截面

点击左侧工具栏（Create Section）,弹出 Create Section 对话框,将 Name 设置为 AC-

13C,Category 设置为 Solid,Type 设置为 Homogeneous,点击 Continue... 按钮。弹出 Edit Section 对话框,将 Material 设置为 AC-13C,点击 OK 按钮完成上面层 AC-13C 截面创建。

同理可以完成 Sup-20、Sup-25、CSM、GM、SG 截面创建。

3)赋予截面属性

点击左侧工具栏 (Assign Section)按钮,提示区显示"Select the regions to be assigned a section",在视图区点击上面层区域,然后点击提示区 Done 按钮,弹出 Edit Section Assignment 对话框,将 Section 设置为 AC-13C,点击 OK 按钮,此时上面层区域显示为浅绿色,即完成了上面层 AC-13C 截面属性的赋予。

按照相同步骤可以完成 Sup-20、Sup-25、CSM、GM、SG 截面属性赋予。

(3)定义装配体

点击窗口左上角的 Module 列表,选择 Assembly,进入装配体模块,可以为新建的 Part 组装装配体。

点击左侧工具栏 (Instance Part),在弹出的 Create Instance 对话框设置 Instance Type 为 Dependent,即类型为非独立实体,点击 OK 按钮完成部件装配。

(4)设置分析步

分析过程分两步进行,第一步为 * Geostatic 分析步,第一个分析步中考虑路面初始应力场,对模型施加重力荷载,计算得到各单元应力,将计算得到的应力作为模型的内力;第二步为 * Visco 准静态分析步,在该步中施加行车荷载。

点击窗口左上角 Module 类表,选择 Step,进入分析步创建模块。

1)点击左侧工具栏 (Create Step),弹出 Create Step 对话框,设置 Procedure type 为 General,并选中 Geostatic,点击 Continue... 按钮,在弹出的 Edit Step 对话框中,设置 Nlgeom 为 On,点击 OK 按钮,完成分析步 Step-1 的创建。

提示:因为在分析步中出现了初始应力,所以需要将几何非线性开关设置为 On。

2)点击左侧工具栏 (Create Step),弹出 Create Step 对话框,设置 Procedure type 为 General,并选中 Visco,点击 Continue... 按钮,弹出 Edit Step 对话框,进入 Basic 选项卡,设置 Time period 为 4,切换至 Incrementation 对话框,设置 Maximum number of increments 为 4000,同时 Increment Size 设置为 0.00125,1E−005,0.00125,设置 Creep/swelling/viscoelastic strain error tolerance 为 0.0001,保持其他参数不变,点击 OK 按钮完成 Step-2 创建,具体设置如图 8.18 所示。

3)点击左侧工具栏 (Create Step),弹出 Create Step 对话框,设置 Procedure type 为 General,并选中 Visco,点击 Continue... 按钮,弹出 Edit Step 对话框,进入 Basic 选项卡,设置 Time period 为 56,切换至 Incrementation 对话框,设置 Maximum number of increments 为 25000,同时 Increment size 设置为 0.0025,1E−005,0.0025,设置 Creep/swelling/viscoelastic strain error tolerance 为 0.0001,保持其他参数不变,点击 OK 按钮完成 Step-3 创建,具体设置如图 8.19 所示。

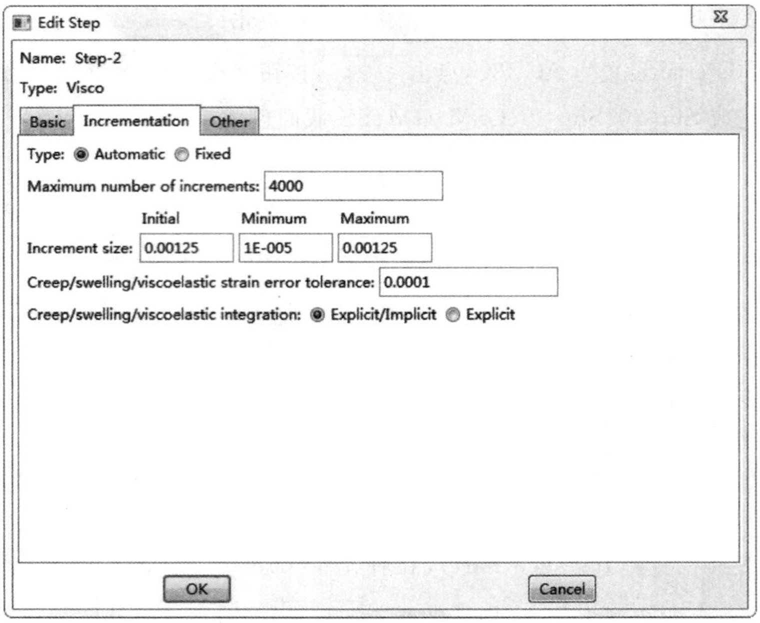

图 8.18　**Edit Step 对话框**

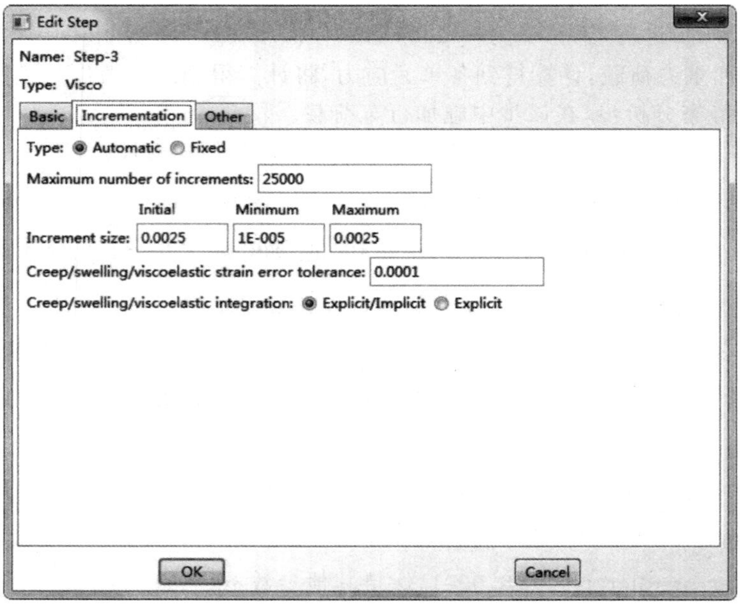

图 8.19　**Edit Step 对话框**

提示：在 * visco 准静态分析步中，由于一次荷载作用时间很短，为避免时间增量步跨越行车荷载，采用固定时间步长，取固定时间步长为 0.0025s。

4）场变量输出定义

点击左侧工具栏 （Field Output Manager），弹出 Field Output Requests Manager 对话框，双击 Step-2 下 Propagated，弹出 Edit Field Output Request 对话框，将 Frequency 后 n 设置为 10（每隔 10 个增量步输出一个场变量输出结果），点击 OK 按钮，完成 Step-2 场

变量输出结果定义。

双击 Step-3 下 Propagated,弹出 Edit Field Output Request 对话框,将 Frequency 后 n 设置为 10(每隔 10 个增量步输出一个场变量输出结果),点击 OK 按钮,完成 Step-3 场变量输出结果定义。

5)历史变量输出定义

点击左侧工具栏 ▦(History Output Manager),弹出 Field Output Requests Manager 对话框,双击 Step-2 下 Propagated,弹出 Edit History Output Request 对话框,将 Frequency 后 n 设置为 10(每隔 10 个增量步输出一个历史变量输出结果),点击 OK 按钮,完成 Step-2 历史变量输出结果定义。

双击 Step-3 下 Propagated,弹出 Edit History Output Request 对话框,将 Frequency 后 n 设置为 10(每隔 10 个增量步输出一个历史变量输出结果),点击 OK 按钮,完成 Step-3 历史变量输出结果定义。

6)关键字编辑

材料模型采用非相关联的流动法则,所以矩阵为非对称矩阵,此时应设置 unsymm＝YES。

点击菜单栏 Model→Edit Keywords→Model-1,弹出 Edit keywords, Model: Model-1 对话框,点击右侧下拉菜单,找到 ＊＊STEP:Step-2,并在 ＊Step, name＝Step-2, nlgeom＝YES, inc＝4000 后加上",unsymm＝YES";点击右侧下拉菜单,找到 ＊＊STEP:Step-3,并在 ＊Step, name＝Step-3, nlgeom＝YES, inc＝25000 后加上",unsymm＝YES",点击 OK 按钮完成关键字编辑。

Step-2 程序段如下:

```
＊＊STEP:Step-2
＊＊
＊Step,name＝Step-2,nlgeom＝YES,inc＝4000,unsymm＝YES
＊Visco,cetol＝0.0001
0.00125,4.0,1e－05,0.00125
```

Step-3 程序段如下:

```
＊＊STEP:Step-3
＊＊
＊Step,name＝Step-3,nlgeom＝YES,inc＝25000,unsymm＝YES
＊Visco,cetol＝0.0001
0.0025,56.0,1e－05,0.0025
```

(5)相互作用模块

由于假定各层之间接触关系均为变形连续,因此无须定义各层之间接触关系。

(6)边界条件定义和荷载施加

点击窗口左上角 Module 列表,选择 Load,进入荷载模块。

1)施加重力荷载

点击左侧工具栏 ⊔(Create Load)按钮,弹出 Create Load 对话框,将 Name 设置为

Load-1,将 Step 设置为 Step-1,将 Types for Selected Step 设置为 Gravity,点击 [Continue...] 按钮;弹出 Edit Load 对话框,点击 [Edit Selection],选择整个模型然后点击提示区 [Done] 按钮,再次弹出 Edit Load 对话框,将 Component 1 设置为 0,将 Component 2 设置为 −9.8,将 Component 3 设置为 0,点击 [OK] 按钮,完成重力荷载施加。

2)移动荷载施加

①模型分割

在 Load 模块下进行模型分割,主要是准确定义荷载施加部位。本次模型分割采用辅助线法。

点击左侧工具栏 (Create Datum plane:Offset From Principal Plane)按钮,提示区显示"Principal plane from which to offset",选择 [XZ Plane],提示区显示"Offset",输入 0,按 Enter 键确认,完成第七辅助平面创建(X=0 平面)。

长按 ,弹出 选择窗,选择 [ ] (Create Datum Plane:Offset From Plane),提示区显示"Select a plane from which to offset",选择顶部第七辅助平面,提示区显示"How do you want to specify the offset?",点击 [Enter Value] 按钮,视图窗口如图 8.20所示,此图中箭头表示第七辅助平面偏移方向为右,因此点击 [OK] 按钮,提示区显示 "Offset",输入距离 0.0675,完成第八辅助平面创建。

图 8.20　第七辅助平面偏移方向确定

再次点击第八辅助平面,重复上述操作,输入距离 0.184,完成第九辅助平面创建。如图 8.21 所示。

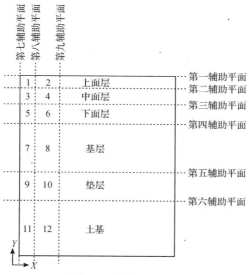

图 8.21 辅助平面创建

②剖分部件

长按左侧工具栏按钮 ，弹出 ，选择 (Partition Face：Use Datum Plane)，弹出如图 8.22 对话框。

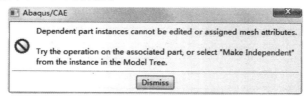

图 8.22 禁止对话框

展开左侧模型树,寻找 Model-1→Assembly→Instances(1)→Pavement-1,在 Pavement-1 上点击右键,选择 Make Independent,将路面结构实体由非独立实体转换为独立实体。

提示：从 Assembly 模块之后,创建辅助平面,切割都是在实体上操作完成的,因此需要将实体转化为独立实体。

再次点击 (Partition Face：Use Datum Plane)按钮,提示区 Done 显示"Select the faces to partition",点击视图区路面结构上面层,点击提示区按钮,提示区显示"Select a datum plane",选择第八辅助平面,提示区显示"Partition definition complete",点击 Create Partition 按钮,完成图 8.21 中区域 1 的剖分;再次点击视图区上面层除区域 1 以外的右侧区域,点击提示区 Done 按钮,提示区显示"Select a datum plane",选择第九辅助平面,提示区显示"Partition definition complete",点击 Create Partition 按钮,完成图 8.21 中区域 2 的剖分。

按照同样步骤可完成区域 3～12 的剖分。

③定义幅值曲线

点击菜单栏 Tools→Amplitude→Manager,弹出 Amplitude Manager 对话框,点击 Create... 按钮,弹出 Create Amplitude 对话框,将 Name 设置为 Amp-1,将 Type 设置为

Tabular,点击 Continue... 按钮,将表 8.7 中数据输入 Amplitude Date,点击 OK 按钮,完成三角波荷载 Amp-1 的定义。

表 8.7 Amp-1 幅值曲线定义

Number	Time/Frequency	Amplitude
1	0	0
2	0.1	1
3	0.2	0
4	2	0
5	2.1	1
6	2.2	0
7	4	0

再次点击 Create... 按钮,弹出 Create Amplitude 对话框,将 Name 设置为 Amp-2,将 Type 设置为 Tabular,点击 Continue... 按钮,将表 8.8 中数据输入 Amplitude Date,点击 OK 按钮,完成三角波荷载 Amp-2 的定义。

表 8.8 Amp-2 幅值曲线定义

Number	Time/Frequency	Amplitude
1	0	0
2	0.1	1
3	0.2	0
4	2	0
5	2.1	1
6	2.2	0
7	4	0
8	4.1	1
9	4.2	0
10	6	0
11	6.1	1
12	6.2	0
13	8	0
14	8.1	1
15	8.2	0
16	10	0
17	10.1	1
18	10.2	0
19	12	0
20	12.1	1
21	12.2	0
22	14	0
23	14.1	1
24	14.2	0
25	16	0
26	16.1	1
27	16.2	0
28	18	0
29	18.1	1
30	18.2	0
31	20	0
32	20.1	1
33	20.2	0

Number	Time/Frequency	Amplitude
34	22	0
35	22.1	1
36	22.2	0
37	24	0
38	24.1	1
39	24.2	0
40	26	0
41	26.1	1
42	26.2	0
43	28	0
44	28.1	1
45	28.2	0
46	30	0
47	30.1	1
48	30.2	0
49	32	0
50	32.1	1
51	32.2	0
52	34	0
53	34.1	1
54	34.2	0
55	36	0
56	36.1	1
57	36.2	0
58	38	0
59	38.1	1
60	38.2	0
61	40	0
62	40.1	1
63	40.2	0
64	42	0
65	42.1	1
66	42.2	0
67	44	0
68	44.1	1
69	44.2	0
70	46	0
71	46.1	1
72	46.2	0
73	48	0
74	48.1	1
75	48.2	0
76	50	0
77	50.1	1
78	50.2	0
79	52	0
80	52.1	1
81	52.2	0
82	54	0
83	54.1	1
84	54.2	0
85	56	0

④施加动荷载

点击左侧工具栏 ⬛(Create Load)按钮,弹出 Create Load 对话框,将 Name 设置为 Load-2,将 Step 设置为 Step-2,将 Types for Selected Step 设置为 Pressure,点击 Continue... 按钮,提示区显示"Select surfaces for the load",选择图 8.21 中区域 2 顶面,点击提示区 Done 按钮,弹出 Edit Load 对话框,设置 Magnitude 为 135870,将 Amplitude 设置为 Amp-1,点击 OK 按钮。

提示:标准轴载为 0.7MPa,其作用在两个表面,当简化为平面应变模型后,施加的荷载大小为 $25 \times 10^3/0.184 = 135870$Pa。

点击左侧工具栏 Create Load 按钮右侧 ⬛(Load Manager),弹出 Load Manager 对话框,双击 Load-2 下 Step-3 的 Propagated,弹出 Edit Load 对话框,将 Amplitude 设置为 Amp-2,点击 OK 按钮,此时 Load-2 下 Step-3 显示为 Modified,完成 Step-3 下荷载幅值曲线定义。

⑤边界条件施加

在顶部工具栏长按 ⬛,显示出 ⬛ ⬛ ⬛ ⬛ ⬛,选择 ⬛(Select Entities Inside the Drag Shape)。

点击左侧工具栏 ⬛(Create Boundary Condition),弹出 Create Boundary Condition 对话框,将 Name 设置为 BC-X Axis,Step 设置为 Initial,Types for Selected Step 设置为 Symmetry/Antisymmetry/Encastre,点击 Continue... 按钮,提示区显示"Select regions for the boundary condition",框选图 8.21 第七辅助平面(X=0 平面),点击提示区 Done 按钮,弹出 Edit Boundary Condition 对话框,勾选 XSYMM(U1=UR2=UR3=0),点击 OK 按钮,完成对称轴所在边界条件定义。

点击左侧工具栏 ⬛(Create Boundary Condition),弹出 Create Boundary Condition 对话框,将 Name 设置为 BC-X,Step 设置为 Initial,Types for Selected Step 设置为 Displacement/Rotation,点击 Continue... 按钮,提示区显示"Select regions for the boundary condition",框选 X=2.5 平面(即与 YZ 平面平行,且距离为 2.5m 的平面),点击 Done 按钮,弹出 Edit Boundary Condition 对话框,勾选 U1,点击 OK 按钮,完成 X=2.5 平面边界条件定义。

点击左侧工具栏 ⬛(Create Boundary Condition),弹出 Create Boundary Condition 对话框,将 Name 设置为 BC-Y,Step 设置为 Initial,Types for Selected Step 设置为 Displacement/Rotation,点击 Continue... 按钮,提示区显示"Select regions for the boundary condition",框选路面结构模型底面(即 Y=0 平面),点击 Done 按钮弹出 Edit Boundary Condition 对话框,勾选 U1、U2、UR3,点击 OK 按钮,完成 Y=0 底部边界条件定义。

(7)划分网格

点击窗口左上角 Module 列表,选择 Mesh,进入网格划分模块。

1)局部种子设置

点击左侧工具栏按钮,选中如图 8.23 所示中 AE、BF、CG、DH 线段,点击 Done 按钮,弹出 Local Seeds 对话框,将 Method 设置为 By number,将 Sizing Controls 设置为 2,点击 OK 按钮,完成上面层深度方向局部网格数量布置。

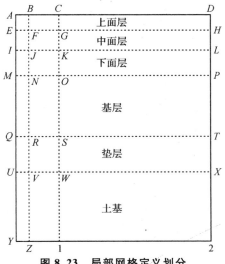

图 8.23 局部网格定义划分

提示:线段多选操作:① 选中 AE 后,按住 Shift,依次选中 BF、CG、DH 即可;② 点击顶部工具栏![]图标,然后按图 8.24 所示方式框选,即可选中线段 AE、BF、CG、DH。

点击左侧工具栏按钮,选中如图 8.23 所示线段 EI、FJ、GK、HL,点击 Done 按钮,弹出 Local Seeds 对话框,将 Method 设置为 By number,将

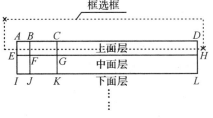

图 8.24 多对象选择应用

Sizing Controls 设置为 3,点击 OK 按钮,完成中面层深度方向局部网格数量布置。

按照上述步骤可将下面层 IM、JN、KO、LP 网格数量设置为 3;将基层 MQ、NR、OS、PT 网格数量设置为 8;将垫层 QU、RV、SW、TX 网格数量设置为 4。

按照上述步骤,选中 AB、EF、IJ、MN、QR、UV、YZ,设置网格数量为 2;选中 BC、FG、JK、NO、RS、VW、Z1,设置网格数量为 6。

点击左侧工具栏按钮,选中如图 8.23 所示线段 UY、VZ、W1、X2,点击 Done 按钮,弹出 Local Seeds 对话框,将 Method 设置为 By number,将 Bias 设置为 Single,将 Sizing Controls 下 Number of elements 设置为 3,将 Bias ratio 设置为 2.5,点击 Flip bias 后 Select...,提示区显示"Select the edges where bias sense should be flipped",选中 UY、VZ、W1、X2,点击提示区 Done 按钮,则图中箭头改变方向朝上,点击 OK 按钮,完成土基深度方向局部网格数量布置,网格布置从上到下逐渐变得稀疏。

按照上述步骤,选中 CD、GH、KL、OP、ST、WX、12,将 Sizing Controls 下 Number of elements 设置为 25,将 Bias ratio 设置为 9,同时调整 Flip bias,布置网格从左至右逐渐变得稀疏。

2)网格控制

点击顶部工具栏 ,将其设置为 。

点击左侧工具栏 (Assign Part Instance)按钮,提示区显示"Select the regions to be assigned mesh controls",在视图区选中整个模型,点击提示区中 Done 按钮,弹出 Mesh Controls 对话框,将 Technique 设置为 Structure,点击 OK 按钮,完成网格控制的定义。

3)指定单元类型

点击左侧工具栏 (Assign Element Type) 按钮,在视图区中选择整个模型,点击提示区中 Done 按钮,弹出 Element Type 对话框,将 Family 设置为 Plane Strain,保持其他参数不变,下方显示 "CPE4R",即采用 4 节点四边形双线性减缩积分 平面应变单元模拟,点击 OK 按钮,并点击提 示区下方 Done 按钮,即可完成单元类型的定义。

4)划分网格

点击左侧工具栏 (Mesh Part Instance) 按钮,提示区显示"OK to mesh the part in- stance",点击 Yes 按钮,完成网格划分,完成后的 模型网格如图 8.25 所示。

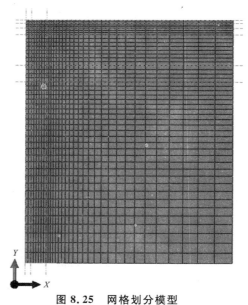

图 8.25　网格划分模型

(8)提交计算及后处理

点击窗口左上角 Module 列表,选择 Job,创建并提交作业。

1)创建作业

点击左侧工具栏 (Create Job)按钮,将 Name 设置为 PL,点击 Continue... 按钮,弹出 Edit Job 对话框,保持其他参数不变,点击 OK 按钮,完成分析步创建。

点击左侧工具栏 (Job Manager)按钮,弹出 Job Manager 对话框,点击 Write Input 按 钮,输出 INP 文件,此时信息区提示"The job input file has been written to "PL. inp"",用户 可在 ABAQUS 的工作目录(X:\……\Temp)找到已经输出的 INP 文件。

2)Dos 下提交作业分析

打开 ABAQUS Command,弹出 Dos 窗口,输入"Abq6101 job=PL cups=2 int",则后 台计算 PL. inp 文件,当提示"Abaqus JOB PL COMPLETED",则计算完成。

3)后处理

点击菜单栏 File→Open,弹出 Open Database 对话框,将 File Filter 设置为 Output Da- tabase(＊.odb＊),选择 ABAQUS 工作路径,选中 PL.odb 并点击 OK 按钮,打开后 处理文件。

①查看路面结构竖向位移分布云图

点击顶部工具栏 [Primary ▾] [S ▾] [Mises ▾]，点击 S 后倒三角，选择 U；点击左侧工具栏 ▨（Plot Contours on Deformed Shape）；点击顶部右侧工具栏 ◀◀ ◀ ▶ ▶▶ 下 ◀◀（First）按钮，多次点击 ▶（Next），当状态栏显示 Step Time=0.1 时，输出图形，即可得到 T=0.1s 时路面结构内部竖向位移分布云图，如图 8.26 所示，从图中可以看出在 T=0.1s 时刻（荷载峰值作用时刻）竖向位移最大值为 1.346×10^{-3} m。

②周期荷载作用下单轮中心点竖向位移时程图

点击左侧工具栏 ▦（Create XY Date），弹出 Create XY Data 对话框，选择 ODB field output，点击 [Continue...] 按钮，弹出 XY Data from ODB Field Output 对话框，进入 Variables 选项卡，将 Position

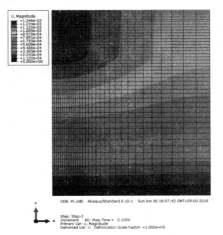

图 8.26　T=0.1s 时刻竖向位移分布云图

设置为 Unique Nodal，勾选 U2，此时 Edit 后面显示"U. U2"，如图 8.27 所示；进入 Element/Nodes 选项卡，点击 [Edit Selection] 按钮，此时在视图区选择如图8.28所示位置点 A（即为单轮中部），然后点击提示区 [Done] 按钮，返回 XY Data from ODB Field Output 对话框，点击 [Save] 按钮，完成数据保存。点击 [Dismiss] 按钮退出对话框。

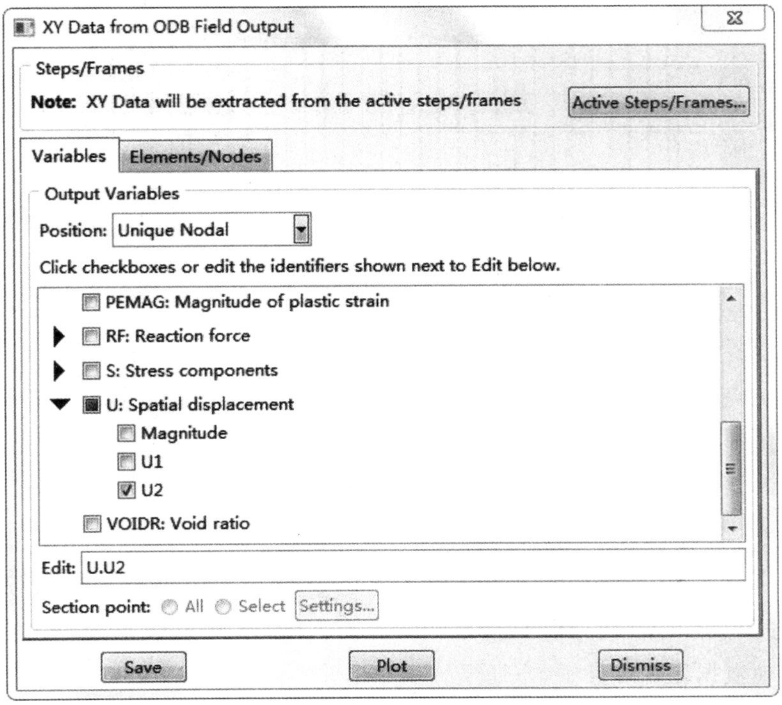

图 8.27　竖向位移 U2 输出定义

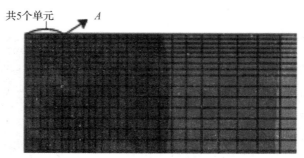

图 8.28　输出点设置

点击左侧工具栏 ▦ (XY Data Manager)，弹出 XY Data Manager 对话框，上面显示了刚刚输出的数据，点击 Plot 输出周期荷载作用下单轮中心点竖向位移随时间分布曲线，如图 8.29 所示。

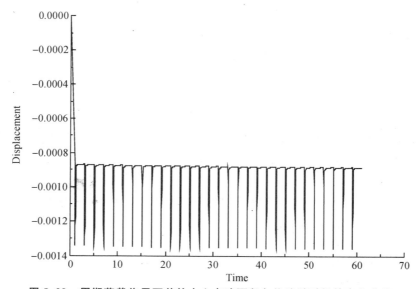

图 8.29　周期荷载作用下单轮中心点路面竖向位移随时间的变化曲线

从图中可以看出，当荷载以不连续的脉冲荷载作用时，竖向位移随荷载出现上下波动。当荷载作用在该点时，路面发生竖向位移；当荷载减小时，竖向位移也减小；当荷载为零时，路面的弹性变形瞬间恢复，非弹性变形随时间缓慢减小，最终的变形并没有完全恢复，最后的残余变形主要是沥青路面的蠕变引起的永久变形，随着荷载作用次数的增加，路面不可恢复的变形逐渐累积形成车辙。

点击左侧工具栏 ▦ (XY Data Manager)，弹出 XY Data Manager 对话框，双击刚刚定义好的数据，如图 8.30 所示，弹出 Edit XY Data 对话框，如图 8.31 所示，框选所有数据，复制并粘贴到其他数据处理软件中，方便下一步数据处理。

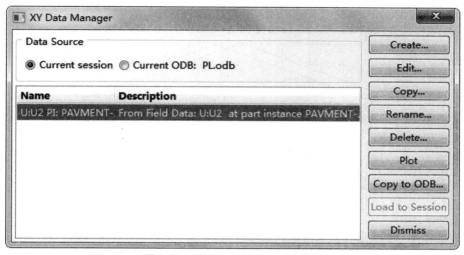

图 8.30 XY Data Manager 对话框

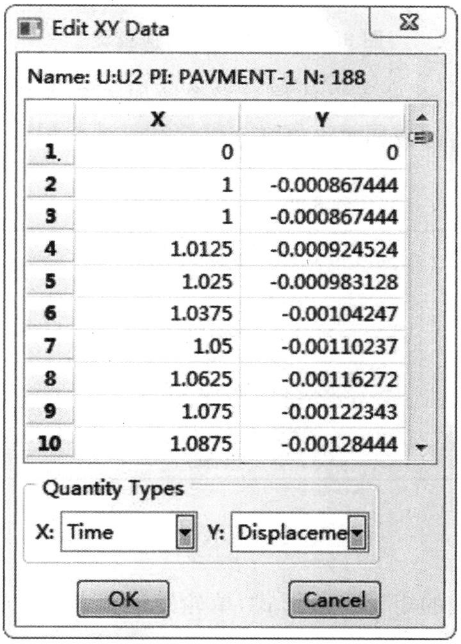

图 8.31 XY 数据提取

8.5 竖向移动荷载作用下沥青路面动力响应

实际车辆以一定的速度行驶,其对路面的作用荷载随车辆的行驶位置的变化而变化。为简化计算,假定汽车在匀速行驶时,车轮对路面作用为垂直均布矩形荷载,为此本节利用 ABAQUS 有限元软件建立玄武岩纤维沥青路面的三维有限元模型,以此考虑车辆竖向荷载的作用,分析沥青路面在移动荷载作用下的粘弹性响应。

8.5.1 路面结构及材料参数

考虑荷载作用及路面结构的对称性,采用 1/2 模型进行计算。根据圣维南原理,路面各方向上取有限长度,其中 X 轴为道路宽度方向,取为 3.0m,Y 轴为道路深度方向,为3.76m,Z 方向为道路行驶方向,长度为 6m,行驶方向为 Z 轴负方向,如图 8.32 所示。

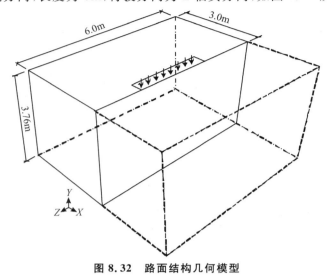

图 8.32　路面结构几何模型

路面结构如表 8.2 所示,各路面结构层材料参数如表 8.3 至表 8.5 所示。

各路面结构层其他材料参数如表 8.9 所示。

表 8.9　材料其他参数

结构层	材料	阻尼(Alpha)
上面层	AC-13C	0.9
中面层	Sup-20	0.9
下面层	Sup-25	0.9
基层	水泥稳定碎石 CSM	0.4
垫层	级配碎石 GM	0.8
土基	压实土 SG	0.4

8.5.2　荷载形式

按照 8.2.2 节采用简化的矩形荷载形式,单轮矩形荷载 B×L=0.184m×0.192m。为实现荷载在路面结构上的移动,使用 Fortran 语言编写用户子程序 DLOAD 来实现竖向荷载的移动。

以汽车行驶速度 90km/h 为例,首先沿汽车行驶方向设置移动带,如图 8.33 所示,移动带宽度同荷载作用宽度,长度为车辆行驶的距离,为计算方便,长度选取为单轮荷载长度的整数倍,本算例取 3.072m,沿汽车行驶方向将荷载移动带平均分为 48 个小矩形,荷载初始状态为车轮占据前 3 个小矩形面积,如图 8.33 所示的 1、2 和 3,第一个荷载步结束时,荷载整体向前移动 1 个小矩形,荷载作用位置为 2、3 和 4,依次类推达到荷载移动的效果,小矩形划分越细,计算精度就越高。一个矩形长度为 0.192m/3=0.064m,根据车速可以计算车轮在每个矩形作用时间为 0.00256s,即每个增量步的时间为 0.00256s,去掉最后两个小矩形,分析步时间为 0.11776s。荷载移动的速度可以根据每个荷载步的时间确定。

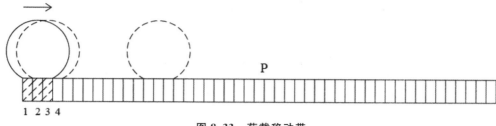

图 8.33　荷载移动带

8.5.3　竖向移动荷载作用下沥青路面动力响应

（1）创建部件

1）创建 Pavement 部件

启动 ABAQUS/CAE，进入 Part 模块，点击左侧工具栏 （Create Part）按钮，弹出 Create Part 对话框，将 Name 设置为 Pavement，保持其他参数不变，点击 Continue... 按钮，ABAQUS 将自动进入 Sketch 绘图环境。

点击左侧工具栏 （Create Lines：Rectangle(4 line)），在下方提示区中输入矩形的左上角顶点(0,0)，点击键盘 Enter 键确认；根据提示区输入矩形右下角坐标(3000,3760)，点击键盘 Enter 键确认；点击提示区 X 按钮，并点击 Done 按钮，弹出 Edit Base Extrusion 对话框，将 Depth 设置为 6000，点击 OK 按钮，完成 Pavement 部件的创建。

2）创建 XZ 辅助平面

按照路面结构层分布创建 XZ 平面，完成部件剖分，为 Property 模块截面属性赋予提供便利。此步骤在除 Job 模块外均可完成，但当完成装配体组装后，辅助平面创建应根据装配体类型（独立实体或非独立实体）合理选择。

点击左侧工具栏 （Create Datum plane：Offset From Principal Plane）按钮，提示区显示"Principal plane from which to offset"，选择 XZ Plane，输入距离 3760，按 Enter 键确认，完成第一辅助平面创建（Y＝3760 平面）。

长按 ，弹出 选择窗，选择 （Create Datum Plane：Offset From Plane），提示区显示"Select a plane from which to offset"，选择顶部第一辅助平面，提示区显示"How do you want to specify the offset?"，点击 Enter Value 按钮，视图窗口如图 8.34 所示，此图中箭头表示第一辅助平面偏移方向为上，因此点击 Flip 按钮，此时图中箭头改变方向为下，点击提示区 OK 按钮，提示区显示"Offset"，输入距离 400，点击键盘 Enter 键确认，完成第二辅助平面创建。

提示： 辅助平面删除，点击左侧工具栏 （Delete Feature），选中需要删除的辅助平面即可。

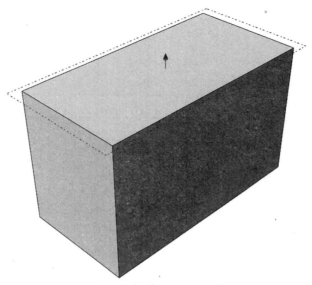

图 8.34　辅助平面偏移

　　再次点击第二辅助平面,重复上述操作,分别输入距离 60、80、380、200,完成第三辅助平面、第四辅助平面、第五辅助平面、第六辅助平面创建。其中每一个辅助平面均为路面结构各层分界线,将三维部件调整为 视图,各辅助平面布置如图 8.35 所示。

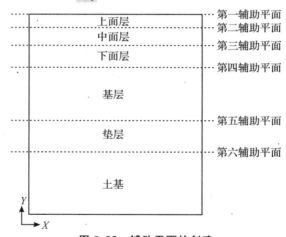

图 8.35　辅助平面的创建

3)剖分 Pavement 部件

　　长按 按钮,弹出 ，选择 (Partition Cell：Use Datum Plane),提示区显示"Select a datum plane",选择第二辅助平面,点击提示区 Create Partition 按钮,则上面层 AC-13C 剖分完成。

　　此时提示区显示"Select the cell to partition",选中剖分 AC-13C 后剩下的部分,点击提示区 Done 按钮,提示区显示"Select a datum plane",选择第三辅助平面,点击提示区 Create Partition 按钮,完成中面层 Sup-20 的剖分。

重复上述操作,分别完成下面层 Sup-25、基层 CSM、垫层 GM 的剖分。

(2)创建材料和截面属性

1)创建材料

将 ABAQUS/CAE 窗口顶部环境栏改为 Property 模块。

①创建上面层材料

点击左侧工具栏 (Create Material)按钮,弹出 Edit Material 对话框,将 Name 设置为 AC-13C,依次点击 Mechanical→Elasticity→Elastic,将 Moduli time scale(for viscoelasticity)设置为 Instantaneous,将 Young's Modulus 设置为 1159,将 Poisson's Ratio 设置为 0.3;点击 General→Density,将 Mass Density 设置为 2.3E−9;点击 Mechanical→Elasticity→Viscoelastic,将 Domain 设置为 Time,将 Time 设置为 Prony,并在下方 Data 中输入如图 8.36 所示数据;点击 Mechanical→Damping,将 Alpha 设置为 0.9。点击 OK 按钮完成设置。

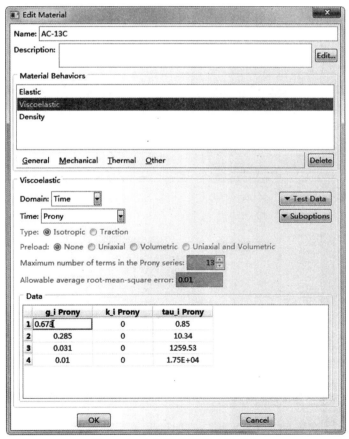

图 8.36　上面层粘弹性参数输入

②创建中面层材料

再次点击左侧工具栏 (Create Material)按钮,弹出 Edit Material 对话框,将 Name 设置为 Sup-20,依次点击 Mechanical→Elasticity→Elastic,将 Moduli time scale(for viscoelasticity)设置为 Instantaneous,将 Young's Modulus 设置为 1454,将 Poisson's Ratio 设

置为 0.3；点击 General→Density，将 Mass Density 设置为 2.3E－9；点击 Mechanical→E-lasticity→Viscoelastic，将 Domain 设置为 Time，将 Time 设置为 Prony，并在下方 Data 中输入如图 8.37 所示数据；点击 Mechanical→Damping，将 Alpha 设置为 0.9。点击 **OK** 按钮完成设置。

③创建下面层材料

再次点击左侧工具栏 (Create Material)按钮，弹出 Edit Material 对话框，将 Name 设置为 Sup-25，依次点击 Mechanical→Elasticity→Elastic，将 Moduli time scale(for viscoelasticity)设置为 Instantaneous，将 Young's Modulus 设置为 1592，将 Poisson's Ratio 设置为 0.3；点击 General→Density，将 Mass Density 设置为 2.3E－9；点击 Mechanical→E-lasticity→Viscoelastic，将 Domain 设置为 Time，将 Time 设置为 Prony，并在下方 Data 中输入如图 8.38 所示数据；点击 Mechanical→Damping，将 Alpha 设置为 0.9。点击 **OK** 按钮完成设置。

图 8.37　中面层粘弹性参数输入

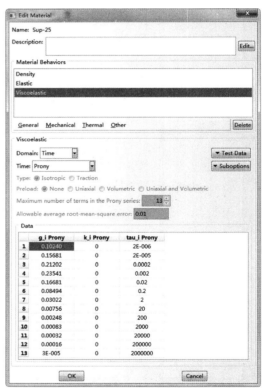

图 8.38　下面层粘弹性参数输入

④创建基层材料

再次点击左侧工具栏 (Create Material)按钮，弹出 Edit Material 对话框，将 Name 设置为 CSM，依次点击 Mechanical→Elasticity→Elastic，将 Moduli time scale(for viscoelasticity)设置为 Long-term，将 Young's Modulus 设置为 1500，将 Poisson's Ratio 设置为 0.2；点击 General→Density，将 Mass Density 设置为 2.3E－9；点击 Mechanical→Damping，将 Alpha 设置为 0.4。点击 **OK** 按钮完成设置。

⑤创建垫层材料

再次点击左侧工具栏 $\overset{\nearrow}{\mathcal{E}}$（Create Material）按钮，弹出 Edit Material 对话框，将 Name 设置为 GM，依次点击 Mechanical→Elasticity→Elastic，将 Moduli time scale（for viscoelasticity）设置为 Long-term，将 Young's Modulus 设置为 450，将 Poisson's Ratio 设置为 0.3；点击 General→Density，将 Mass Density 设置为 2.1E－9；点击 Mechanical→Damping，将 Alpha 设置为 0.8。点击 OK 按钮完成设置。

⑥创建土基材料

再次点击左侧工具栏 $\overset{\nearrow}{\mathcal{E}}$（Create Material）按钮，弹出 Edit Material 对话框，将 Name 设置为 SG，依次点击 Mechanical→Elasticity→Elastic，将 Moduli time scale（for viscoelasticity）设置为 Long-term，将 Young's Modulus 设置为 45，将 Poisson's Ratio 设置为 0.4；点击 General→Density，将 Mass Density 设置为 1.85E－9；点击 Mechanical→Damping，将 Alpha 设置为 0.4。点击 OK 按钮完成设置。

2）创建截面

点击左侧工具栏 ⏚（Create Section），弹出 Create Section 对话框，将 Name 设置为 AC-13C，Category 设置为 Solid，Type 设置为 Homogeneous，点击 Continue... 按钮。弹出 Edit Section 对话框，将 Material 设置为 AC-13C，点击 OK 按钮完成上面层 AC-13C 截面创建。

同理可以完成 Sup-20、Sup-25、CSM、GM、SG 截面创建。

3）赋予截面属性

点击左侧工具栏 ⏚↳（Assign Section）按钮，提示区显示"Select the regions to be assigned a section"，在视图区点击上面层区域，然后点击提示区 Done 按钮，弹出 Edit Section Assignment 对话框，将 Section 设置为 AC-13C，点击 OK 按钮，此时上面层区域显示为浅绿色，即完成了上面层 AC-13C 截面属性的赋予。

按照相同步骤可以完成 Sup-20、Sup-25、CSM、GM、SG 截面属性赋予。

（3）定义装配体

点击窗口左上角的 Module 列表，选择 Assembly，进入装配体模块，可以为新建的 Part 组装装配体。

点击左侧工具栏 ↳（Instance Part），在弹出的 Create Instance 对话框中设置 Instance Type 为 Dependent，即类型为非独立实体，点击 OK 按钮。完成部件装配。

（4）设置分析步

点击窗口左上角 Module 类表，选择 Step，进入分析步创建模块。

点击左侧工具栏 ↦（Create Step），弹出 Create Step 对话框，进入 Basic 选项卡，设置 Procedure type 为 General，并选中 Dynamic，Implicit，点击 Continue... 按钮，在弹出的 Edit Step 对话框中，设置 Time period 为 0.11776，设置 Nlgeom 为 Off；进入 Incrementation 选项卡，设置 Type 为 Fixed，设置 Maximum number of increments 为 200，设置 Increment size 为 0.00256，点击 OK 按钮，完成分析步 Step-1 的创建。

（5）相互作用模块

由于假定各层之间接触关系均为变形连续，无须定义各层之间接触关系。

（6）边界条件定义和荷载施加

点击窗口左上角 Module 列表，选择 Load，进入荷载模块。

1）创建辅助平面

①创建 XY 辅助平面

顺行车方向完成路面荷载作用长度范围辅助平面创建。

点击左侧工具栏 (Create Datum plane：Offset From Principal Plane)按钮，提示区显示"Principal plane from which to offset"，选择 XY Plane，输入距离 0，按 Enter 键确认，完成第七辅助平面创建(Z＝0 平面)。

长按 ，弹出 选择窗，选择 (Create Datum Plane：Offset From Plane)，提示区显示"Select a plane from which to offset"，选择顶部第一辅助平面，提示区显示"How do you want to specify the offset?"，点击 Enter Value 按钮，点击提示区 OK 按钮，提示区显示"Offset"，输入距离 1464，点击键盘 Enter 键确认，完成第八辅助平面创建。

依据提示区显示内容，依次点击第八辅助平面→ Enter Value 按钮→ OK 按钮，提示区显示"Offset"，输入距离 3072，点击键盘 Enter 键确认，完成第九辅助平面创建，如图 8.39 所示。

图 8.39 辅助平面的创建

②创建 YZ 辅助平面

顺车轮宽度方向完成路面荷载作用长度范围辅助平面创建。

　　点击左侧工具栏 （Create Datum plane：Offset From Principal Plane）按钮，提示区显示"Principal plane from which to offset"，选择 YZ Plane，输入距离 0，按 Enter 键确认，完成第十辅助平面创建（X＝0 平面）。

　　长按 ，弹出 选择窗，选择 （Create Datum Plane：Offset From Plane），提示区显示"Select a plane from which to offset"，选择顶部第十辅助平面，提示区显示"How do you want to specify the offset?"，点击 Enter Value 按钮，点击提示区 OK 按钮，提示区显示"Offset"，输入距离 2748.5，点击键盘 Enter 键确认，完成第十一辅助平面创建。

　　依据提示区显示内容，依次点击第十一辅助平面→ Enter Value 按钮→ OK 按钮，提示区显示"Offset"，输入距离 184，点击键盘 Enter 键确认，完成第十二辅助平面创建，如图 8.40 所示。

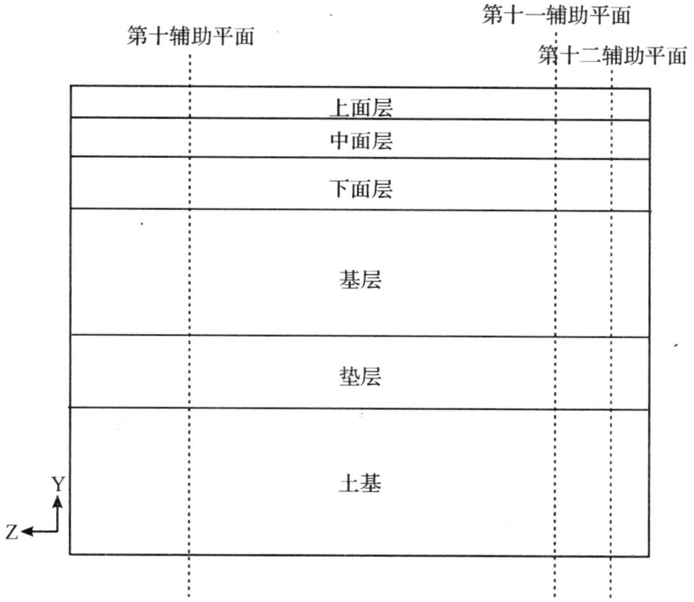

第十辅助平面　　　　　　　　　　　第十一辅助平面

第十二辅助平面

| 上面层 |
| 中面层 |
| 下面层 |
| 基层 |
| 垫层 |
| 土基 |

Y
Z

图 8.40　辅助平面的创建

2）剖分部件

　　长按左侧工具栏 按钮，弹出 ，选择 （Partition Cell：Use Datum Plane），弹出如图 8.41 对话框。

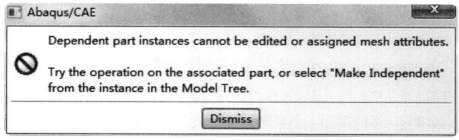

图 8.41　禁止对话框

　　展开左侧模型树，寻找 Model-1 → Assembly → Instances（1）→ Pavement-1，在 Pavement-1 上点击右键，选择 Make Independent，将路面结构实体由非独立实体转换为独立实体。

　　点击 ![Partition Cell 按钮](Partition Cell：Use Datum Plane)按钮，提示区显示"Select the cell to partition"，点击视图区路面结构上面层，点击提示区 Done 按钮，提示区显示"Select a datum plane"，选择第九辅助平面，提示区显示"Partition definition complete"，点击 Create Partition 按钮，完成上面层第一次剖分；再次点击视图区上面层除已剖分外的右侧区域，点击提示区 Done 按钮，提示区显示"Select a datum plane"，选择第八辅助平面，提示区显示"Partition definition complete"，点击 Create Partition 按钮，完成上面层第二次剖分。经过上述两次剖分上面层行车方向上的区域已经被剖分完成。

　　按照同样步骤可完成中面层、下面层、基层、垫层、土基的剖分。

　　提示：由于三维部件剖分有部分需要剖分区域可能会被已剖分好的区域挡住，因此在剖分过程中应该熟练应用显示组隐藏已剖分好的区域。

　　例如，当上面层完成两次剖分后，点击顶部菜单栏 ![Remove Selected 图标](Remove Selected)按钮，提示区显示"Select entities to remove"，选择 Cells，并选中如图 8.42 所示中顶部左侧显示区域，并点击提示区 Done 按钮，则顶部上面层左侧区域消失，按照相同步骤，完成顶部另外两块区域的移除。

图 8.42　上面层顶部区域移除

　　当所有部件剖分完成后，点击顶部菜单 ⬤（Replace All），则将显示整个完整模型。

　　按照上述相同步骤利用第十二辅助平面完成上面层、中面层、下面层、基层、垫层、土基的剖分。

3)荷载移动带划分

点击左侧工具栏 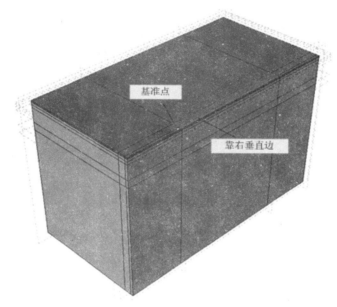（Partition Face：Sketch），提示区显示"Select the faces to partition Sketch Origin"，选择 Specify，点击如图 8.43 所示区域（荷载作用区域），点击 Done 按钮，提示区显示"Select the sketch origin—or enter X，Y，Z"，点击视图区荷载作用区域四个角点的最左侧角点，提示区显示"Select an edge or axis that will appear"，选择 Vertical and on the right，选择视图区荷载作用区域下方长边，则进入 Sketch 模块。

基准点

靠右垂直边

图 8.43　荷载移动带划分位置

从 Sketch 模块中可以看出，仅可对荷载作用区域进行 Sketch 操作。进入 Sketch 模块后，首先需要确定四个交点所在坐标系中的位置，并根据 8.5.2 节移动带网格划分原则，将长度为 3072mm 的荷载带划分为 48 个小网格，每个小网格长度 64mm。划分完成后，如图 8.44 所示。

提示：Sketch 模块中增加线段的具体操作详见其他算例，但需要注意整个坐标系的确定和网格划分的具体尺寸；考虑到 0.00256s 仅移动 0.064m，为了建模的方便和提高精度，本算例模型采用 SI(mm)单位尺寸。

4)边界条件施加

①Z=0、Z=3000 边界条件施加

点击顶部菜单 （Apply Left View），在顶部工具栏长按 ，显示出 ，选择 (Select Entities Inside the Drag Shape)。

点击顶部工具栏 (Turn Perspective Off)，关闭角度视图。

点击左侧工具栏 (Create Boundary Condition)，弹出 Create Boundary Condition 对话框，将 Name 设置为 BC-Z，Step 设置为 Initial，Types for Selected Step 设置为 Displacement/Rotation,点击 Continue... 按钮,提示区显示"Select regions for the boundary condition",同时框选 Z=0、Z=3000 平面,如图 8.44 所示,点击 Done 按钮,弹出 Edit Boundary Condition 对话框,勾选 U3,点击 OK 按钮,完成 Z=0 侧边边界条件定义。

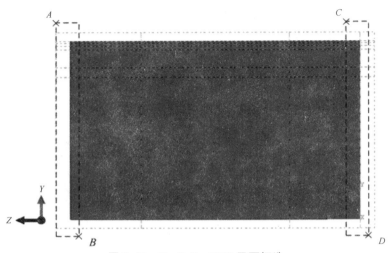

图 8.44 Z=0、Z=3000 平面框选

提示:先选择 ⚏,框选 Z=0 平面即点击图 8.44 中 A 点,不松开鼠标,在 B 点位置松开鼠标;按住 Shift 键,框选 Z=3000 平面即点击图中 C 点,不松开鼠标,在 D 点位置松开鼠标,可完成 Z=0、Z=3000 平面的多选。

点击 及 按钮,可恢复到三维视图模式。

②X=0 平面边界条件施加

切换到 视图,按照上述步骤完成 X=0 平面 BC-X 边界条件 U1 的定义,如图 8.45 所示。

③X=3000 平面边界条件施加

切换到 视图,点击左侧工具栏 (Create Boundary Condition),弹出 Create Boundary Condition 对话框,将 Name 设置为 BC-X Axis,Step 设置为 Initial,Types for Selected Step 设置为 Symmetry/Antisymmetry/Encastre,点击 Continue... 按钮,提示区显示"Select regions for the boundary condition",框选 X=3000 平面,如图 8.46 所示,点击提示区 Done 按钮,弹出 Edit Boundary Condition 对话框,勾选 XSYMM(U1 = UR2 = UR3 = 0),点击 OK 按钮,完成对称轴所在边界条件定义。

图 8.45 X=0 平面框选

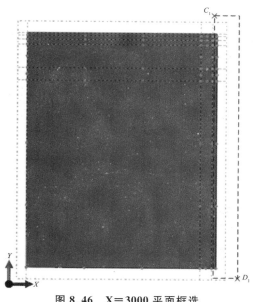

图 8.46　X＝3000 平面框选

图 8.47　Y＝0 平面框选

④Y＝0 平面边界条件施加

切换到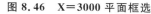视图,点击左侧工具栏 ,弹出 Create Boundary Condition 对话框,将 Name 设置为 BC-Y,Step 设置为 Initial,Types for Selected Step 设置为 Symmetry/Antisymmetry/Encastre,点击 Continue... 按钮,提示区显示"Select regions for the boundary condition",框选 Y＝0 平面,如图 8.47 所示,点击提示区 Done 按钮,弹出 Edit Boundary Condition 对话框,勾选 ENCASTRE(U1＝U2＝U3＝UR1＝UR2＝UR3＝0),点击 OK 按钮,完成底面所在边界条件定义。

5)荷载施加

点击左侧工具栏 按钮,弹出 Create Load 对话框,将 Name 设置为 Load-1,将 Step 设置为 Step-1,将 Types for Selected Step 设置为 Pressure,点击 Continue... 按钮,提示区显示"Select surfaces for the load",选择图 8.43 中顶面深色区域(被剖分成 48 个矩形区域,利用 Shift 按钮可多选),点击提示区 Done 按钮,弹出 Edit Load 对话框,设置 Distribution 为 User-defined,Magnitude 为 1。此时注意在 Magnitude 下方提示"Note subroutine DLOAD must be attached to the analysis job",表示利用 Dload 子程序施加动力荷载。点击 OK 按钮完成荷载施加。

(7)划分网格

点击窗口左上角 Module 列表,选择 Mesh,进入网格划分模块。

1)局部种子布置

①Z 轴平行边种子布置

点击顶部菜单 ,在顶部工具栏长按 ![],显示出 ![] ![] ![] ![] ![],

选择 (Select Entities Crossing the Drag Shape)，修改选择类型 All （全部）为 Edges （边），点击顶部工具栏 (Turn Perspective Off)，关闭角度视图。

点击左侧工具栏 (Seed Edges)按钮，提示区显示"Select the regions to be assigned local seeds"，点击图 8.48 中 A 点，不松开鼠标，在 B 点位置松开鼠标，可以选中整个模型对应长度的直线，点击提示区 Done 按钮，弹出 Local Seeds 对话框，将 Method 设置为 By number，将 Sizing Controls 设置为 48，点击 OK 按钮。

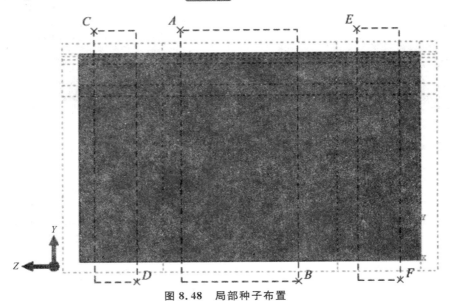

图 8.48　局部种子布置

切换到 视图，从图 8.49 中可以看出第 17、30 个矩形短边也设置了 48 个种子，需要删除。长按 ，弹出 ，选择 (Delete Edge Seeds)，选中第 17、30 个矩形已经布置网格的边(共 4 条边)，点击提示区 Done 按钮，完成删除。

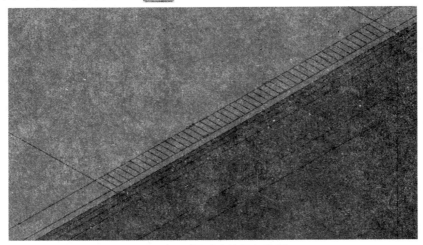

图 8.49　需删除的局部种子

点击左侧工具栏 Seed Edges按钮,提示区显示"Select the regions to be assigned local seeds",点击图 8.48 中 C 点,不松开鼠标,在 D 点位置松开鼠标,可以选中整个模型对应长度的直线,点击提示区 Done 按钮,弹出 Local Seeds 对话框,将 Method 设置为 By number,Bias 设置为 Single,Sizing Controls 下 Number of elements 设置为 15,Bias ratio 设置为 5,点击 OK 按钮,完成局部种子布置。

点击图 8.48 中 E 点,不松开鼠标,在 F 点位置松开鼠标,可以选中整个模型对应长度的直线,点击提示区 Done 按钮,弹出 Local Seeds 对话框,将 Method 设置为 By number,Bias 设置为 Single,Sizing Controls 下 Number of elements 设置为 15,Bias ratio 设置为 5,点击 Select... 按钮,再次点击提示区 Done 按钮,弹出 Local Seeds 对话框,点击 OK 按钮,完成局部种子布置。

②Y 轴平行边种子布置

上面层厚度方向上种子布置:点击左侧工具栏 Seed Edges按钮,提示区显示"Select the regions to be assigned local seeds",点击图 8.50 中 G 点,不松开鼠标,在 H 点位置松开鼠标,可以选中整个模型对应长度的直线,点击提示区 Done 按钮,弹出 Local Seeds 对话框,将 Method 设置为 By number,将 Sizing Controls 设置为 2,点击 OK 按钮。

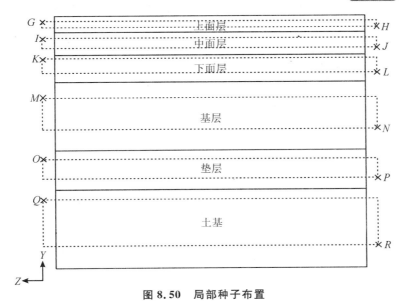

图 8.50 局部种子布置

按照相同步骤可以完成中面层厚度方向上种子布置,其数量为 2,下面层厚度方向上种子布置数量为 3。

基层厚度方向上种子布置:点击左侧工具栏 Seed Edges按钮,提示区显示"Select the regions to be assigned local seeds",点击图 8.50 中 M 点,不松开鼠标,在 N 点位置松开鼠标,可以选中整个模型对应长度的直线,点击提示区 Done 按钮,弹出 Local Seeds 对话框,将 Method 设置为 By size,将 Approximate element size 设置为 38,点击 OK 按钮。

按照相同步骤可以完成基层厚度方向上种子布置,单元尺寸为 50。

土基厚度方向上种子布置:点击左侧工具栏 按钮,提示区显示"Select the regions to be assigned local seeds",点击图 8.50 中 Q 点,不松开鼠标,在 R 点位置松开鼠标,可以选中整个模型对应长度的直线,点击提示区 Done 按钮,弹出 Local Seeds 对话框,将 Method 设置为 By number,Bias 设置为 Single,Sizing Controls 下 Number of elements 设置为 20,Bias ratio 设置为 4,点击 Select... 按钮,再次点击提示区 Done 按钮,弹出 Local Seeds 对话框,点击 OK 按钮,完成局部种子布置。

③X 轴平行边种子布置

点击顶部菜单 ↑x (Apply Front View),在顶部工具栏长按 ![icon],显示出 ![icon] ![icon] ![icon] ![icon] ![icon],选择 ![icon](Select Entities Crossing the Drag Shape),修改选择类型 为 ,点击顶部工具栏 ![icon](Turn Perspective Off),关闭角度视图。

点击左侧工具栏 按钮,提示区显示"Select the regions to be assigned local seeds",点击图 8.51 中 1 点,不松开鼠标,在 2 点位置松开鼠标,可以选中整个模型对应长度的直线,点击提示区 Done 按钮,弹出 Local Seeds 对话框,将 Method 设置为 By number,Bias 设置为 Single,Sizing Controls 下 Number of elements 设置为 35,Bias ratio 设置为 4,点击 OK 按钮,完成局部种子布置。

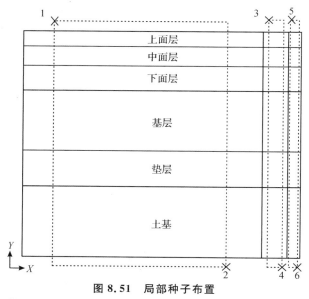

图 8.51　局部种子布置

点击左侧工具栏 按钮,提示区显示"Select the regions to be assigned local seeds",点击图 8.51 中 3 点,不松开鼠标,在 4 点位置松开鼠标,可以选中整个模型对应长度的直线,点击提示区 Done 按钮,弹出 Local Seeds 对话框,将 Method 设置为 By size,将 Approximate element size 设置为 4,点击 OK 按钮。

按照相同步骤可以完成 5-6 区域内边线局部种子定义,局部种子数量为 2。

2）网格控制

点击顶部工具栏 ，将其设置为 ；修改 Edges （边）选择类型为 All （全部）；点击顶部工具栏 （Turn Perspective On），打开角度视图，切换到 视图。

点击左侧工具栏 （Assign Part Instance）按钮,提示区显示"Select the regions to be assigned mesh controls",在视图区中框选整个模型,点击提示区中 Done 按钮,弹出 Mesh Controls 对话框,将 Technique 设置为 Structure,点击 OK 按钮,完成网格控制的定义,此时整个模型将显示为绿色。

提示：若无法框选整个模型,可结合 Shift 键多选,或利用显示组工具分别定义网格控制。若在设置前模型本身即为绿色,则不用操作此步骤。

3）指定单元类型

点击左侧工具栏 （Assign Element Type）按钮,选择在视图区中多次被剖分的区域,点击提示区中 Done 按钮,弹出 Element Type 对话框,将 Element Library 设置为 Explicit,下方显示"C3D8R",即采用 8 节点六面体双线性减缩积分单元模拟,点击 OK 按钮,并点击提示区下方 Done 按钮,即可完成单元类型的定义。

点击顶部工具栏 （Remove Selected）按钮,提示区显示"Select entities to remove",选择 Cells,并选中刚刚已经被指定的单元类型,并点击提示区 Done 按钮,则选中区域消失,按照相同步骤将所有的区域均指定单元类型。

指定完成后点击顶部菜单 （Replace All），则将显示整个完整模型。

4）划分网格

点击左侧工具栏 （Mesh Part Instance）按钮,提示区显示"OK to mesh the part instance",点击 Yes 按钮,完成网格划分,完成后的模型网格如图 8.52 所示。

图 8.52 网格划分模型

（8）提交计算及后处理

点击窗口左上角 Module 列表，选择 Job，创建并提交作业。

1）创建作业

点击左侧工具栏 ![]（Create Job）按钮，将 Name 设置为 PD，点击 Continue... 按钮，弹出 Edit Job 对话框，切换至 General 选项卡，在 User subroutine file 后点击 Select... 按钮，选择 ABAQUS 临时文件夹中的 dload25.for 文件，点击 OK 按钮完成分析步创建。

点击左侧工具栏 ![]（Job Manager）按钮，点击对话框右侧 Submit 按钮，提交求解器计算，并生成一个 PD.odb 结果文件。

2）后处理

点击菜单栏 File→Open，弹出 Open Database 对话框，将 File Filter 设置为 Output Database(＊.odb＊)，选择 ABAQUS 工作路径，选中 PD.odb 并点击 OK 按钮，打开后处理文件。

①竖向位移的响应分析

点击顶部工具栏 Primary ▼ S ▼ Mises ▼，点击 S 后倒三角，选择 U；点击左侧工具栏 ![]（Plot Contours on Deformed Shape），将时间设置为 0.02816s（第 11 个分析步），从图 8.53 可以看出，最大位移为 0.426mm。

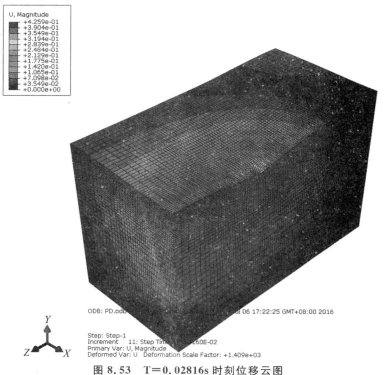

图 8.53　T＝0.02816s 时刻位移云图

点击左侧工具栏 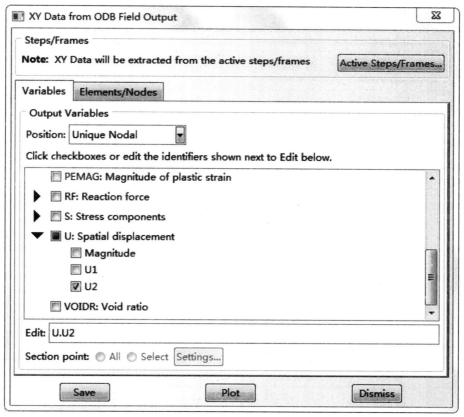(Create XY Date)，弹出 Create XY Data 对话框，选择 ODB field output，点击 Continue... 按钮，弹出 XY Data from ODB Field Output 对话框，进入 Variables 选项卡，将 Position 设置为 Unique Nodal，勾选 U2，此时 Edit 后面显示"U，U2"，如图 8.54 所示；进入 Element/Nodes 选项卡，将 Method 设置为 Node labels，并将 PAVEMENT-1 后 Node labels 设置为 3140，勾选 Highlight items in viewpoint，则选中的荷载带中部 3140 节点高亮显示。

点击 Save 按钮，完成数据保存。点击 Dismiss 按钮退出对话框。

提示：3140 节点编号是本算例荷载带中部对称轴上节点，用户可根据需求选择需要输出的节点编号。查询节点编号方法：Visualization 模块下，点击菜单栏 Tools→Query，弹出 Query 对话框，选择 Node，则在提示区中将显示"Select a node to query its coordinates"，然后点击视图区中需要输出节点，则提示区后方将显示节点编号。

图 8.54　竖向位移 U2 输出定义

点击左侧工具栏 (XY Data Manager)，弹出 XY Data Manager 对话框，上面显示了刚刚输出的数据，点击 Plot 输出上面层顶部荷载带中部竖向位移随时间分布曲线，如图 8.55 所示，数据如表 8.10 所示；双击刚刚定义好的数据，弹出 Edit XY Data 对话框，框选所有数据，复制并粘贴到其他数据处理软件中，可进行下一步数据处理。

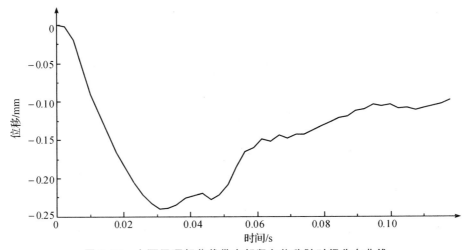

图 8.55　上面层顶部荷载带中部竖向位移随时间分布曲线

表 8.10　上面层顶部荷载带中部竖向位移随时间分布

编号	时间/s	位移/mm	编号	时间/s	位移/mm
1	0	0	25	0.06144	-0.14838
2	0.00256	-0.00291	26	0.064	-0.15155
3	0.00512	-0.01956	27	0.06656	-0.14355
4	0.00768	-0.05485	28	0.06912	-0.14767
5	0.01024	-0.09095	29	0.07168	-0.14269
6	0.0128	-0.11747	30	0.07424	-0.14241
7	0.01536	-0.14309	31	0.0768	-0.13655
8	0.01792	-0.16668	32	0.07936	-0.13093
9	0.02048	-0.18545	33	0.08192	-0.12691
10	0.02304	-0.20541	34	0.08448	-0.12117
11	0.0256	-0.22173	35	0.08704	-0.11934
12	0.02816	-0.23241	36	0.0896	-0.11141
13	0.03072	-0.23952	37	0.09216	-0.10961
14	0.03328	-0.23908	38	0.09472	-0.10332
15	0.03584	-0.23448	39	0.09728	-0.10609
16	0.0384	-0.22589	40	0.09984	-0.10326
17	0.04096	-0.22284	41	0.1024	-0.1085
18	0.04352	-0.2196	42	0.10496	-0.10781
19	0.04608	-0.22715	43	0.10752	-0.11096
20	0.04864	-0.22131	44	0.11008	-0.10786
21	0.0512	-0.20851	45	0.11264	-0.10565
22	0.05376	-0.1848	46	0.1152	-0.10297
23	0.05632	-0.16526	47	0.11776	-0.09733
24	0.05888	-0.15973			

从图 8.55 中可以看出,当荷载驶进分析点时,面层顶部竖向位移出现上拱,荷载继续靠近,沥青面层竖向位移迅速增加;当荷载驶离中心点时,路面各层的竖向位移先减小,出现短暂增加后继续减小;分析步结束时,路面各层的竖向位移并没有完全恢复,这主要是由于路面结构粘弹性特性使路面弯沉恢复延迟。

8.6　本章小结

运用 ABAQUS 有限元软件对以玄武岩纤维沥青为上面层的半刚性基层沥青路面进行有限元分析,分析周期荷载作用下玄武岩纤维沥青路面的粘弹性响应;并编写了 DLOAD 子程序施加移动荷载,对玄武岩纤维沥青路面动力响应进行分析。

(1)做静态分析可以不用定义材料密度,但是动态分析必须定义。

(2)移动均布荷载在 ABAQUS 有限元软件中的实现为路面结构动力学分析提供一种方法和手段。

附:竖向移动荷载子程序

```
     SUBROUTINE DLOAD(F,KSTEP,KINC,TIME,NOEL,NPT,LAYER,KSPT,
COORDS,
  1                  JLTYP,SNAME)
C
INCLUDE 'ABA_PARAM.INC'
parameter (zini=4500,vel=25000,dlen=184,pressure=0.7)
C
     DIMENSION TIME(2),COORDS(3)
     CHARACTER * 80 SNAME
C
     dis=vel * TIME(2)
  zmax=zini-dis
  zmin=zmax-dlen
  if(COORDS(3).le.zmax.and.COORDS(3).ge.zmin) then
    F=pressure
  else
    F=0.0d0
  end if
    RETURN
    END
```

参考文献

［1］Barenblatt G I. The mathematical theory of equilibrium crack s in brittle fracture［J］. Advances in Applied Mechanics，1962,7：55-129.

［2］Bazant Z P，Planas J. Fracture and size effect in concrete and other quasibrittle material［M］. Boca Raton：FLCRC Press，1998.

［3］Belytschko T，Black T. Elastic crack growth in finite elements with minimal remeshing ［J］. International Journal for Numerical Methods in Engineering,1999,45：601-620.

［4］Bhurke A S，Shih E E，Drzal L T. Fracture morphology and fracture toughness measurement of polymer-modified asphalt concrete［J］. Transportation Research Record，1997,1590：23-33.

［5］Castell M A，Ingraffea A R，Irwin L H. Fatigue crack growth in pavements［J］. ASCE Journal of Transportation Engineering，2000,126(4)：283-290.

［6］Dugdale D. Yielding of steel sheets containing slits［J］. Journal of Mechanics and Physics of Solids，1960,8(2)：100-104.

［7］Hibitt Karlsson Sorenson. ABAQUS user's manual-version 6. 10. Pawtucket，R. I. 2005.

［8］Jacob M M，Hopman P C，Molenaar A A. Application of fracture mechanics in principles to analyze cracking in asphalt concrete［J］. Journal of the Association of Asphalt Paving Technologists，1996,65：1-39.

［9］Kim H，Buttlar W G. Finite element cohesive fracture modeling of airport pavements at low temperatures ［J］. Cold Regions Science and Technology,2009,57：123-130.

［10］Kim K W，EL Hussein H M. Effect of differential thermal contraction on fracture properties of asphalt material at low temperatures［J］. Journal of the Association of Asphalt Paving Technologists，1995,64：474-499.

［11］Li X J，Marasteanu M H. Cohesive modeling of fracture in asphalt mixtures at low temperatures ［J］. International Journal of Fracture，2005,136：285-308.

［12］Li X J，Marasteanu M H. The fracture process zone in asphalt mixture at low temperature ［J］. Engineering Fracture Mechanics，2010(77)：1175-1190.

［13］Melenk J，Babuska I. The partition of unity finite element method：basic theory and applications［J］. Computer Methods in Applied Mechanics and Engineering,1996,39：289-314.

［14］Oriz M，Pandofi A. Finite deformation irreversible cohesive elements for the three dimensional crack propagation analysis[J]. International Journal for Numerical Methods in Engineering，1999，44(9)：1267-1282.

[15]Park K，Paulino G H，Roesler J R. A unified potential-based cohesive model of mixed-mode fracture [J]. Journal of the Mechanics and Physics of Solids，2009，57：891-908.

[16]SIMWE 仿真论坛，http：//forum. simwe. com/index. php

[17]Song S H，Paulino G H，Buttlar W G. Crack opening displacement parameter in cohesive zone models：experiments and simulations in asphalt concrete [J]. Fatigue & Fracture of Engineering Materials & Structures,2008,31：850-856.

[18]Song S H，Paulino G H，Buttlar W G. Simulation of crack propagation in asphalt concrete using an intrinsic cohesive zone model [J]. J Engrg Mech，2006，132(11)：1215-1223.

[19]Song S H，Paulino G H，Buttlar W G. Cohesive zone simulation of mode I and mixed-mode crack propagation in asphalt concrete [J]. ASCE Conf. Proc. 2005.

[20]Song S H，Paulino G H，Buttlar W G. A bilinear cohesive zone model tailored for fracture of asphalt concrete considering viscoelastic bulk material [J]. Engineering Fracture Mechanics，2006，73：2829-2848.

[21]Tschoegl N W. The phenomenological theory of linear viscoelastic behavior：an introduction. Germany：Springer-verlag,1989.

[22]Wagoner M P，Buttlar WG，Paulino G H. Disk-shaped compact tension test for asphalt concrete fracture[J]. Experimental Mechanics，2005,45(3)：270-277.

[23]Xu X P，Needlemam A. Numerical simulations of fast crack growth in brittle solids [J]. Mech Phys Solids,1994,42(9)：1397-1434.

[24]Yoder E J，Witczak M W. Principles of pavement design，2nd Ed. N Y：Wiley,1975.

[25]曾志远. 玄武岩纤维沥青路面性能及结构分析[D]. 杭州：浙江大学,2013.

[26]邓学钧. 路基路面工程[M]. 北京：人民交通出版社,2000.

[27]姜杉. 玄武岩纤维筋在水泥混凝土路面中的应用研究[D]. 大连：大连海事大学,2013.

[28]李文成,李郑斌,张青军,等. 沥青路面多裂纹温度应力的数值模拟[J]. 华中科技大学学报(城市科学版),2010,27(3)：16-20.

[29]廖公云,黄晓明. ABAQUS 有限元软件在道路工程中的应用[M]. 南京：东南大学出版社,2008.

[30]石亦平,周玉蓉. ABAQUS 有限元分析实例详解[M]. 北京：机械工业出版社,2006.

[31]孙丽娟. 考虑层间接触的半刚性基层沥青路面热应力耦合分析[D]. 杭州：浙江大学,2013.

[32]王金昌,赵颖华,孙雅珍. 沥青混凝土路面表面裂缝的疲劳变温损伤分析[J]. 中国公路学报,2001,23(6)：6-7.

[33]王金昌,赵颖华.含反射裂缝沥青路面的疲劳变温损伤分析[J]. 岩土工程学报,2001,23(6)：6-8.

[34]王金昌,陈叶开.ABAQUS 在土木工程中的应用[M].杭州:浙江大学出版社,2006.

[35]王玉镯,傅传国.ABAQUS 结构工程分析及实例详解[M].北京:中国建筑工业出版社,2009.

[36]吴赣昌.半刚性路面温度应力分析[M].北京:科学出版社,1994.

[37]严明星.基于扩展有限元法的沥青混合料开裂特性研究[D].大连:大连海事大学,2012.

[38]严作人.层状路面体系的温度场分析[J].同济大学学报(自然科学版),1984,(3):76-84.

[39]严作人.层状路面温度场分析[D].上海:同济大学,1982.

[40]姚昱晨.市政道路工程[M].北京:中国建筑工业出版社,2012.

[41]张肖宁.沥青与沥青混合料的粘弹力学原理及应用[M].北京:人民交通出版社,2006.

[42]张肖宁.实验粘弹原理[M].哈尔滨:哈尔滨船舶工程学院出版社,1990.

[43]赵延庆,王抒红,周长红,等.沥青路面 Top-Down 裂缝的断裂力学分析[J].同济大学学报(自然科学版),2010,38(2):218-222.

[44]郑健龙,周志刚,张起森.沥青路面抗裂——设计理论与方法[M].北京:人民交通出版社,2008.

图书在版编目(CIP)数据

ABAQUS有限元软件在路面结构分析中的应用 / 严明
星,王金昌编著. —杭州:浙江大学出版社,2016.12
ISBN 978-7-308-16201-2

Ⅰ.①A… Ⅱ.①严… ②王… Ⅲ.①路面—结构设计
—有限元分析—应用软件 Ⅳ.①U416.22-39

中国版本图书馆 CIP 数据核字(2016)第 214536 号

ABAQUS 有限元软件在路面结构分析中的应用
严明星　王金昌　编著

责任编辑	石国华
责任校对	潘晶晶　汪淑芳
封面设计	刘依群
出版发行	浙江大学出版社
	（杭州市天目山路 148 号　邮政编码 310007）
	（网址：http://www.zjupress.com)
排　　版	杭州星云光电图文制作有限公司
印　　刷	富阳市育才印刷有限公司
开　　本	787mm×1092mm　1/16
印　　张	13.25
字　　数	328 千
版 印 次	2016 年 12 月第 1 版　2016 年 12 月第 1 次印刷
书　　号	ISBN 978-7-308-16201-2
定　　价	48.00 元